徳 間 文 庫

# さ み だ れ

矢野 隆



徳間書店

# 一

何事もなく無人の野を行くかのように。

歩む。

眩《まばゆ》いほどの月明かりを背に受けながら、男たちが立っている。

誰にも気づかれず、目の前に迫った男の背中を。

貫く。

肋《あばら》の下、腰骨よりも高いところ。背中から入った刃《やいば》が、臍《へそ》の脇から飛び出している。

心地よい肉の弾力を柄《つか》を握った掌《てのひら》に感じながら、腸《はらわた》をかき混ぜるように素早く手首を回す。なにが起こったのか解《わか》らぬまま腹を裂《さ》かれた男の口から、ごぼごぼと音を立てて血の泡が湧き出している。

呻《うめ》くだけで精一杯。言葉を吐くことはできないようだ。男が呻いたおかげで、他の奴等が気づいた。

「誰だ手前《てめ》ぇっ」

叫んだのは刺された男の仲間だ。

皐月雨《さみだれ》の晋八《しんぱち》は、腹に潜《もぐ》り込ませた刃をゆっくりと抜きながら笑ってやった。刃を抜かれた男が、震える手で晋八をつかもうとする。腰を引いてかわすと、男は前のめりになって倒れた。

晋八に助けを求める男の血と涙で汚れた目玉を、笑みのまま刺す。手首に力を込めて一気に頭骨まで貫くと、脳を抉《えぐ》られた男はいっそう激しく震えはじめる。

久方振りの殺し。

足の先から脳天まで震えが駆けあがってゆくのを抑えられない。心の臓が脈を打つたびに血を溢《あふ》れさせる男を見下ろし、晋八は恍惚《こうこつ》の笑みを浮かべる。

見知らぬ男。遺恨はない。己が手に握られた刃によって繋がった泡沫《うたかた》の縁である。

「なにしてんだ手前ぇっ」

無粋な声が晋八を穢《けが》れた現世に引き摺《ず》り戻す。震えが収まりつつある頭から長脇差《ながわきざし》を抜き、小刻みに震える背を踏んで、男の仲間たちへと歩み寄る。満月に照らされた晋八の薄い唇が、怪しく吊《つ》り上がった。

一人を五人が取り囲んでいるところに出くわした。多勢に無勢。嬲《なぶ》り殺しは好きじゃない。それだけの理由で晋八は、長脇差を抜いて卑怯《ひきょう》者《もの》の背後に忍び寄り、腹を刺した。

新手《あらて》の登場に驚いた残りの四人が、いっせいに長脇差を抜く。

悲鳴とともに、一人の男の左の肩口がばっくりと裂けた。

「急ぐからそうなる」

男たちの前に立ち、晋八はささやいた。

肩が裂けた男は、晋八が突然現れたことに驚いて焦って抜いたものだから、鞘《さや》を斜めにすることを忘れたのだ。勢い込んで抜いた切っ先が、己の肩を斬り裂いたのである。なにが起こったのか、斬った本人すら解っていない。解っていないのは無事に抜刀した三人も同様だ。誰に斬られたでもなく、一人でのたうち回っている仲間を見下ろし、固まっている。

隙だらけ。

「馬鹿ばかばかばかばか……」

晋八は笑顔のままつぶやく。血に濡れた刃を右手にぶらさげ、両手をひらひらと振る。そのまま一人に狙いを定め、跳ねるようにして歩き出す。囲まれていた男が、晋八とは別の一人にむかって駆け出していた。手には懐《ふところ》に忍ばせていたのであろう短刀が握られている。

短刀を握っている男の脇をすり抜ける時、声が聞こえた。

「どこの誰だか知らねぇが助太刀かたじけねぇっ」

早口で言った男は、敵の懐に潜り込んだ。そしてそのまま頭を突き上げるようにして、敵の躰《からだ》を上に押す。もちろん敵の腹には短刀が根元まで入っている。

「い、石松《いしまつ》っ。て、手前ぇ……」

腹を刺された敵が、顔をくしゃくしゃにしながら男の名を呼んだ。晋八が助けに入った男の名は石松。恐らくではあるが。

「巧《うま》いねぇ」

跳ねながら晋八はつぶやいた。

石松の躰の使い方に感心している。感心しながらも、しゃがみ込んで敵の視界から消え、目の前にある脛《すね》を斬りつけた。

「がら空《あ》きだよ、ここ」

にこやかに告げながら、石松のことを目で追う。石松は敵の腹を抉りながら、ぐいぐいと自分の躰を押し上げている。短刀のような短い得物《えもの》を扱う場合は、懐に潜り込むのが一番だ。肋のない柔らかいところに突き刺したら、そのまま躰ごと上に押し込んで抉る。刺したままだと運がよければ、腸を避けて浅手《あさで》となる。思い切りが悪ければ肉を破ることができない。半端な刺し方では、刃を腹に呑《の》んだまま相手は動くことができる。躊躇《ちゅうちょ》していると、刃を抜かれ長い得物で斬り裂かれてしまう。だから間合い深く潜り込んで、一気に抉るのが一番なのだ。

慣れている……。

わずかな動きだけで、石松という男がどれほどの腕か晋八は見切っていた。刀を抜いた喧嘩《けんか》で、大上段から斬り下げるような真似は絶対にできない。袈裟《けさ》斬りなどという上等な技も決まりはしない。戦《いくさ》がない世になって二百数十余年。侍が人を殺すなど皆無に等しい。

正眼《せいがん》に構えてじっと見合うなど、絵空事なのだ。悠長に構えていれば相手の牽制《けんせい》や誘いにあっさりと釣られ、動いた手足を斬られて終わり。それが本当の喧嘩だ。

命がけである。泰然自若など、どれだけ修練を積んだ者でも望めぬ境地だ。牽制につぐ牽制、数え切れぬほどの誘《いざな》いの末に、やっと手足を切っ先で掠《かす》めることができる。斬ってしまえばこっちのものだ。痛みを堪《こら》えて十全に動けるような者はいない。かならず隙ができる。後は突くも斬るも、思うがまま。

脛を斬られて情けなく転んだ敵の胸を踏みつけた。笑みのまま見下ろし、晋八は言葉を投げる。

「死にたくねぇだろ」

涙ぐむ男が口を堅く結んで、何度もうなずく。傷つけられて踏まれ、それでも刃向かって来るほど気骨のある者はそうはいない。

「こっから消えてくれたら、助けてやるが、どうする」

「わ、解ったから……」

「駄目」

足元にある首に晋八は刃を突き立てた。首には太い骨がある。骨は歯より柔らかいが、はずみで切っ先が欠けることもある。だから、喉仏《のどぼとけ》を見極める。刃先が骨を逸《そ》れるように、その下あたりを突く。引き抜くと、心の臓の拍動に合わせて血が噴き出す。返り血など御免だ。刃を抜くのと、躰をひるがえすのは同時である。少しでも躊躇すれば、裾《すそ》が血飛沫《ちしぶき》で赤黒く染まってしまう。そんな無様な汚れは、晋八には耐えられない。

「やるじゃねぇか」

腹を抉った男を突き飛ばし、石松が笑う。

一人残された敵が涙目になっている。それもそのはず。哀れなことだと、晋八は思った。

日頃どれだけ博徒だ無宿《むしゅく》だと威張っていたところで、こんなにばたばたと人が死ぬような喧嘩など目の当たりにしたことはないはずだ。数十人が混戦乱戦躍起になって戦って、その末に五つか六つの屍《しかばね》が転がっているというのが、こいつらの喧嘩である。それが、刀を抜いたかどうかといううちに、すでに三人が殺され、一人はみずから肩を斬ってのたうち回っているのだ。しかも殺《や》った者は、笑いながら語らい合っている。一人残された敵はたまったものではない。

晋八は震えて今にも泣きそうになっている敵にむかって笑う。

「どうしたい、そんな顔して。なんか悲しいことでもあったのかい」

首を傾《かし》げて問うた。

隣に石松が立つ。

「お前《め》ぇ等、卯吉《うきち》んとこの若い者だろ」

気迫の籠《こも》った声に、敵が震える。

「おい、そんなに怖ぇ声《こえ》出したら可哀そうだろ。怖がってんじゃねぇか。なぁ、あんた」

会ったばかりの石松を笑みのまましなめてから、晋八は敵に目をむける。その時、震える男の背後で声が上がった。

「どしたっ」

歯をがちがちと鳴らす男の後ろから、大勢の男たちが駆けて来る。それを肩越しに見た男は、怯《おび》えを張りつかせていた顔を悪辣《あくらつ》なまでに歪《ゆが》めながら悪態を吐く。

「調子に乗ってられるのも今のうちだぞ、この野郎」

十人ほどの新手が、男の左右に並ぶ。そして、そちこちに転がる味方の骸《むくろ》を見てから、晋八たちへ殺意みなぎる目をむける。

「おい石松っ、お前ぇ自分がなにやったのか解ってんのかっ」

新手のなかでもひときわ大きな男が叫んだ。縦にだけではなく、横にも大きい。

「相撲取りか」

剣呑《けんのん》な気配に似つかわしくない飄々《ひょうひょう》とした声で、晋八は言った。すると先刻叫んだ巨漢が、石松から目を逸らして晋八を睨《にら》んだ。

「なんだ手前ぇは」

「うっるせぇなぁ……。耳ぃおかしくなっちまうだろうが。そんなに叫ばなくても聞こえてるっつぅの」

小指の先を耳の穴に突っ込んだ。それを横目で見て、石松が短く笑い、目の前の大男に声を投げる。

「この人《ひた》ぁ関係ねぇ」

「だったらそいつぁなんだ」

晋八が右手にぶら下げている血塗《まみ》れの長脇差を男が指さす。

「あぁ、これ」

さされた刃をひらひらと振りながら、大男の足元に転がっている骸を顎《あご》で示す。

「そいつと」

はじめに腹を抉った骸を示す。

「そいつの血で濡れてんだ」

満月に照らされた大男の四角い顔に、月の微《かす》かな光でも解るほどに太い血の筋が幾重にも走った。

「お前ぇ、なにをやったか解って……」

「だから相撲取りなのか、お前ぇはって俺が先に聞いてんだから、答えろよ」

「ぶふっ」

うつむいた石松が、唇の隙間から息の塊を激しく噴き出した。それからすぐに、今度は腹に手をあてて思いきり仰《の》け反《ぞ》った。

「がはははははっ」

大きな口を広げて天を仰《あお》ぎ、盛大に笑う。晋八はこの時はじめて気づいたが、石松の左目は塞《ふさ》がっていた。閉じた瞼《まぶた》の上に無残な傷痕《きずあと》が残っている。

「手前ぇ」

巨漢が苦々しげに言った。ひとしきり笑った石松が、右目の涙を指先で拭いながら、巨漢に告げる。

「この人ぁ何度も聞いてんじゃねぇか。さっさと答えてやれよ」

短刀の切っ先を巨漢のほうにむけ、石松が晋八を見る。

「俺もこいつ等と面とむかって話すのははじめてなんだ。だから良く解んねぇ。が、どう見ても相撲取りだよなぁ、こいつ」

「太ってるもんな」

顎を掻《か》きつつ、晋八はつぶやく。

また石松が笑った。

「お前ぇ等、生きて帰れると思うなよ」

「やってみろよ」

「舐《な》めた口利きやがって。親分の仇《かたき》、きっちり取らせてもらうぜ」

「だから、やってみろって言ってんだろ」

石松と男が言い合う。

面倒だ。

「面倒面倒めんどうめんどうめんどうめん……」

問答なんかしてどうなる。

喧嘩なのだ。

晋八はおもむろに石松と言い争っている男へと歩む。その動きがあまりにも気が抜けたものだったから、晋八の動きに目をやった者は皆無だった。

晋八はするすると間合いを詰める。恐らく力士上がりであろう男が気づいた時には、晋八は長脇差を振り上げていた。

「ぬっ、抜けっ」

己に迫る刃を見て、力士上がりの男が悲鳴同然に叫んだ。十人の仲間がいっせいに腰の柄に手をやる。

「遅《おせ》ぇよ」

にんまりと笑って晋八は長脇差を振り抜いた。大上段からの一撃など絶対に決まらない。だがそれは時と場合による。これほど無防備な愚か者が相手ならば、晋八ほどの腕ならばやれぬこともない。

が……。

軽んじていた敵にも、見どころがあった。

「ひぃっ」

分厚い肉に覆われた男の顔が、面白いほど歪んでいる。今からそれが真っ二つに割れるのだと晋八が笑いながら思っていると、いきなりなにかが己にむかって飛んできた。昔取った杵柄《きねづか》。さすがの膂力《りょりょく》である。命の危機を察した男が、考えるより先にかたわらにいた仲間のひとりを放ったのだ。大上段から振り下ろしていたから、刃の間合いがいつもより遠い。投げられた男が胸元に飛んできたせいで腕が男の躰で止められ、長脇差は虚空で御された。そのままの体勢で、投げられた男もろとも数歩後ろに仰《の》け反《ぞ》る。舌打ちをひとつして勢いよく皆に背をむけ、男を振り払い、そのまま走り出す。あまりのことに皆が動けずにいる。

十分に間合いを取ると、晋八は足を止めて再び振り返った。

「もうっ」

右足で地面を蹴った。

「なんだあいつぁ」

力士上がりが、目の前に立つ石松に問う声が聞こえる。

「会ったばかりだから解んねぇよ」

石松が答えるのを聞き流しつつ、晋八は敵にむかって走り出す。

晋八がなにをするのか見極めようと、敵は長脇差を構えたまま微動だにしない。どれも硬い。切っ先を晋八にむけたまま固まった肩が、異様なまでに上がっている。人を斬るということは、斬られるということ。相手を斬ろうという想いよりも、斬られるのではという不安が大きくなれば、斬られまいとして躰は硬くなる。いま目の前に並ぶのは、臆病風に吹かれて固まった石塊《いしくれ》の群れであった。

硬くならないために、晋八は常に型に囚《とら》われずに動く。故に傍目には奇怪な動きに見える。が、その動きが敵に恐れを生み、晋八が柔らかくなればなるほど、何をしでかすつもりかと恐れる敵は、硬く硬く凝り固まってゆく。

思いっきり駆け、一人の敵の前で止まった。男のかちかちの肩がびくんと大きく上下する。晋八は解りやすく長脇差を振り上げた。眼前の男が晋八の斬撃を受けようとして、掌中の刃を頭上に掲げる。

脇腹ががら空きになった。

ぎこちない受け太刀に思い切り大上段から振り下ろすのは下の下である。だからといって大上段の構えを牽制にして、横薙《な》ぎに腹を斬ろうとするのは、喧嘩慣れしていない者のすることだ。がら空きだからと飛び込めば、どれだけ気に呑まれた者であってもとっさに動く。頭に血が昇っていればいるほど、そういう時の動きは乱暴で、己が身のことすら考えない力任せなものになる。己を守らんとするあまり、敵味方の別もない粗暴な一撃を繰り出してしまうものだ。巻き込まれれば避けようがない。

だから、がら空きの腹は狙わない。

上げた長脇差を、今度は素早く中段に持って来る。敵が、晋八の動きにつられて中段に構えた。いっさいの気を込めずに無の心地で、切っ先を敵の手許に静かに差し出す。いきなり視界の端に飛び込んで来た刃に驚いた敵が、構えていた刀を振り上げ、手許に迫った刃を払い除《の》けようとする。そっと長脇差を引いてそれをかわす。敵の刃が空を斬るのをにやけ面のまま見送ってから、返す刀で手首を下から斬りあげる。柄を手放した掌が宙を舞い、満月を横切ってから地を叩《たた》く。

短い悲鳴とともに、敵が長脇差を落として斬られた手首を押さえる。晋八は骨まで断った感触を掌の裡《うち》に感じながら、膝から崩れ落ちて涙を流す男の前に立ち、喉を斬った。

甲高い笛の音が、飛沫の水音と混ざり合う。

「これこれ」

返り血を避けるように首が裂けた骸を蹴り倒し、晋八は満面の笑みのまま悠然と敵の前に躍り出た。手並みの鮮やかさに、男たちが固まっている。

力士上がりであろう巨漢に、晋八はにこやかに語りかけた。

「終わりなんて寂しいこと言わねぇよな。な」

巨漢の小さな瞳が、石松をとらえる。

「おい、石松」

まだ問答をするつもりか。

面倒。

晋八は駆ける。

「ちょっ」

話しかけられていた石松が戸惑いの声を上げるのを無視しながら、顔と胸の肉に埋まった首めがけて横薙ぎに刃を振るう。男には閃《ひらめ》きにしか見えなかっただろう。

蹴った。さすがに力士を彷彿《ほうふつ》とさせる堂々たる体軀《たいく》である。蹴ったくらいではびくともしない。だが、躰から離れてしまった頭はそうもいかなかった。強《したた》かに胴を揺らされ、あんぐりと口を開いたまま斜めに傾く。肉の間に隙間が生まれ、血潮《ちしお》がほとばしる。己の血の勢いに押され、頭が転がり落ちた。

「おっ、お前っ」

血飛沫から逃げるように、石松がひょいと跳ねて膝から崩れ落ちようとしている巨体から退《ひ》いた。

そんな物、晋八は見てもいない。

男の首が地に落ちるよりも先に、残っている敵のほうへと駆け寄っている。あまりにも呆気《あっけ》なく一団の頭らしき男が殺されたことで、敵が慄《おのの》く。

「まだまだまだまだ」

首をゆるやかに横に振りながら、晋八は笑う。

「終わりなんて言わせねぇよ」

目の前の男が涙目で長脇差を中段に構えるのを確認してから、ぐっと腰を落とし、地面すれすれに切っ先を走らせ右の逆袈裟で斬り上げる。中段に掲げていた男の腕の肘から先が柄を握りしめたまま宙を舞う。歪みのない真っ直ぐな切り口に満足しつつ、晋八は腕を失った男の顔を真一文字に斬り裂く。

「まぁだだよぉ」

誰に言うともなくささやいて、新たな骸の脇に立ち震えている若者に目をやる。

幼い頃から威勢が良かったのであろう。細い眉の間に刻まれた縦皺《たてじわ》と、涙をにじませながらもなお晋八を睨みつける鋭い眼光に、貫禄を感じる。

「勿体《もったい》ないねぇ」

「くっそがぁぁっ」

恐れを振り払おうと若者が叫ぶ。

「俺に会わなけりゃ、良い博徒になったんだろうねぇ」

顔を引《ひ》き攣《つ》らせ、長脇差を振り上げ、若者が大きく踏み込む。策のない無謀な動きである。

「はい駄目ぇ」

吐き捨て、臍の下辺りに力を溜め、晋八は両足で地面を踏みしめた。

「きえぇぇぇっ」

大きく振りかぶった長脇差を、力一杯真っ直ぐに振り下ろして来る。肩に力が入り過ぎて、剣先の動きが面白いほど遅い。晋八は笑みのまま、踏ん張った地面から腰、背骨、肩、両腕へと伝わる力の流れを長脇差へと注ぐ。そのまま自然な流れで、柄を天にむかって振った。

二つの刃が虚空で激突する。恐らく若者のほうが力は強い。一撃に注いだ量も違う。なのに。

弾かれたのは若者の刃のほうだった。素直に振り上げた晋八の長脇差は、若者の刃を弾き飛ばして緩やかに宙で止まった。

「剣を振るのに」

言いながら天を仰いでいた刃を返し、地にむける。

「力はいらねぇよ」

晋八は、ささやきながら若者の首の脇から刃を滑り込ませ、脇腹から抜いた。はだけた衣の下から腸が零《こぼ》れ落ちる。糞と生臭い血が混ざり合ったなんともいえない臭いを放ちながら、若者が天を仰ぐ。

「固まれっ」

どこかから声が聞こえる。

敵が一個に固まった。

ばらけているところを一人ずつ狙われる愚を、ようやく悟ったようである。が、たしかに固まられると厄介であった。こちらは二人。相手はまだ六、七人は残っている。刃の数が違う。立て続けにかかって来られたら、どれだけ乱暴な太刀筋の剣でもさすがに避《よ》け切るのは難しい。

「弱《よえ》ぇ奴はよく群れる」

欠伸《あくび》まじりにつぶやき、右手に持った長脇差をぶら下げ、鼻の頭を袖で拭う。

敵は明らかに晋八を恐れている。自分たちからむかって来ようとはしない。ひと塊になってこちらに切っ先をむけ、隙を見せない。

「斬りたりねぇが」

弓形に歪んだ目で石松を探す。どうやら石松も何人か片づけたらしい。足元に骸を転がし、肩で息をしながら固まった敵を睨んでいる。

「あぁあ……」

欠伸をしながらしゃがみ、骸が手にする長脇差を捥《も》ぎ取る。

「手前ぇっ、なにしやがるっ」

亀のようになった敵のなかから声が飛ぶ。それを無視して、敵の長脇差を左手に持って立ち上がった。

群れにむかって左手の長脇差を投げた。いきなりのことで、敵が散って避ける。

晋八は石松めがけ駆けだしていた。

「逃げる」

「なっ、なんだっ」

石松が戸惑いの声を上げた。いちいち答えている暇はない。

短刀を握ったままの手首をつかんで、晋八は思いっきり引っ張った。石松は勢いに負け、晋八に引かれるようにして走り出す。

「追えっ、逃がすんじゃねぇぞっ」

敵が叫んだ時には石松も、晋八の意を悟ったらしく、つかまれていた手を振りきって己で走り出した。横に並んで月夜を駆ける。案外、石松は足が速い。ぐんぐんと敵を引き離してゆく。

晋八は笑いを抑えられない。

「ひひひひひ」

「なんだよ気味が悪ぃな」

息を切らしながら石松が晋八を睨む。

「腕も確かで喧嘩の見切りも速《はえ》ぇ。少し何考えてるか解んねぇが、そこんところはどうにかなるか」

隻眼の博徒が何事かをつぶやいている。

「おい」

「ん」

声をかけられ、月夜に浮かぶ石松の顔を晋八は見た。右目を見開いた博徒の面が青白くておぞましい。

「お前ぇ、どこの者だ」

「親はいねぇよ」

「旅の博徒か」

「まぁ、そんなとこだな」

　行く当てなどない。気ままな一人旅である。

「今日はどこに泊まるんだ」

「別に」

　本当に決めてなかった。ふらふらと歩いて疲れたらそこらへんの社《やしろ》に潜り込んで寝よう。そんなことを思いながら歩いていたら、石松たちの喧嘩に出くわした。

「なんなら、これから駿州《すんしゅう》に来ねぇか」

「駿河《するが》か」

「駿州清水《しみず》だ」

「遠いな」

「追手がどこにいるかも解んねぇから、どっかで野宿しながら、着くのは明後日ってところか」

甲府《こうふ》にいる。富士川《ふじがわ》を下るようにして駿河に入り、途中から興津川《おきつがわ》へと進路を変え清水港までは二十里あまりというところだ。三日もあれば十分に着くだろう。

「清水に来りゃ、宿と飯の心配はしなくていい。言うなりゃお前ぇさんは俺の命の恩人だ。親分も悪いようにはしねぇ」

「親分」

「おうよ」

石松が胸を張る。

「清水の次郎長《じろちょう》。それが俺の親分よ」

「次郎長……」

「そうよ。まぁ、まだまだ売り出し中だからあんま名前ぇは売れてねぇけどよ」

「ふぅん」

晋八は行く末をぼんやりと眺めながら、欠伸をした。とにかく眠い。

「どうでぇ、清水に来ねぇか」

「行く」

即答すると、石松が足を止めた。

「もう振りきっただろ」

膝に手を置いて肩で激しく息をする石松の隣で、晋八はまた欠伸をした。一里あまり駆け続けだったが息は切れていないし、疲れてもいない。

「凄《すげ》ぇな、お前ぇ」

石松の顔に浮かんだ無数の汗の粒が、月光に照らされ輝いている。

「とにかく、お前ぇがいると心強《づえ》ぇ」

「ん、なにが」

「こっちの話よ」

言って石松が腰に手をあて大きく背を伸ばす。

「お前え、名前《なめ》えは」

「え」

「俺ぁ、あの面倒臭《くせ》ぇ挨拶が嫌《きれ》ぇなんだよ。手前生国《しょうごく》は遠州森町村《えんしゅうもりまちむら》で云々《うんぬん》ってやつな」

「あぁ」

仁義を切るのは博徒の礼儀の第一である。それを面倒だという石松を、晋八は好ましく思う。なぜなら晋八も仁義を切るのが苦手だからだ。生国も親分も姓も名もどうでも良いではないか。晋八はふたつの足で、ここに立っている。それ以上でもそれ以下でもない。

「皐月雨の晋八」

「妙なふたつ名だな」

「俺といると雨が降るって、よく言われんだ」

「誰に」

「いろんな人に」

「だから皐月雨か」

「あぁ」

石松が突き立てた親指で己の顔をさした。

「俺ぁ、森の石松ってんだ。森ってのは」

「遠州森町村だろ」

先刻、石松が言っていた。

「そうそう、それそれ」

二人して笑う。

「とにかく清水で親分に会ってもらおうか」

清水の次郎長という名には聞き覚えがある。

あの男が言っていた。

晋八は邪《よこしま》に笑う。

まさかこんなところで、その子分に出くわすとは思わなかった。ただの気まぐれが、妙な縁を引き込んだということか。

渡りに船ってやつか……。

晋八は心中でほくそ笑んだ。

二

上座《かみざ》にいる男は落ち着きがなかった。

駿州清水港の親分であるという。通り名は次郎長。本当の名前は長五郎《ちょうごろう》だが、父の名が次郎八《じろはち》で、その息子の長五郎で、次郎長だそうだ。長い口上が、そのあたりのことを教えてくれた。

先に名乗ったのは勿論《もちろん》、晋八である。こちらは簡潔な物で、江戸駒込《こまごめ》生まれの流れ者、人呼んで皐月雨の晋八ということを、口上の形式に合わせて簡潔に語った。それを丁寧に聞いた次郎長一家の面々が、それぞれ大層な口上を順々にやったものだから、半刻あまりもの間、晋八は一家の屋敷の土間で中腰のまま待たされた。長ったらしい挨拶が終わると、晋八はやっとのことで客間に通された。

座るとすぐに、次郎長がそわそわしはじめた。耳たぶに触れたかと思うと、今度は指先をいじりはじめ、それが終わると鼻の頭を掻いて、下座に控える石松と晋八に目をやる。そんなことを延々と繰り返す。

お世辞にも腹の据わった親分には見えなかった。

八畳ほどの部屋の上座に次郎長、襖《ふすま》を背にして子分たちが控えている。開け放たれた障子戸のむこうは縁廊下で、猫の額《ひたい》ほどの庭には枝ぶりの悪い今にも枯れそうな老《おい》松《まつ》が一本だけ生えていた。

「親分」

次郎長のかたわらに控える大柄な男が言った。彼は政五郎《まさごろう》というらしいが、一家にはもう一人、政五郎という名の博徒がいる。男は大きいから大政《おおまさ》、もう一人のほうは躰つきが小さく歳もまだ十四であるから小政《こまさ》と呼ばれているらしい。

この大政が一家の番頭格であるということは、清水への道中、石松が教えてくれた。

落ち着いた深く重い声で呼ばれ、次郎長が一度ぴくりと顔を震わせてから、石松を見て口を開く。

「どうだった石」

「へぇ」

畳に手をついて、石松が小さく頭を下げた。

「やはり先方は怒り心頭、親分と大熊《おおくま》の伯父貴《おじき》を殺さねぇと博徒の面子《めんつ》が立たねぇと息まいてやすぜ」

「ほら見ろっ」

膝を叩きながら次郎長が叫んだ。太い眉をへの字に歪め、大政を睨む。

「やっぱり、そうなったじゃねぇか。お前ぇたちが甲州の隠居を殺しちまうから、俺ぁ狙われちまったじゃねぇかっ。どうしてくれんだよ、えっ」

平手で畳を叩きつつ怒鳴る。晋八は脳裏に、亭主の浮気を責める年増《としま》の古女房を思い描く。瓜二つ。たまらず吹きだしそうになるのを、うつむいて堪えた。

隣の異変に気づかずに、石松が上座にむかって語る。

「卯吉の子分どもに見つかりやして、囲まれちまったんですが、その時、この晋八に助けてもらいやして」

顔は大政にむけたまま、次郎長が横目で晋八を見た。頬を膨らました姿はまるで駄々っ子である。

「お前ぇ、強いのかい」

「さぁ」

首を傾げて言うと、どこからか舌打ちが聞こえてきた。音のしたほうを見ると、小さな餓鬼《がき》が晋八を睨んでいる。上瞼に半ばほどまで埋まった小さな黒目に、殺気が爛々《らんらん》と輝いていた。小政である。

「なにか」

晋八は笑みのまま小政に問う。少年は答えない。もう十四だから、大きい者なら大人同然の顔つき、体格になっていてもおかしくないのだが、目の前の少年は歳よりも幼く見えた。そのくせ、目の奥に光る殺気だけは一人前だから、なんとも禍禍《まがまが》しい。答えない少年から目を逸らし、晋八はふたたび次郎長を見た。

「強ぇ」

晋八の代わりに石松が答えた。

「最初に五人に囲まれ、こいつぁ二人、あっしは一人。その後に仲間が来て、そいつ等も瞬く間に四人斬っちまった。あまりのことに驚いた敵の隙を突いて逃げやしたが、逃げると決めたのも晋八です。あの場にいた奴は全員、こいつに呑まれちまっていた。こいつみてぇに喧嘩の勘働きが鋭《するで》ぇ野郎は見たことがありやせん」

「そんなに強ぇか」

つぶやいた大政が疑いの眼差しを投げて来る。晋八は笑いながら次郎長一家の番頭格を見た。

「妙な男だ」

大政の言葉と同時に、また舌打ちが聞こえたが晋八は聞き流した。

「そんなに殺っちまったのかっ」

泣き顔の次郎長が頭を抱えて叫んだ。

「すいやせん」

石松が頭を下げる。

「謝って済む話じゃねぇだろっ。卯吉は甲州の隠居なんて呼ばれちゃいるが、甲府町奉行手先の牢番《ろうばん》だぞ。それだけじゃねぇ。関東取締出役《かんとうとりしまりしゅつやく》が甲府に来た時はその道案内を任されてんだ。あいつぁ、博徒だがあっち側の人間なんだよ。卯吉の子分もだが、甲州の奉行所も黙っちゃいねぇぞ。下手人はもう俺たちだって知れてんだ。甲州の奉行所だけじゃなく、関東取締出役も動くぞ。どうすんだよ、えっ。それでも、お前ぇたちは卯吉んところの手下どもと喧嘩するってぇのかっ」

叫んだ次郎長が大政を睨む。

「答えろっ」

もはや古女房を通り越し、どこぞの大店《おおだな》のやり手の女将《おかみ》だ。しくじった手代《てだい》たちを口汚くののしっている。

言い放題の親分に不満げな大政が、強張《こわば》った頬をひくひくと震わせながら声を吐いた。

「そうは言いやすが、はじめに仕掛けてきたのはあっちのほうですぜ」

「別に俺たちに手ぇ出してきた訳じゃねぇだろ」

「あのぉ」

頭に響く次郎長の声が途切れた瞬間を見計らい、晋八は手を挙げた。

「なんだ」

睨みながらうながす次郎長に、晋八はおずおずと語る。

「さっきから全然、話が見えねぇし、あっしはいねぇほうがいいんじゃねぇですかい」

「ここにいてくれ」

言ったのは大政だった。毅然《きぜん》と胸を張り、どちらかといえばこの男のほうが親分然としている。

「聞いてりゃ話は見えて来るはずだ」

そう言うと大政は、ふたたび次郎長を見た。

「たしかに子分を殺されたのは親分じゃねぇ。大熊の伯父貴だ。でも親分、大熊の伯父貴は昔からの親分の兄弟分じゃねぇですか。しかも伯父貴は姐《あね》さんの実の兄貴だ」

姐さんということは次郎長の妻なのだろう。

「そんなことはお前に言われなくても解ってるよっ。たしかに大熊はお蝶《ちょう》の兄貴だ。俺も昔から世話んなってる」

どうやら次郎長の妻はお蝶という名であるらしい。大政に言われた通り、晋八は二人の会話を聞きながら状況を理解し始めている。

「でも、それとこれとは別だろ」

「別じゃねぇでしょ」

逆上気味の次郎長と冷静沈着な大政は、いずれも絶対に引かない。

「卯吉んところの祐天《ゆうてん》とかいう餓鬼が、甲府で大熊の伯父貴の子分三人を殺したことから、今回の騒動ははじまってんでしょ」

畳を掌の先でとんとんと小刻みに叩きながら、大政が諭《さと》すように言い募《つの》る。説明するような言葉は、次郎長だけではなく晋八にも聞かせているようだ。

「博打の行き掛かりで喧嘩になって殺しちまったらしいが、祐天の野郎、落とし前もつけねぇでびびって逃げやがった。逃げちまった、はいそうですかじゃ、大熊の伯父貴の面子が立たねぇ」

「そんなこた解ってるよ。だからお前ぇたちを助太刀として、甲府にむかわせたんだろうが」

なんとなく晋八にも成り行きが見えてきた。

次郎長の兄弟分で妻の実兄でもある大熊という博徒がいる。その大熊の子分が、甲府の祐天なる男に殺された。しかし祐天は逃げてしまい、落とし前をつけようにもつけられない。憤《いきどお》った大熊が甲府に行こうとするから、次郎長が大政たちを助太刀につけたのだ。

「なにも祐天の親分だったからって、卯吉を殺すこたぁなかっただろ」

石松が追われていたのは、卯吉の子分たちであったらしい。何者かなど解らずに、晋八は六人殺したのだが、どうやら次郎長はそれが気に喰わないようだ。

親分の溜息交じりの言葉に、大政は淡々と返す。

「そこいらの三一《さんぴん》を一人二人殺ったくれぇで面子《かんめ》が立ったなんて言ってたら、甲州のちんぴらと、大熊の伯父貴んところの若い衆の貫目が同じってことになっちまいやす。

卯吉を殺る以外に、大熊の伯父貴の面子は立ちやせんぜ」

「そのせいで、どうなったかってことを俺ぁさっきから何遍《なんべん》も聞いてんだよっ。卯吉を殺された子分たちがどうなってんのか様子見て来いって言ったのに、訳の分からねぇ奴と一緒に何人も殺してきやがるしよっ」

　石松が頭を下げたまま膝を滑らせ、ぐいと次郎長に寄った。

「な、なんだよ」

　わずかに仰け反り、次郎長が石松を見下ろす。大政に負けず劣らず、次郎長も見事な体格をしている。躰つきだけなら、二十人からいる子分たちのなかでも見劣りはしない。しかし卑屈な態度が、次郎長を大政よりも小さく見せている。

「あっし等のせいで、親分が睨まれることになっちまってすいやせん」

「べ、別にお前ぇたちが悪いって言ってる訳じゃ……」

「しかし、親分っ」

　次郎長の言葉を断ち切るようにして、石松が威勢の良い声を吐いた。清水港の親分のがっしりとした肩が、一度大きく跳ねたが、子分たちは見て見ぬふりをする。それがまた晋八には滑稽で、おかしくてたまらない。笑いたい。でも、笑ったら小政とかいう餓鬼あたりが飛んで来て首を絞められはすまいか。生憎《あいにく》、長脇差や匕首《あいくち》は家に上がる際に預けてしまっている。石松の体面もあるから、あまり無礼な真似もできない。仕方なく晋八は、下顎に全身の力を集めて必死に笑いを我慢する。

そんな客人の葛藤など知りもせず、隻眼の博徒は親分に迫った。

「あっし等は次郎長一家の名を上げるために、命を懸けていやす。決して親分を困らせてぇと思っての行いじゃねぇってことだけは、解ってくだせぇ。大政の兄貴が言うように、大熊の伯父貴の面子も大事だが、次郎長一家の名を天下に轟《とどろ》かせてぇ。そう思って、あっしらは命を張ってんでやす」

畳に額をつけて、石松が伏す。

「わ、解ってるよ、そんなこたぁ。お前ぇたちはよくやってくれてるよ。俺なんかのためによ」

次郎長が鼻をすする。

泣いているのか、この親分は。

晋八は目を凝らして上座を見た。

いや、泣いてはいない。口を尖《とが》らせて不服そうである。その目は天井にむけられ、子分を見ていない。

「解っちゃいるが、このままじゃあ俺ぁどうなるってんだ。卯吉んところの若い者には狙われ、御上《おかみ》には睨まれ、死ぬかとっ捕まるかふたつにひとつじゃねぇか」

「俺たちが絶対に親分を死なせやしねぇ」

石松が鼻息荒く言った。次郎長は天を仰いだまま、うなずくのみ。次郎長一家の番頭格である大政が、四角い顎をゆっくり動かし親分に語りかける。

「卯吉んところの若い者についちゃ、俺たちがどうにかすりゃ良いだけのことですが、御上のほうは一筋縄じゃいかねぇ」

「兄ぃの言う通りだ」

子分の群れのなかから声が聞こえた。見ると、坊主頭に墨染《すみぞめ》の直綴《じきとつ》を着けた僧侶然とした男が言ったようである。法印大五郎《ほういんだいごろう》という名であることは、先刻の口上の席で聞いていた。坊主上がりの博徒である。

「御上の手先を殺しちまう訳にはいかねぇからなぁ」

坊主上がりのくせに、ずいぶんと物騒なことを言う。

「卯吉も御上の手下じゃねぇか」

いつの間にか頭を抱えてうつむいていた次郎長が、畳を睨みながら声を吐く。それを聞いて子分たちが押し黙った。もともと、子分たちが卯吉を殺したことで、次郎長は窮地に陥《おちい》っているのである。いまさら御上の手先を殺せないというのも、たしかにどうかと思う。

博徒の面子……。

そんなものどうでも良いではないか。殺してしまえばただの骸だ。博徒も御上の手先もない。

「いずれにせよ」

皆が口籠ると、決まって口を開くのは大政であった。

「このままのんべんだらりと日を過ごしてる訳にもいかねぇ。親分、どうするか決めてもらわねぇと」

「どうするって、どうすんだよ」

頭を抱えたまま次郎長が問う。

博徒たちは晋八のことをすっかり失念している。客がいることを忘れて、一家の行く末について必死に語らい合っていた。その様がなんとも朴訥《ぼくとつ》で滑稽だ。弱肉強食、生き馬の目を抜く博徒稼業としては問題だと思うが、次郎長一家の面々は人が良い。それだけは間違いないように思う。

例外はいるようだが……。

晋八は例外をちらと見た。剣呑な気を身に纏《まと》った餓鬼が、しつこいまでに晋八を睨んでいる。

「親分」

大政の声に誘われ、晋八は無口な少年から目を逸らしてふたたび上座を見た。

「卯吉んところの若い者と戦《や》るってんなら、俺たちはどこまでもお供いたしやす。命惜しさに逃げ回ってたら、博徒の面子が立たねぇ。一家総出で甲府に乗り込んで、白黒つけやしょう」

「ぶ、奉行所に睨まれてんだぞ。そんなことすりゃ、甲府に着く前ぇに一網打尽だ」

「そこんところはどうにでもなりやす。道案内はあっしがやりやす」

言ったのは石松であった。甲府からの帰り、間道《かんどう》、山道、獣道《けものみち》、とにかく人目を避けて帰ってきたのはこのためだったのだ。

「そういうことを言ってんじゃねぇんだよ。俺ぁ、むざむざお前ぇたちを死なせたかねぇと言ってんだ」

子分に上から物を言う時だけは、この親分は鼻息が荒い。その様は必死に言い訳をしている童《わらべ》のようだ。しかしその言葉の裏に見え隠れしている本心は、死にたくないの一心であった。それを、子分たちに悟られまいとしているが、恐らくこの場にいるすべての者が、次郎長の本心を見透かしている。

一家とは面倒なものだ。親分と子分で、面子や意地と本音の狭間《はざま》で腹の探り合い。親を持たぬ一匹狼の晋八には窮屈に思えて仕方がない。

「だったら、逃げやすか」

次郎長が顔を上げて大政を見る。その目は大きく見開かれ、今にも零《こぼ》れ落ちんばかりであった。

「ど、どこに逃げるってんだ」

「三州《さんしゅう》寺津《てらづ》の治助《じすけ》を頼ってと言いてぇところだが、治助と親分の間柄《あいだがら》は御上にはとっくに知れている。すでに見張られていてもおかしかねぇ」

どうやら次郎長は、三河《みかわ》の寺津に親しい博徒がいるらしい。三河は徳川家の発祥の地である。譜代の旗本たちが故地を領地として求めたため、旗本領が点在している。一万石を超える大名も多く、一国が細かく切り刻まれていた。そのため境が複雑に入り組み、取締が一国に及ばない。博徒にとっては絶好の隠れ場所であった。

大政は淡々と続ける。

「ここはひとまず尾張《おわり》にお逃げくだせぇ。尾張は尾張徳川家の御領内だから、関東取締出役も甲府町奉行も下手に首を突っ込めねぇ。とりあえずは尾張に隠れてもらって、ほとぼりを冷ますのが良いかと」

「尾張にゃ、久六《きゅうろく》もいるしな」

どうやら尾張にも次郎長が親しくしている博徒がいるらしい。

博徒は法度《はっと》を犯す。国許《くにもと》にいられなくなることも珍しくない。その度に、流れ流れの旅を打つ。そういう時、各地にいる博徒の親分を頼る。一宿一飯の世話を受けたり、草鞋銭《わらじせん》と呼ばれる旅費を工面してもらうのだ。もちろん、国許にある時には旅の博徒を助けることになる。そうして互いに助け合い、博徒は縁を作るのだ。自然、顔が広くもなる。

さっきまで青かった次郎長の顔が、赤く染まっていた。腰がそわそわと上下している。逃げると決まったら、じっとしていられない。そんな様子である。

まったく……。

博徒の面子はどこへ行ったのか。

「お蝶も連れてく」

「姐さんをですかい」

大政が露骨に顔をしかめた。博徒が旅を打つのに、女は足手まといだ。敵対する博徒や御上に狙われる身の上である。いつ何時《なんどき》、逃げることになるのか解らないのだ。身軽であればあるほどいい。

「どうせ逃げるんなら、今回はちょっと足を延ばしてお伊勢《いせ》参りでもしてこようかと思ってな」

「親分、今どういうことになってんのか解っているんですかい」

さすがに大政が声を荒らげる。次郎長はこれ見よがしに肩をすくめて、少しだけ身を番頭から離した。

「解ってる。解ってるからこそ、清水にお蝶を置いておけねぇんだよ。俺が留守ん時に、万一なんてことんなったら、俺ぁ悔やみきれねぇよ」

この男には人を食ったところがある。女房を伊勢参りに連れていきたいための方便なのか、それとも本心から案じているのか。

大きなため息を大柄の番頭がひとつ吐き、うんざりするような目つきで次郎長を見た。

「好きにしたらいいでしょ」

言われた親分は笑みを堪えようとして口の端を微妙に震わせた。

なんとなく気になる男である。

晋八はおもむろに手を挙げた。

「あのぉ」

次郎長と子分たちがいっせいに晋八を見た。小政だけはこの間、一度たりとも晋八から目を逸らしていない。

「なんでぇお客人」

大政がうながした。

満面に笑みを湛《たた》えながら、晋八は細い唇を開く。

「あっしに親分と姐さんを守らせちゃもらえやせんでしょうか」

「なんで」

思わずといった様子で法印大五郎が素《す》っ頓狂《とんきょう》な声を吐く。それに笑顔でうなずきつつ、晋八は答えた。

「一宿一飯の恩義ってやつですかね」

「まだ、あんたは恩を受けてねぇだろ」

素早く大政が切り返す。一夜の宿、一杯の飯を施《ほどこ》してもらった博徒は、その相手のために身命《しんめい》を賭《と》して恩を返すのが一宿一飯の恩義である。

「これからお受けいたしやすんで、その前払いといいやすか。いや、親分を守るのは今日じゃねぇんですから、やっぱり順当な払いでやすね」

「そんなこた、どうでもいいんだよ。だから、なんで今日この家に来たばかりのあんたが、親分を守ってくれるってんだ」

「なんとなく……。じゃいけねぇですか」

「なんとなくって」

大五郎が素直に言った。この男は思ったことが口に出る性質《たち》らしい。

「はい、なんとなく」

へらへらと笑う。

「大政の兄貴」

石松が声を張った。目だけを隻眼の博徒に移して、大政がうながす。

「こいつぁ、こういう奴なんでさ。甲府であっしを助けてくれた時も、こんな感じだったんだ。なんとなくって感じで、六人を斬って捨てやがった」

「お前ぇはそう言うが、俺はまだこの人を信じちゃいねぇ」

「兄貴」

冷え冷えとした声が室内に鳴った。

小政である。

皆の目が十四の小僧にむく。

「俺も親分について行く。こいつが妙な真似しやがったら容赦しねぇ」

「そうか。そういうことだったらまぁ」

番頭がうなずく。

「いや、あのぉ」

晋八は大政にむかって口を開く。

「親分と姐さんだけじゃなくて、こんな小さな子を連れて行くのは、ちょっと……」

足手まといであると、言下に告げた。どれだけ殺気走っているといっても、子供は子供だ。なにを考えているのかいまいち解らない親分と、その女房を連れた道行きである。子供の面倒まで見ることはできない。

「心配すんな」

大政は不敵に笑い、かたわらの小政を見た。

「こいつはこの一家で一番強い」

「どんだけ剣の腕がたっても人を殺したこ……」

「大丈夫だ」

晋八が言い募ろうとしたのを止めて、大政が続ける。

「なにかあった時は、小政のことは心配しなくていい。日頃もあんたに迷惑をかけるような奴じゃねぇ。あんたと同じだけの務めは果たす」

小政はなにも言わずに晋八を睨んでいる。

「とりあえずっ」

凍りついた場の気配を砕くように次郎長が手を打って快活に言った。先刻までの不安はどこへやら、陽気が満面をおおっている。

「俺ぁ今からお蝶と一緒に旅支度をする。後の細けぇことはお前ぇたちで語らって決めろ。そういうこったから、よろしく頼んだぞ」

そう言い残し、次郎長は開け放たれた障子戸のほうへとそそくさと歩み去ってゆく。いつものことらしく、子分たちは平然と見送る。

「さて」

大政が仕切る。

「ひとまず少し休もうじゃねぇか。話はそれからだ」

番頭の冴《さ》えた瞳が下座の客を射る。

「あんた、ちょっと来てくれねぇか」

「あっしですか」

大政は立ち上がっている。石松が微笑を湛えながら首を上下させた。

「兄貴は改めて礼を言いてぇんだろ。この一家は兄貴がいなけりゃ、回らねぇからな」

それでは次郎長一家ではなく、大政一家ではないかという言葉を呑みこんでから、晋八は腰を上げた。

三

「あんた侍だろ」

裏庭に晋八を誘《いざな》った大政は、二人になるなりそう言った。

「あっしはしがねぇ旅の博徒でござんすよ」

笑みを崩さずに答えた。

次郎長一家の番頭は心根の読み取れぬ醒《さ》めた顔つきで晋八を見つめる。板塀にもたれかかり、腕を組んだまま指一本動かさずにいた。

「何者《なにもん》だ」

「先刻言ったじゃないですかい。あっしは江戸駒込の生まれで、簪《かんざし》職人だった父親のことが嫌いで、幼い頃から悪さばかりして、博打に狂って江戸払いになっちまった根無し草だって」

「俺ぁ、尾州の廻船問屋の小倅《こせがれ》だった」

この男自身の口上で聞いているから知っている。

「けっこう大きな店《たな》でな。こう見えても俺ぁ、そこの跡取りだったんだぜ。子供の頃から、親父に商《あきな》いを仕込まれて育った。だからって訳じゃねぇが……」

まったく顔つきを変えず、大政は淡々と語る。

「人を見る目は持ってるつもりだ」

声が圧を帯びる。大政はなにひとつ変わらない。ただ吐いた声に籠る力だけが増した。大きくなったという訳ではない。むしろ声を落としている。なのに、晋八に届く声の力は増しているのだ。大政の口から発せられた言葉が波となって、躰を揺らしているような心地がする。

「あんた、博徒にゃ見えねぇよ」

「そんなこと言われたのははじめてでさ」

「無理に崩してるだろ。どんだけ崩しても、底にある品みてぇな物が、あんたの身振りや話し振りに見え隠れしてんだよ」

「ほら父親が簪職人だったんで、品みてぇな物が……」

「そんな訳ねぇだろ」

「へへへ」

「その笑い声だけは品がねぇな」

大政が圧を強める。が、晋八は別段うろたえはしない。笑みを崩さずに、一家の番頭に語りかける。

「あっしがどんな素性だったって、大政さんにゃ関わりのねぇことでやしょう」

「確かにその通りだ。この家に草鞋を脱いだのはお前ぇさんだけじゃねぇ。そのなかには、語った素性がまるっきり嘘だって見え見えの奴もいた。そんな奴が、今じゃ一家の末席に名を連ねていたりもする。博徒なんてもんは、大なり小なり脛に傷があるもんだ。詮索するつもりはねぇ」

「だったら」

「あんたは別だ」

大政は逃がしてくれない。

「俺の勘が言ってんだ。お前ぇさんは得体が知れねぇ。用心しとくに限る……。ってな」

「あっしは今さっき、この家に草鞋を脱いだばっかりでやすよ」

にやけて答える晋八に、大政は剣呑な気をはらんだ視線をむけたまま言葉を浴びせる。

「そうだよお前ぇさんは今日、この家に草鞋を脱いだばかりだ。親分に挨拶を済ませたそばから、いきなり用心棒みてぇな真似をしようとしてる」

「あっしだって、すこしは役に立ちたいと思いやしてね」

「そいつがおかしいんだよ。別に親分が旅を打とうがこの家がもぬけの殻になるって訳じゃねぇ。あんたが食うに困るこたぁねぇし、もし卯吉の手下が襲ってきたら、真っ先にあんたを逃がす」

まくしたてる大政に見えるように、わざと肩をすくめてみせる。

「なんでぇ」

「いや、石松さんがあっしを清水まで連れてきたのは、宿を貸すためでも飯を食わせるためでもねぇと思ってやしたんでね」

「なにが言いてぇ」

壁にもたれかかったまま、大政はまったく動かない。隙だらけのように見えるが、驚くほど隙がなかった。晋八はたわむれに目の前の博徒に襲いかかる己を夢想してみたが、足払いのような外道の策も、いきなり飛んで意表を衝《つ》くような奇襲も、この男には通用しない気がした。大政はこちらの一挙一動をその冴えた瞳でうかがっている。

見逃されることはない。かならず捕えられる。そんな確信が晋八にはあった。背中がむずむずする。尻の穴のあたりから頭の天辺《てっぺん》まで、小さな雷が幾度も駆け抜けては消えてゆく。

　この男はおもしろい。

「いやね、石松さんはあっしの剣の腕を見込んで、清水に連れてきたんでしょ。今度の甲府の博徒や御上との悶着《もんちゃく》に、あっしの力を役に立てようとしたんだ。無駄飯を食わせるためじゃねぇはずだ」

「そしたら、お前さんはなにか」

　はじめて大政が動いた。といってもそれは些細なものでしかない。右の眉尻が吊り上がっただけだ。しかしその些細な変化が、この男の印象を大きく変えた。それまでは冷徹な一家の番頭でしかなかったが、いま晋八の前に立っているのは荒事《あらごと》に喜んで踏み込むような殺気みなぎる博徒であった。眉ひとつだけでこれほど姿が変わるのだから大したものである。剣呑な気が籠った言葉を、大政が吐く。

「手前ぇは、関わりのねぇ恩すら受けてねぇ一家のために命を投げ出すってのか」

「へへへ」

「そんな大層な奴には見えねぇがな」

「好きなんですよ」

晋八は笑みを崩さない。

「なにが」

「人を斬るのが」

本心である。

晋八は人を斬るのが好きだ。感触とか、相手の苦しみとか、そういった理《ことわり》がある訳ではない。

ただ好きなのだ。

難しいことはよく解らない。

「そうかい」

大政は平然と答えた。

「お前さんみてぇな奴はこの世にはごろごろいる。珍しいこっちゃねぇ。だがな、人を斬るのが好きってだけで、喧嘩に首突っ込まれちゃ、こっちが迷惑なんだよ」

「どうしてです。万一殺されても、あっしは文句言いませんよ」

「殺されちまったら、文句言える訳ねぇだろ」

「それもそうでやすね、ひひひ」

弓形に歪んだ唇の隙間から黄色い歯をのぞかせ晋八は笑う。

「お前ぇ、何者だ」

ふたたび大政が問う。晋八は微笑のまま答えない。

「そんなこと、どうでもいいでしょ」

背後から声が聞こえ、晋八の心の臓は凍りついた。

動けない。

首筋に冷たい感触がある。長脇差の刃が、喉仏の一番高い場所に触れていた。少し顔を横に振っただけでも、硬い刃が皮を裂く。後ろに立つ者が柄を握る手に力を込めさえすれば、皮とはいわず肉すらも無事では済むまい。

「嘘でしょ」

口許を強張らせながら、晋八は後ろに立つ者に語りかける。声からして、刃を突きつけているのは小政に間違いない。次郎長一家で一番の剣の腕を持っていると大政が言っていた。あながちそれも嘘ではないと、晋八はいま己の身をもって実感している。

「大政の兄貴」

小政が晋八越しに言った。目の前に立つ大政は、とつぜん現れた小政に心を動かすことはない。右の眉を吊り上げたまま、眼前の晋八を睨んでいる。

「こいつがどんな奴だっていいでしょ。なにかあったらあっしが始末すると言ってんですから、連れて行ってやりやしょうよ」

「お前ぇはそれでいいのか」

大政が晋八に問う。

「はい」

口許の微笑は絶やさずに答えた。すると次郎長一家の番頭格は、目を閉じ腕を解いた。

「小政がそう言うなら、今日のところはこれで終わりだ。精々親分を守ってくんな」

言って縁側のほうへと歩を進め、晋八の横を通り過ぎる時に肩を二度ほど叩いた。

庭に小政と取り残される。

「あの、喉にあるものを……」

「親分を傷つける奴は俺が許さねぇ。それだけは覚えとけ」

幼いくせにやけに冷たい声が途切れると、喉の刃がなくなった。

「冗談は……」

振り返り、晋八は言葉を呑んだ。先刻まで背後に立っていたはずの小政が、どこにもいない。

「忘れるなよ」

またも背後から童の声が聞こえ、晋八はふたたび振り返る。今度は小政がいた。頭ひとつぶん晋八より小さい少年が、子供らしくない目付きで見上げている。恐ろしく身軽な少年は、晋八が振り返る動きに合わせて背後に回り込んだのである。先刻、気配を悟られずに首筋に刃を這《は》わせたことといい、やはりこの少年は只者《ただもの》ではない。

「あっしの腕前は見ておかなくていいんですかい」

少し悪戯《いたずら》心《ごころ》が湧いてきた。このまま餓鬼にやられっぱなしでは気が済まない。

「別に」

乗って来ない。晋八はなおも踏み込む。

「怖いんですかい」

「こいつは試すために振るもんじゃねぇ」

鞘に納め、小政は晋八を睨む。そして家へ戻ろうと一歩踏み出す。

「待ってくださいよ」

晋八は自分の腰に手をやる。

「あ」

長脇差は預けている。

小政が横を通り過ぎてゆくのを、晋八は微笑のまま見送った。そして誰もいなくなった庭に一人立ち、肩を震わせる。

「ひひひひひ」

口から自然と笑い声が漏れる。

「面白ぇところに草鞋を脱いだみてぇだな」

# 四

駿州清水を出た次郎長は、江尻《えじり》、府中《ふちゅう》、藤枝《ふじえだ》と進んで駿河を抜け、掛川《かけがわ》から足を北へむけ、石松の故郷である森町村へ。森町村を抜けて浜松《はままつ》を南に見ながら、遠江《とおとうみ》から三河へと入った。三河に入ると東海道《とうかいどう》に出て、赤坂《あかさか》、岡崎《おかざき》と上り、次郎長の兄弟分がいる寺津には赴かず、北上して尾張の瀬戸《せと》に着いた。瀬戸には岡市《おかいち》という博徒がいて、次郎長とは馴染《なじ》みがあった。名古屋へは七里あまりのところである。

男だけの旅ではない。次郎長の妻のお蝶がいる。ゆるゆると歩んで日に七里ほど。五十里あまりの道程を、一行は七日かけて進んだ。

岡市の家に着いた途端、お蝶が倒れた。慣れぬ旅の疲れが、安堵《あんど》とともに一気に襲ってきたのだ。

次郎長はやむなく、瀬戸に滞在することになった。

晋八は大きな欠伸をひとつして、両手を伸ばした。

岡市の家の門前である。田舎の博徒とはいえ、一家を構える岡市の家は屋敷と呼んでも良いほどの広さがあった。それでも次郎長一家の子分たちが一部屋ずつ与えられるはずもなく、晋八は雑魚寝《ざこね》を強いられている。

しかも。

小政だけではなかった。岡市で過ごしはじめて数日のうちに、清水から大政、相撲常《すもうつね》、鶴吉《つるきち》、千代吉《ちよきち》という四人の子分たちが次郎長の居所を聞きつけて合流したのである。

岡市から与えられた部屋は八畳。小政とふたりだけなら十分な広さである。しかし今は六人で並んで寝ている。寝返りを打つ余裕すらない。結果、晋八は夜も明けきらぬうちに目覚めてしまう。

首を鳴らす。するとまた、欠伸が口の奥から湧き上がって来る。日中も、絶えず欠伸が出るので往生していた。大政たちが来たとはいえ、一応は次郎長を守るという名目で旅について来ている。あまり気の抜けた姿は見せられない。

朝靄《あさもや》に煙《けむ》る瀬戸は、山間《やまあい》の小さな町である。焼き物が盛んで、山々から昇る煙は、点在する窯《かま》から上がるものだ。欠伸のし過ぎでひりひりする重い瞼をなんとか開き、晋八は人影もまばらな早朝の往来をぼんやりと眺めている。

「お前ぇも毎日、朝早ぇなぁ」

門のほうから声が聞こえ、晋八は不機嫌な眼差しでそちらを見た。

丸い肉の塊が門を抜けて晋八のほうへのそのそと歩いて来る。猪の化け物かと思うほど巨大な躰を右に左に揺らす度に、間合いが詰まって、晋八は息苦しさを覚えた。

この男が、不眠の元凶である。

相撲常。次郎長一家の博徒だ。元は相撲取りであるらしい。力士崩れであることは、常の躰つきを見れば誰でも解る。小柄な小政であれば、この男の後ろに二人は悠々と隠れることができる。

これが同じ八畳間に寝ているのだ。この男と晋八の他にあと四人。

満足に寝られる訳がない。

「あの部屋、狭《せめ》ぇなぁ」

油でてかった顎先をぼりぼりと掻きながら、相撲常が隣に並んだ。むかいの家の屋根の上から朝日が頭を出し、二人の鼻先を照らす。その眩《まぶ》しさに晋八は目を細める。隣の力士崩れは線のように細い目をしているから、細めずとも良い。少しでも細めようとすれば、それは最早《もはや》つぶったも同然だ。

　誰のせいで部屋が狭いのか解っているのか。

　怒りの言葉が喉の奥まで出かかったのを、晋八はなんとか呑みこんだ。狭いだけではない。暑い。常が発する熱が部屋に満ちているから、暑くてたまらない。たまらないのはそれだけではない。五月蠅《うるさ》い。とにかくいびきが五月蠅い。この体格である。喉も鼻も口も人並み外れて大きい。そこから発せられるいびきは、とても人の物とは思えぬ五月蠅さである。しかしこれが不思議なのであったが、どうやらこの男のいびきに、次郎長一家の面々は慣れているらしく、晋八のように苦しんでいる者はひとりもいないのだ。人一倍気が細かそうな小政も、轟音《ごうおん》と暑さと狭さのなかで、平然と寝ているのである。

「おい、あんた名前はなんつったっけ」

「皐月雨の晋八でさ」

「年はいくつだ」

「二十八でさ」

「だったら大政の兄貴のひとつ上だな」

これには晋八も驚いた。よもや大政が年下だとは夢にも思わなかった。相撲常が言うのが確かなら、大政は二十七ということになる。晋八より十は上だと言っても通るほどの貫禄が次郎長一家の番頭にはあった。

「驚いてんな」

常が図星を突く。

「だいたいの奴が兄貴の歳を聞くとそうなっちまう。あんたのほうが年上だとは誰も思わねぇよな。だってあんた、二十一二に見えるもんな。石松よりも下にしか見えねぇもん」

清水への道すがら、石松が二十三だとは聞いていた。晋八はそれより若く見えると常は言った。博徒には貫目というものがある。どれだけ若くても、大政のように歳以上の貫禄があれば、周囲からそれなりに扱ってもらえるものだ。若く見えるということは、舐められていると言われているようなもの。

「妙な奴だなお前」

晋八の顔を覗き込み、常が言った。年下に見えるなどと無礼なことを言ったのに、晋八が笑って聞き流したのを不審がっている。

歳などどうだって良い。貫目や面子など、はなから興味がない。

「朝っぱらからなにしてんだ、お前ぇたち」

門のほうから新たな声が聞こえてきた。晋八と常は同時に振り返る。

門の前に大政が立っていた。噂をすれば影である。晋八は一瞬、大政の地獄耳を疑ったが、装束を見て考えを改めた。

「どこに行くんですかい」

常が問う。大政は笠を被《かぶ》り、引き廻し合羽《がっぱ》に手甲脚絆《てっこうきゃはん》という旅装束であった。

「この田舎じゃ満足な薬もねぇから、名古屋まで行ってくらぁ。ついでに久六んところにも顔を出してみる」

「戻りは」

「明後日だな」

瀬戸から名古屋までは七里ほど。着いたら夕刻である。薬を調達したり久六のところへ行くなどして一日を費《つい》やすとなれば、どれだけ急いでも、大政が言う通り帰って来るのは明後日の夕刻になるだろう。

「俺がいねぇ間、ちっとは眠りやすくなるんじゃねぇか、客人」

常には劣るが、大政も巨漢である。たしかにこの男がいなくなれば、部屋は少し広くなって寝やすくはなるだろう。が、たとえ他の者がすべていなくなったとしても、常がそばに寝ている限り、晋八は満足に眠れる気がしない。一番の問題は常のいびきなのである。常のいびきがある限り、晋八は眠れない。

「なんだ、お前ぇ。眠れねぇで外に出てたのかよ」

常が目を真ん丸にして問うてきた。お前のせいだと怒鳴ってやりたかったが、笑みの形に口を留めたまま、首を傾げて答えを避けた。

「常、お前ぇのいびきは慣れねぇと五月蠅くて眠れねぇんだよ。解ってんだろ」

「俺ぁいびきなんか……」

「かいてんだよ。石松たちにも散々言われてきただろうが」

「ま、まぁ」

力士上がりが口籠って、己が頬をさすってとぼける。大政は冴えた目で晋八を見つめた。

「寝足りなかったなんて言い訳は通らねぇからな。親分をしっかり守ってくれよ」

「解ってやす」

「さて」

次郎長一家の番頭が、笠の顎紐を固く締め直した。

「留守のことは頼んだぞ」

言って常の分厚い胸板を拳で突いた。相撲常は眉根を寄せ大政にうなずき、口を開く。

「久六は瀬戸に親分がいることを知ってんだろ」

「名古屋近辺の博徒の流れは耳に入っているはずだ。卯吉殺しで親分が追われてることぁ、尾張にも伝わってる。親分の居場所を久六が知らねぇはずはねぇ」

「嫌な予感がするんだよ兄貴」

無言のまま大政が落ちつきはらった目で先をうながす。

「俺ぁ、あの久六って男が信用ならねぇんだ。だってよぉ、親分の窮地だぜ。誰よりも先に瀬戸に駆けつけるのが筋ってもんだろ。兄貴や俺がここに来た時にはもう、あいつはここにいると思ってたぜ。そんだけのことを親分は、あいつのためにやってやったんだ。なのに、あいつは」

「解ってる。お前ぇの言う通りだ。親分が瀬戸に入ったんなら、まっさきに久六が来なきゃなんねぇ。それが仁義ってもんだ」

くどくどと言い募る常を止めて、大政がうなずく。

仁義……。

博徒が好みそうな言葉だ。

「そこんところも、久六を問い詰めてみるつもりだ」

「そいつが心配だって言ってんだよ。もし、あいつが卯吉の手下や御上と繋がってたら、兄貴は飛んで火に入るなんとやらだぜ」

「おい常」

笠の下からのぞく大政の瞳に仄《ほの》かな怒りが宿っている。

「久六ごときの騙《だま》し討ちに遭うようなぼんくらに俺が見えるか」

「思ってねぇよ。思ってねぇけど、用心に越したこたねぇ」

「解ってるって言ってんだろ、しつけぇなお前ぇは」

溜息まじりに言って大政が常に背をむけた。

「とにかく姐さんの薬を持って帰って来るのがなにより大事だ。ちゃんと帰って来る。だから親分のこたぁ頼んだぜ」

「解ったよ……。でも本当に気をつけてくれよ兄貴」

「おう」

深々と頭を下げた常を見もせず、合羽をひるがえして歩き出す。大政の背中が見えなくなるまで二人は黙っていた。

「あのぉ」

切り出したのは晋八だった。

「いびきのことは悪かった。でもよぉ、止めろって言われても止められるもんじゃねぇ。大政の兄貴が言った通り、慣れてもらうしかねぇんだ。勘弁してくれ」

こちらの言葉を聞きもせず、常が機先を制して謝って来た。

「いや、そうじゃなくて」

話が読めずに常が顔をしかめる。

「あっしが聞きたいのは、久六という人のことなんですがね」

「あぁ」

相撲常は、しかめた顔をそのままに、大政が消えた道を見た。

「保下田《ほげた》の久六。昔は八尾ヶ嶽《やおがたけ》宗七《そうしち》という名前ぇの力士だったらしい」

力士を廃業して博徒になる者は多い。名を上げて大名に抱えられれば帯刀を許され武士の身分を与えられる力士は、世間とは切り離されている。若い頃に体格などで見込まれて、一攫千金を狙い家を出た力士たちは、己が才に見切りをつけても元の家に戻る者は少なかった。力士の頃に染みついた暮らしが、死ぬまで田畑を耕すような生き方を拒んでしまうのだ。結果、人別帳《にんべつちょう》から離れ無宿となり、その腕っぷしの強さを買われ博徒になる。隣に立つ常も、久六も、そういう相撲取りの成れの果てなのだ。

「俺が子分になる前《め》ぇから、親分と久六には因縁があるみてぇだ。尾張の大野港の賭場で、まだ相撲取りだった久六がまわしを取られそうになってるのを、親分が助けたのがはじまりだそうなんだけどよ」

「そうなんだよ」

門のほうから新たな声が聞こえ、二人して振りむくと、眠そうに欠伸をしながらこちらへ近づいて来る次郎長の姿があった。清水の親分は目に涙を溜めて、二人の間に立つ。

「朝っぱらから門の前ぇで五月蠅ぇぞ、お前ぇたち。話し声が中まで聞こえてんぞ」

常の声だ。力士崩れだけあって、平素から声がでかい。

「すいやせん」

「まぁ別にいいよ」

謝る常に掌を振ってみせてから、次郎長は晋八のほうに顔をむけた。

「俺が久六を助けてやった賭場によ、まだ廻船問屋の小倅だった大政がいたらしいんだよ。そん時、俺が博打で勝ってた三十両を久六のためにくれてやったのを見て、俺の子分になろうと決めたらしい」

「へぇ、そいつぁ知らなかった」

「だろ」

思わずつぶやいた常に得意げに言ってから、次郎長は気持ち良くなったのか、流暢《りゅうちょう》に続けた。

「それが十三年くれぇ前ぇのことよ。賭場で久六を助けてから五年くれぇして、今度は奴が清水を訪ねてきたんだ。それも仲間の力士を十人くれぇ引き連れてな。聞けば、一ノ宮《いちのみや》の博徒の久左衛門《きゅうざえもん》と揉めて尾張にいられなくなっちまったらしくてな」

へぇ、とか、ほぉ、とか適当に相槌《あいづち》を打ちながら常が聞いている。晋八は黙ったま、次郎長の話に耳を傾けていた。

「仕方がねぇから俺ぁ、上州館林《じょうしゅうたてばやし》の江戸屋虎五郎《えどやとらごろう》って兄弟分に久六たちのことを頼んだんだ。そしたらあいつ、力士を廃業して博徒になった。そん時に一緒だった力士たちを子分にして一家を構えて、尾張に戻った」

「それで、親分に借りがあるんでやすね」

長い話がやっと終わった。そろそろ部屋に戻ってひと息吐きたい。晋八はその思いを言葉にして、場を切り上げようとした。

「話はそれだけじゃねぇんだよ」

「まだあるんでやすかい」

正直な気持ちが言葉になって漏れだした。しかしそれを悪《あ》しき物とは受け取らず、清水の親分が目を輝かせながらうなずきを返して来る。

「おうよ、まだあんのよ」

誰かに何かをしてやったことは、本当に嬉々として語る。そのあたりはまあ愛嬌があるといえなくもない。次郎長は腕を組み胸を張りながら、得意げに続ける。

「三年くれぇ前ぇのことだ。なぁ、そうだよな常」

「へい、三年前ぇです」

どうやら次の一件は、常が子分になった後のことであるらしい。

「久六の野郎がまた一ノ宮の久左衛門と揉めたって泣きついてきやがった。今度は力士と博徒の悶着じゃねぇ。どちらも博徒だ。喧嘩だ喧嘩」

ここで相撲常がこれ見よがしに溜息を吐いた。どうやら、この喧嘩に納得が行かぬなにかがあるらしい。それは次郎長も同じらしく、子分の態度をたしなめることはせずに、続きを語る。

「あいつぁ、手前ぇんところの手下だけじゃ敵わねぇからってんで、助太刀を頼んで来やがった」

卯吉の子分と奉行所に狙われていると知って動揺していた次郎長の姿を、晋八は思い出す。喧嘩の助太刀など、この男が素直に応じるはずもない。なにかと理由をつけて断わるはずだ。

「仕方ねぇから俺ぁ、大政やこいつを連れて、尾張に入った。常、あん時は何人いた」

「十七人でやしたね」

「助けたんでやすか」

「なんだその言い方は」

口から思わず飛び出した晋八の言葉に、次郎長が唇を尖らせながら言った。

「助けて悪ぃのかよ」

「いや、そうじゃねぇんですがね……。それで、どうなったんですかい」

愛想笑いを浮かべて晋八は先をうながす。次郎長は疑うような目つきで晋八を見つめ、語りはじめる。

「助っ人に行ったはいいが、久六の野郎、久左衛門とさっさと話をつけて手打ちにしてやがった」

手打ち。つまり互いに話し合い、喧嘩を止《や》めたということだ。次郎長は助太刀を買って出て、肩透かしを食らったということになる。

「仕方ねぇから、子分たちを先に帰して、俺は手打ち式に出てから清水に戻った」

「面倒事ばかり持って来る人でやすね久六って人は」

「本当、昔からそうなんだよ奴ぁ」

晋八の言葉にどこか嬉しそうに答えて、次郎長は幾度もうなずく。

保下田の久六。話を聞いただけでも、かなりの曲者《くせもの》である。常が大政の身を案じるのも無理はないと晋八は思う。

「とにかく、久六は俺に恩義がある。俺が瀬戸にいることを知れば、かならず助けてくれるはずだ」

「はい」

答えた常の顔が曇《くも》っている。

晋八もあまり期待しないほうが良いと思った。

三日後、大政が戻ってきた。

一人の老人を連れて。

晋八は岡市の客間で、大政たちと対面した。上座には次郎長と岡市が座り、晋八と清水一家の子分たちは左に控えている。下座に老人と、彼を連れてきた大政が座していた。

「あっしは長兵衛《ちょうべぇ》と申す、しがねぇ博徒でござんす」

そう言って深々と頭を下げる老人を、上座の次郎長は見ていなかった。その目は長兵衛の脇に控える大政をとらえ、そわそわと落ち着きがない。

大政は親分の視線を感じているのだろうが、目を伏せてわざと避けている。

「長兵衛の兄《あに》さんは尾張に住んでいらっしゃる俠客《きょうかく》で、久六のところの若い者に紹介してもらいやした」

「そうかい」

次郎長は適当に返答し、大政に問うた。

「久六はどうした」

「長兵衛の兄さんがどうしても親分と話がしてぇということなので、瀬戸まで来てもらいやした」

「そんなこたぁどうでもいいんだよ。久六はどうしたって聞いてんだろ。あいつはどうしてここにいねぇんだよ大政っ」

畳を叩いて次郎長が怒鳴る。

「まぁまぁ、そう焦りなさんな」

この屋の主《あるじ》、岡市が隣でいきり立つ次郎長を諭す。しかし清水の親分は己にむけられた穏やかな声が耳に入っていないらしく、鼻息を荒くして己が子分を睨んでいる。

「親分」

大政は目を伏せたまま、ずいと膝をすべらせて親分との間合いをわずかに詰めた。

「久六の野郎を信用しねぇほうがいい」

「んだと」

親分の怒りに一向に動じず、大政は淡々と語る。

「久六を訪ねると、留守だと子分に言われ、一夜の宿を借りてぇと言ったら、そいつが長兵衛の兄さんを紹介してくれたんでやす。あっしは長兵衛の兄さんの家に草鞋を脱ぎやして、次の日も久六を訪ねやした。そしたらまた子分が出て来て、留守だと言いやがった」

「嘘でやす」

大政の隣で長兵衛が言った。

「兄さんが訪ねて行かれた日はどちらも、久六は家にいやした。間違いねぇ」

しゃしゃり出た老侠客を不満げにひと睨みしてから、次郎長が番頭に目をむける。

目を伏せていながらも、親分の視線を機敏に感じた大政は静かに口を開いた。

「あっしが行かずとも、久六は親分がここにいることを知っている。なのに、会いにも来ず、訪ねていったあっしを門前払いだ。これがどういうことか」

「久六は俺に足をむけて寝られねぇんだ。あいつは俺がいなけりゃ、生きてねぇ。大野でまわしを取られそうになった時ぁ、あいつは殺されかけてたんだ。一ノ宮の久左衛門とは二度も事を構えてるじゃねぇか。俺ぁ、その度にあいつを助けてきたじゃねぇか」

焦りと怒りを露《あら》わにした次郎長の言葉が、客間の壁を虚しく震わせる。どれだけ情けをかけようと、恩義を感じるのは相手なのだ。恩をお仕着せることはできない。

「親分」

腹から響く声を大政が吐いた。猛《たけ》る次郎長の喉仏が一度大きく上下する。

「どれだけ親分があいつのことを気にかけても、奴は親分をなんとも思っちゃいねぇんじゃねぇですかい」

「そんなこたねぇっ。あいつはそんな筋の解らねぇ奴じゃねぇんだ」

ふたたび次郎長が畳を叩く。

晋八はこの親分の激昂《げっこう》する姿をはじめて見た。信じる者を否定され、怒っている。

しかし晋八には、大政の言葉のほうが真実だと思えた。久六という男に会ったことはないが、話を聞いただけでも信用に足る人物だとはとても思えない。

人を信じ過ぎると馬鹿を見る。

今の次郎長がそれだ。久六に固執《こしつ》し過ぎると、本質を見誤ってしまう。筋目、面子、そんな物にこだわっているから、目が霞《かす》むのだ。久六は次郎長を助ける気がない。どれだけ綺麗事《きれいごと》を連ねてみても、それが事実なのである。

「とにかく」

大政は真剣な面持ちで、諭すように親分に告げる。

「今は久六のことよりも、姐さんの病のほうが大事じゃねぇですかい。それで、この長兵衛の兄さんに来てもらったんでさ」

大政が長兵衛に視線を送った。老俠客はうなずいて、次郎長に語りかける。

「あっしはしがねぇ博徒でやす。この年になっても子分ひとり抱えてる訳じゃねぇ。嚊《かか》ぁと二人暮らしで、なんとか食ってゆける程度の稼ぎしかねぇ」

「大政が言う通り、あっしは、あんたの身の上話を聞いてるほど暇じゃねぇんですよ」

次郎長の言葉は、大政に言いくるめられた腹いせのように晋八には聞こえた。ふてくされて誰かに八つ当たりしたい。そんな時に体《てい》よく語りかけてきた長兵衛に、苛立《いらだ》ちをぶつけただけだ。

「そうでやすね」

渋い顔に愛想笑いをうかべて、老俠客はうなずく。

「で、なんの用だってんですかい」

次郎長が仏頂面で問う。

「こっから名古屋までは七里もありやす。瀬戸じゃあいい医者もいやせんでしょう。だからいっそのこと、あっしの家に姐さんともどもいらっしゃいませんか」

「名古屋にですかい」

「はい。嬶ぁと二人暮らしのあばら家でございますから、子分の皆様もすべて一緒にという訳には行きませんが、次郎長親分と姐さん、それと他にお二人くらいなら、なんとかなりやしょう」

戸惑うように次郎長が大政に目を移した。すると次郎長一家の番頭は、わずかに頭を下げて上目遣いに親分を見て語り掛ける。

「長兵衛の兄さんのご厚意に甘えてみちゃどうですかい親分。名古屋だったら、姐さんを医者に診《み》せることもできやすし、薬もすぐに手に入る。手の空いた時に、親分直々に久六のところに行くこともできやす」

「どうでしょうか、姐さんには七里の道程はお辛《つら》いかもしれやせんが」

長兵衛の言葉を聞き、晋八はおもむろに手を挙げた。それを見た一家の番頭が問う。

「どうした客人」

「あっしが姐さんをおぶって行きやすよ」

「んだと」

次郎長が声を上げた。晋八は口許に微笑を湛えて言葉を重ねる。

「荷車に寝かせるならば引きやすし、おぶっても構わねぇと親分が言われるなら、おぶって行きやす。とにかく姐さんのことはあっしに任せてくだせぇ」

相撲常が反論しようとするのを制して、晋八はなおも言う。

「もともと親分と姐さんを御守りするのが、あっしの務めでやす。それを途中で投げ出すつもりはありやせん。誰になんと言われようと、あっしも名古屋に行きやす」

「義理堅《がて》ぇ客人なこった」

含みのある物言いをした大政が、次郎長を見た。

「客人もそう言ってくれてやす。ここは長兵衛の兄さんのご厚意に甘えてみやせんか」

「もう一人はどうする。お前ぇが名古屋に来るか」

その時、小政が小さな咳《せき》払いをひとつした。

「どうやら、もう一人は決まってるようですぜ」

次郎長一家の番頭が言うと、親分が皆にむかって頭を下げた。

「解った。だったら皆の言葉に甘えることにすらぁ。俺とお蝶は名古屋に行く。長兵衛の兄さん。どうぞよろしくお願いいたしやす」

名古屋には久六がいる。

晋八の見立て通りだとすれば、久六はすでに次郎長の反目に回っているはずだ。

血の匂い……。

笑みが零れた。

## 五

〝ある町人の述懐〟


簪職人ねぇ……。

この辺りじゃ聞かねぇなぁ。

へぇ。何年か前に放蕩《ほうとう》息子が飛び出しちまったのかい。その簪職人の息子がねぇ。

ふぅん。でもなぁ、この辺りじゃ聞かねぇよ。聞き間違えたんじゃねぇのかい。

ここは駒込だよ。そうそう染井。え、ここに間違いねぇのかい。

知らねぇよ。他んとこに当たってみな。

大体さぁ、坊主のあんたが簪職人に何の用があるってんだい。

息子を知ってるってのかい。ふぅん。親父が息災か知りたがってるってんなら、手前ぇが顔を見せりゃ良いじゃねぇか。なにもあんたみたいな坊さんに頼むこっちゃねぇわな。

とにかく俺ぁ知らねぇよ、簪屋なんてな。

行きなって。

なんだよ。

もうひとつ聞きてぇことがあるってのか。うっとうしいなぁ。ちゃっちゃとしてくんな。俺だって暇じゃねぇんだから。

そ、そいつぁ……。

どこで聞いたんだよそんなこと。この辺りでそんなこと聞いてまわっちゃいけねぇよ。一年ばかり前のことだろ。大事な人を亡くしちまったって奴もいるんだ。面白半分で聞きまわってるんなら、止めといたほうが良いぜ。

ここいらだけでも十人以上が殺されちまってるからねぇ。

女もずいぶん殺られたから。町の木戸が開いてるくれぇの時分だから、まだ女もうろうろしてる。

だから余計に質《たち》が悪《わり》ぃんだ。

真夜中ってんなら用心もするだろうが、陽《ひ》が落ちて間がねぇ刻限のわずかな隙を狙って、ばっさりだからね。長屋の近くにちょっと買い物に行って殺された若い女なんてのもいたくれぇだしな。

男も女も関係ねぇんだ。侍だろうが商人だろうがお構いなしだ。

手当たり次第よ。

斬った奴は誰も見てねぇんだ。恐ろしいったらありゃしねぇ。町内の長屋が持ち回りで見回りなんかもしてたんだけどな。皆、やっぱり怖ぇから、一人で見回りゃしねぇやな。

そうするとね。

出ねぇのよ。

だから見回りにどんだけの意味があったんだろうね。まぁ、一人で歩いてる女子供に声をかけたり、一緒に帰ってやったりして辻斬りに遭わねぇようにしてたから、それなりの意味はあったんだろうけどね。

二十二人。

それで終わり。

結局、下手人は捕まらず仕舞いよ。酷《むご》いことする奴もいたもんだねぇ。斬るだけ斬って、跡形もなく消えちまうってんだから。

だからずいぶん、皆で噂したもんだ。

下手人はたぶん、どこぞの御大名の家臣で、殿様が国許に帰るのに従ったんだ。その殿様が江戸に戻って来ると、また辻斬りがはじまるぞなんてのとか、もう下手人は人知れず始末されちまってるとかね。

でも。

実際のところを知ってる奴は一人もいねぇ。斬るだけ斬って、本当に消えちまった。

だからまだ、心底から怖くねぇ訳じゃねぇんだ。

たぶんここいらに住んでる奴等はみんなそうだと思うぜ。だって男とか女とか関係ねぇんだから。腰に刀差してる侍だって殺されちまうんだ。

なんでそんなこと知りたがるんだよ。え、どうだったかなぁ。

そうだ。

一番はじめだったぜ、たしか。

最初が侍だった。若い侍《さむれ》ぇが、寄りつきもしねぇような裏路地で斬り殺されてたんだ。

そっから辻斬りがはじまったんだった。

え、どこの侍だったかって。

ありゃたしか……。

いや、そうだ間違いねぇ。

伊勢藤堂家《とうどうけ》の御家中のお侍だったはずだ。

そういや。

え、いやいや。

あんた、さっき簪屋の息子が始終へらへらしてるって言ってただろ。そういや藤堂家の下屋敷に住んでる侍ぇのなかにも、そんな奴がいたなぁって思ってよ。

ん、近頃は見てねぇなぁ。

「本当に助かりやした。ご恩は、この次郎長、一生忘れやせん。長兵衛の兄さんは、博徒の鑑《かがみ》だ」

板間に額を擦りつけるようにして声高に次郎長が言うのを、困ったような笑みを浮かべながら長兵衛が聞いている。晋八と小政は二人並んで、次郎長の後ろでともに頭を下げていた。

＊

晋八たちは無事、名古屋に着いた。

結局、お蝶は岡市が用意した大八車《だいはちぐるま》に乗せられて、晋八と小政が時には引き、時には後ろから押しながら運んだ。大人の足ならば朝方出れば日暮れ頃には着く道程であったが、病のお蝶を連れているから、五人が名古屋の長兵衛の家に到着したのは、もう陽がとっぷりと暮れた夜中であった。その日はお蝶を寝かせると、みな疲れてすぐに眠った。翌朝、起きるなり次郎長はこの屋の主にむかって深々と頭を下げたのである。

「頭をお上げくだせぇ。ねぇ親分」

好々爺然《こうこうや》とした老侠客が言う。

「ささ、どうか」

次郎長の前まで寄ってきた長兵衛が、その肩を持って頭を上げさせた。やっと次郎長が頭を上げてくれたから、晋八も躰を起こすことができた。最後に、小政が顔を上げる。

四人は土間続きの板間に座っていた。奥の寝間にお蝶は寝かされている。長兵衛の家はこの二間のみであった。この家に長兵衛は妻と二人で住んでいるという。

次郎長たちはこの家で一夜を明かした。お蝶のいる寝間には長兵衛の妻ひとりが入り、つきっ切りで看病してくれたようだった。長兵衛と晋八たち三人は、板間で雑魚寝である。次郎長は、こういうことに不満を述べる性質ではなかった。清水からの旅で、晋八はその辺りのことは理解している。良い意味でも悪い意味でも、親分らしくない。悪い意味というのは、清水での子分たちの前で見せた醜態や、瀬戸での子供じみた長兵衛への態度などである。どれだけ身の危険が迫ろうと、子分の前では泰然自若としているのが親分というものであろう。しかし次郎長はそのあたりの心構えがなっていないようなのである。

良い意味というのは、どれだけ粗末なところに寝ることになっても、どれだけ貧しい食事であろうとも、文句ひとつ言わない。旅を打てば、宿に泊まるという訳にもいかない。そういう時に文句を言わないのは他の親分衆も同様だとしても、子分と一緒に扱われることにはやはり抵抗があるだろう。四人で雑魚寝である。親分も子分も客も主もない。そういうことに次郎長は頓着しなかった。というよりむしろ、親分として持ち上げられるよりも、嬉《うれ》しそうだとさえ思える。

妙な男であった。

「それにしても、長兵衛兄さんがいてくれなかったら、お蝶はどうなってたか解らねえ。名古屋に来りゃ、いい医者にも見せられるし、きっと快方にむかいやす」

「そんな大層なことはしてやせんよ」

「大政の話を聞いて瀬戸まで来てくださったこと、あっしは死ぬまで忘れやせん。長兵衛兄さんになにかあった時は、あっしはかならず清水から駆けつけやす」

次郎長は涙ぐんでいる。駆け引きなどではない。本心からの言葉なのだ。

「そう言ってくださるだけで、瀬戸まで行った甲斐《かい》がありやした」

髷《まげ》が真っ白に染まった老いた侠客は、もらい泣きしたのか、鼻をすすった。

なにかを思い出したように、次郎長が頬を引き締める。

「兄さんに比べて、久六の野郎だ。あいつはいってぇなにをしてやがる。あの恩知らず。博徒の風上にも置けねぇ野郎だ」

「明日はあっしが医者を呼んで、嗅ぁと一緒にお蝶さんを見てやしょう。親分は久六のところに行ってきたらどうですかい」

「そうさせてもらいやす」

次郎長が背後に控える晋八たちを振り返る。どうやら己と小政も同道するらしい。

久六は明らかに次郎長を煙たがっている。間違いが起きぬとも限らない。ますます濃くなってきた血の匂いに、晋八は笑みを抑えられなかった。


「いやいや久しぶりだな兄貴」

数え切れぬほどの脂汗の粒を額に浮かべながら、相撲常よりも大柄な男が下座に控えている。この男こそ、次郎長が幾度も命を救ったという名古屋の博徒、保下田の久六であった。久六は己が屋敷に次郎長を迎え入れると、客間に案内させ上座に誘った。そして久六は、その大きな躰をこれ見よがしにすぼめながら、芝居っ気たっぷりの大《おお》袈裟《げさ》な動きで下座に控えたのである。

さすがに元力士だ。躰は大きい。が、晋八は殺れると値踏みした。目の奥に宿る気に、力がない。腕っぷしで伸《の》し上がってきた男ではないのは明らかである。

上座の次郎長は不機嫌を顔に露わにして、久六を睨む。晋八と小政はその右方の壁に背をつけるようにして二人のやりとりを見守っている。

久六は背後に数人の子分を並べていた。いずれも躰が大きい。次郎長の話では、久六は力士の時の仲間とともに博徒になったという。その力士仲間たちなのであろう。

だが……。

やはりどれも殺れる。

図体がでかいだけでは、晋八の刃から逃れられはしない。

「おい久六」

次郎長は重い声を下座に投げる。子分たちの前で動揺を露わにしている時とは一転、親分としての貫禄を十分にみなぎらせた覇気《はき》に満ち満ちた声であった。

この男は、こんな声も出せるのか。

丹田《たんでん》で湧いた震えが、腰骨から背筋を伝い脳天へと駆け抜けた。快感が全身を貫く。次郎長という男の新たな一面に、晋八は頬を緩ませる。

「へい」

額の汗を手拭でぬぐいながら、久六は次郎長に短い声で答える。

「お前ぇ、俺が尾張にいることを知ってたよな」

「ま、まぁそりゃ……」

「三日前ぇには大政がここを訪ねてんだ。知らねぇとは言わせねぇぞ」

大政は門前払いを食らったが、さすがに次郎長にまで居留守を使う度胸はなかったらしい。ならば最初から、下手な小細工はしなければ良かったのだ。大政に会っていれば、次郎長との仲もこじれることはなかったはずである。

駄目だ。

こんな男を頼っては。

「す、すまねぇ。生憎《あいにく》昨日まで俺ぁ伊勢のほうに行っててよぉ。兄貴も知ってるだろ。伊勢の丹波屋伝兵衛《たんばやでんべえ》親分だよ」

その名は……。

晋八も知っている。

伊勢古市《ふるいち》の半田屋《はんだや》という名の妓楼《ぎろう》の主であり、商人としての名を多田竹之助《ただたけのすけ》という。博徒の間では、丹波屋伝兵衛という名で知られていた。古市を拠点にし、伊勢はおろか東海各地に多くの兄弟分を持ち、一大勢力を築いている。

次郎長が黙ったまま睨んでいると、久六は焦ったようにみずから言葉を継いだ。

「昨日戻ったら、留守番してた野郎から、大政が二度も訪ねてきたって聞いてよ。それで、俺ぁそいつをこっぴどく叱ったんだ。なんで、引き留めとかなかったってな」

「おい」

ぺらぺらと言い訳を垂れ流す久六の口を止めるため、次郎長が怒気を言葉にして吐く。力士崩れの名古屋の博徒は、一度小さく頬をひくつかせてから固まった。

晋八の背を再び歓喜の震えが駆け抜ける。今すぐにでも畳を蹴って、久六の目を潰したい。動転する久六の子分たちの喉をかたっぱしから潰してやりたかった。

そうすれば。

次郎長はどんな顔をするのだろうか。晋八を責めるのか。

斬るか。

晋八を。

斬れるのか。

ぞくぞくする。

恍惚に浸る晋八の目を、次郎長の怒気が覚まさせる。

「お前ぇの言い訳なんざどうだっていいんだよ。俺が甲府で揉めたのはもうひと月も前のことだ。俺の窮状はお前ぇの耳にとっくの昔に入ってたはずだ。俺がどこでなにをしてたか、知らなかった訳ぁねぇよなぁ。だったら、なんで使いのひとつも出さなかったんだ、え。答えろ久六」

　見事な親分ぶりに晋八は感心する。次郎長という男は、外と裡で見せる顔が違う。それが解っただけでも、ついて来た甲斐《かい》はあった。

「いやいや、俺もいろいろと忙しかったんだよ」

「そうかい、忙しかったのかい。そいつぁ、大変だったなぁ。だが、俺もちぃとばかり大変だったんだよ。聞いてるよな久六」

「そりゃあ……」

「お蝶が倒れたのは知ってんのか」

　目を丸くして久六が驚いている。知らなかったと目で訴えかけていた。

　嘘だ。

　見え透き過ぎて呆《あき》れるくらいの三文芝居である。

「知ってたんだな」

「いやいや、俺ぁ……」

「惚《とぼ》けんじゃねぇ」

　諦めたように次郎長は言うと、席を立った。

「ど、どうしたんだよ兄貴」

久六は焦って腰を浮かせた。次郎長はそれを汚い虫けらでも見下すような目つきでとらえる。

「お前ぇに兄貴と呼ばれる義理ぁねぇ」

「そんなこと言わねぇでくれよ。勘違いなんだよ。話せばきっと解る」

言いながら立ち上がった久六が、大股で上座に歩み寄る。

「おいっ」

とつぜん行く手をさえぎった小さな躰に、力士崩れの博徒は怒りの声を投げた。平然とした面持ちで、久六の分厚い胸板の前に小政が立っている。殺気みなぎる瞳で久六を見上げたまま動かない。その背後で次郎長は、顎を突き出し胸を張り、仁王立ちである。ふた回りもみ回りも久六より小さい小政に、全幅の信頼を寄せているようだ。

先を越された……。

小政の素早さに、晋八は目を見張る。しかし動揺は面には出さない。笑みを湛えたまま、ゆっくりと立ち上がる。三人とも刃物はすべて玄関先で預けていた。久六たちもとうぜん丸腰である。

「控えろ久六」

小政の背後で次郎長が言った。しかし力士上がりの博徒は下がらない。

「違うんだ兄貴」

「だからお前ぇに兄貴と呼ばれる筋合いはねぇって言ってんだろ」

次郎長が若き子分を見た。

「行くぞ小政」

聞くと同時に、小政は身をひるがえし、久六の前から離れて次郎長の後に従った。

「待っ……」

二人へと走りだそうとした久六の胸を、晋八は手で止めた。

「今日はこの辺にしといたほうがいいんじゃねぇですか」

殺したい……。

次郎長と小政はすでに部屋にはいなかった。騒ぎが起こっても、詳細までは見ていない。久六のほうが先に手を出したと言えば、信じてくれるか。

「な、なんだ手前ぇはっ」

目の奥に恐れを滲《にじ》ませながら、久六が叫ぶ。

「これ以上お互いに深入りすると、いいことは起きやせん」

言って晋八は笑みに歪めていた目を開いて久六に殺気を送る。

「それとも、ここではじめちまいますか」

「んだと」

「親分も昔は力士だったんでやしょう。あっしが本気かどうか、もう解ってるはずだ。あっしは、次郎長親分の子分じゃねぇ。客分でさ。あっしがなにをやろうと、次郎長親分は客分がしでかしたことと言って切り抜けられる。それにねぇ……」

脂汗でぎらついた元力士の頰が震えている。

「あっしは面子とか筋とかどうでも良いんでさ。ただ人が殺せればね。へへへ」

殺りたくてうずうずしている。次郎長の覇気に当てられて、躰がうずいて仕方がない。

「て、手前ぇ。正気か」

「どうしやす。ここであっしに殺されやすか」

背後で腰を浮かせる久六の子分たちには聞こえていない。晋八と久六だけの会話である。

「さ、さっさと行け」

逃げた……。

結局は、それまでの男か。

いま焦って殺さずとも、いずれ機は訪れる。

絶対に。

晋八は笑いながら、そっと身を退いた。強張った顔で久六が厚ぼったい唇を震わせる。

「お前ぇ、名前は」

「生国と発しますは江戸駒込、人呼んで皐月雨の晋八と申しやす。以後お見知りおきを」

「皐月雨の晋八か……。覚えてろよ」

「へへ」

「なにしてんだ皐月雨の」

廊下のむこうから次郎長の呼ぶ声がする。

「では、いずれまた……」

その時はしっかりと殺してやる。

苦虫を噛み潰したような顔をした久六に吐き捨てて、晋八は二人の後を追った。

長兵衛の家に戻ると、血相を変えた老侠客が待ち構えていた。

「親分、姐さんがっ」

そう言って奥の寝間に次郎長を誘う長兵衛の後を、晋八は小政とともに追った。なにか良からぬことが起こっているのは、長兵衛の動揺を見れば明らかだった。

奥の寝間の真ん中にお蝶が寝かされている。その枕元に、禿頭《とくとう》の老人が座っていた。長兵衛が連れてきた医者であろう。その隣に座っていた長兵衛の妻が、次郎長の姿を見たとたんに立ち上がって寝間から出ていく。

「お蝶っ」

医者の隣に座った次郎長が、お蝶に声をかける。目を閉じたままの次郎長の妻は、大声にすら気づかず眠っていた。長兵衛は、部屋の隅に黙って控えている。小政と晋八は次郎長から少し離れ、お蝶の足のあたりに座った。

「親分が久六のところに行った後に、激しく咳き込みはじめやして、あっしが医者を呼びにいって帰ってきた時にゃ、もうそんな様子で」

うつむきがちに長兵衛がつぶやく。次郎長は妻を見たままそれを聞くと、隣に座った老人の辣韮《ラッキョウ》のような頭を睨んだ。

「先生、お蝶は」

老いた医者は唸《うな》るような声をひとつ吐いただけで、次郎長の問いには答えなかった。それに焦った親分が、老人の痩せた肩をつかんで揺する。

「答えろよ先生っ。お蝶はどうなってんだ、え」

「聞けば駿州清水からの長旅だったそうですね」

肩をつかまれたまま老医師が語る。

「長旅の疲れが祟《たた》って、病となったのでございましょう」

「そいつぁ、解ってんだよ。ただの風邪だろ。なんでこんなに悪くなってんだよ」

「風邪だと申して侮《あなど》ってはなりませんよ。慣れぬ土地の慣れぬ場所で寝起きをすれば、気もそぞろとなり、魂魄《こんぱく》も揺らぎまする。どれだけ養生しても、薬を処しても、治らぬこともありまする。風邪であっても命を奪う病となり得る」

「なんだよそりゃ。旅に出たのが悪ぃってのかよ」

「それだけとは申せませぬが、旅の疲れが病を悪しきほうへとむかわせた一因であるのは間違いないかと存じまする」

どれだけ声高に責められても、老医師は動じない。己は正しいことを言っているのだという自信が、言葉にみなぎっている。それを次郎長も感じたのか、つかんでいた肩を放して、己が膝に手を置いた。そして眠ったままの妻を見下ろす。

「お蝶は治るんだよな先生」

また老人は唸った。

「答えろよ。治るのか治らねぇのか」

「十中八九、助からぬものと……」

医者が言った途端、次郎長の喉から甲高い声がひとつ漏れた。その後すぐに、鼻をすする音が聞こえはじめる。

「なんだよ、なんで助からねぇんだよ。助からねぇってなんだ。お蝶は……」

ひときわ大きく鼻をすする音が寝間に響く。

「死ぬってのかよ」

「左様」

今まで言葉を濁していたとは思えぬほど、医者ははっきりと言い切った。

「奥方には尾張の水は合わなかった物と見える」

「んだよそりゃ、おいお蝶」

震える手を妻に差し伸べる。そして先刻、医者にやったのとは違う優しい揺らし方で、肩を揺すった。

「起きろよ。なにやってんだよ。こんなとこで寝てちゃ駄目だろ。解ったよ。お前ぇに旅の水が合わねぇってんなら、清水に帰ろう。な、帰って休みゃあすぐによくなる」

今、次郎長が清水に戻れば、甲府町奉行所の手先や卯吉の手下が手ぐすね引いて待っている。第一、寝たきりのお蝶を尾張、三河とふたつの国を越え、駿州清水に運ぶなど土台無理な話であった。

お蝶という女を、晋八は良く知らない。旅に出てから幾度か言葉を交わしはした。いつもにこやかで、意地汚いところがまったくない素直な女である。荒くれ者どもが集う博徒の一家を支える親分の妻というには、いささか温和すぎるのではないかというくらいに、道中のお蝶は晋八や小政に対しても気さくに話しかけていた。あの殺伐とした小政もお蝶の前では笑顔を見せて言葉を交わしていた。容姿も悪くない。良い女だとは思う。

が……。

だからといって悲しくはない。恐らく晋八は、次郎長が死んだとしても、胸を痛めることはないだろう。その妻が死ぬことに、なんの感慨もある訳がない。

いや。

むしろ死ね。

早く死んでしまえ。

そう晋八は心に唱え続けている。お蝶が死ねば、次郎長は怒りの持って行き場を失う。彷徨《さまよ》ったその矛先《ほこさき》はどこにむくのか。

久六だ。

かけてやった恩を無下にした久六を、次郎長は許さないだろう。お蝶を殺したのは久六だと思うはずだ。旅に連れて行くと言い出したのは己であることなど忘れ、久六を恨むだろう。

そうなればしめたものだ。

次郎長一家と久六一家の喧嘩である。

やっと……。

待ち望んだ殺し合いがはじまる。

それもこれも、お蝶が死んでこそだ。

死ね。

眠り続ける女に晋八は念を送り続ける。

隣で小政がお蝶を見つめていた。膝に置いた指が、衣に食い込んで深い皺を作っている。小刻みに震える肩に、この少年の心が如実に顕《あらわ》れていた。

十一の時に次郎長の養子に入った小政にとって、お蝶は第二の母ともいえる存在なのである。まだ十四だ。堂々と母に甘えることはないとしても、心のどこかに母の愛情を欲するところが残っている年頃であろう。

と、晋八は引いた目で考えるのだが、当の本人は十四の頃にはすっかり親の情けとは切り離されていた。己も親も、互いに縁を断っていたから、母同然の者が死に臨んでいることに肩を震わす小政の心境は、実際のところはよく解らないし、どちらでも良い。

「お蝶よぉ」

妻の青白い手を両の掌で包みながら、それを額に押しつけて、次郎長が声を震わせる。

「恐らく、今日明日が山かと」

医者が短く言って口を結ぶ。

とんだ愁嘆場《しゅうたんば》だ。見てられない。晋八はおもむろに立ち上がった。気づいた長兵衛の顔が晋八にむく。

「表に出ています」

「どこに行くんでぇ」

額に妻の手をつけたまま次郎長が言った。晋八はさすがに笑みは面の皮の奥に隠し、真顔で応える。

「今、この家を襲われちまったら、ひとたまりもねぇでしょ」

「誰が襲うってんだよ」

「親分を狙ってる奴は多い」

卯吉の手下たちに甲府町奉行所、それから関東取締出役に……。

保下田の久六。

とにかく次郎長は方々から狙われている。

「皆でここにいても仕方がねぇでしょう。だからあっしが外を見張っておきやす」

「解った」

晋八を見もせずに、次郎長が答える。

それから二日後、お蝶は冥途《めいど》に旅立った。

六

お蝶の亡骸《なきがら》は清水に持って帰ることはできなかった。長兵衛が用意してくれた寺に葬《ほうむ》ることになり、次郎長と小政と晋八の三人で墓穴を掘り棺桶を納めた。

それから数日、次郎長はまだ長兵衛の家にいる。昼も夜もなく、板間に一人ぽつんと座り、誰の言葉にも耳を貸さない。

「俺が伊勢に連れて行くなんて言ったばかりに、お蝶を死なせちまった」

うわごとのようにそればかりを繰り返し、日がな一日、床板の節穴をぼんやりと見つめている。

お蝶を葬る際、瀬戸から大政たちも駆けつけた。こうなったら一刻も早く尾張を抜けて西へ行こうという大政の言葉にも、次郎長はうなずきも首を横に振りもしない。先刻の言葉を繰り返すだけで、明確な指針を示さなかった。とにかく四五日、様子を見るということでその場は収まり、大政や相撲常らは瀬戸に戻り、晋八と小政は長兵衛の家に留まることになった。

ところどころ剝《は》げ落ちている土壁に背をつけて、通りを濡らす雨を晋八は眺めている。数間離れた家の角には、小政がしゃがみ込んでいた。二人とも屋根の庇《ひさし》で雨を避けながら、時を過ごしている。

警護のためだと言ってはいるが、板間にいるのがいたたまれなかった。だから二人は長兵衛やその妻の使い走りがない時は、こうして家の外に出て時を過ごしている。

「あっしはどうなるんでやしょうね」

斜めに傾いた玄関の戸のそばに立ち、晋八はつぶやいた。

問うたところで答えが返って来ないことは重々承知している。ひと月以上もともに旅をしてきて、この少年が晋八にかけた言葉は数える程度であった。しかも短い。「あっちだ」だとか「お前は後ろを歩け」などの指示以外には、いっさい言葉を吐かない。だからこういう情緒が絡むような言葉には、返答がある訳がなかった。

それでも晋八は言葉を重ねた。なかば独り言である。

「やっぱこのまま親分が駄目になっちまったら、あっしも御役御免でやすかね」

「誰が駄目になるってんだ」

唐突に聞こえた声に驚いて小政のほうを見ると、殺気に満ちた目が晋八を睨んでいた。

「誰が駄目になるんだって聞いてんだよ」

「いや親分が」

晋八は平然と答える。すると小政は、怒りを露わにするでもなく、目を細めて言葉を重ねた。

「お前ぇ、うちの親分をなんだと思ってんだ」

情けない男……。

真っ先に心に浮かんだ言葉を呑みこんだ。そしてそのまま黙っていると、小政はしやがんだまま続けた。

「殺すぞ」

本気である。

この少年は殺すと言ったら殺す。小政が人を殺すところを見たことはない。なのに、本気だということはすぐに解ったし、殺れるということも解る。晋八も剣の腕にはいささか自負があるのだが、目の前の少年の得体の知れぬ殺気と、抜かぬまま鞘の裡に眠っている凄まじい剣気を前にすると、命のやり取りをして果たして無事でいられるか、確たる自信が持てなかった。

剣の腕を見ずにこれである。この小僧は本当にできる。

視線を交錯させたままの晋八の喉が鳴った。それを聞いた小政が、目を伏せ腰を上げる。右の掌を柄頭《つかがしら》に置いて下に押さえ、鞘尻を上げた。

「今日は俺が番をする」

言うと小政は玄関へと歩きだした。寝ずの番のために明るいうちに寝るのだ。晋八の脇を通り過ぎる時、小政はふたたび横目で睨み薄い唇を動かした。

「逃げるなよ」

とげとげしい声を投げて来る小政に、晋八は笑ってみせる。

「ふん」

小政が鼻で笑って敷居をまたいだ。晋八はふたたび通りに目をやる。

「逃げる訳がありませんよ」

独りつぶやいた晋八は笑う。小政のような面白い玩具がいるというのに去れる訳がない。少年が柄に手を当てた時、晋八は密《ひそ》かに昂ぶっていた。背骨から腰そして男の根の芯へと、小さな雷が駆け巡る。えもいわれぬ快感に震えていた。

やってもいい。

腰の長脇差に触れず、晋八は小政の次の一手を待っていた。少年が抜くのを期待していたのだ。

うずく。

争いを求めて次郎長一家に草鞋を脱いでふた月になろうとしているというのに、死んだのは女一人。狙われているはずの次郎長は、いまだ無事である。無事であるどころか、妻が死んで廃人同然という為体《ていたらく》だ。妻の死を心底から悲しめる余裕があることに、晋八は怒りを覚える。

抜きたい。

斬りたい。

殺したい。

そのために晋八は博徒になったのだ。人斬り包丁を腰にぶら下げていても、侍は人を殺せない。殺す術すら忘れた者どもだ。腰の人斬り包丁は飾りである。鞘に入ったままひけらかし、威張り散らすための道具だ。

そんな物に用はない。求めているのは人を斬る得物だ。

晋八に言わせれば長脇差こそ真実の刀であり、博徒こそ殺すことを生業《なりわい》にしている誠の武士なのである。だから晋八は公儀が作り出した枠組みから外れ、博徒の道を選んだ。人殺しこそ我が本懐。人斬りこそ我が天分。そう心得ている。

なのに。

肝心の人殺しの場がいっこうに訪れない。面子だ、筋目だと愚にもつかぬ道理にこだわって、殺したい相手を殺しもしない。これでは武士と同じではないか。

最後に人を斬ったのは、石松を助けた甲府である。

気が狂いそうだ。

いっそのこと、務めもなにも投げ出して、このまま長脇差を抜いて家に飛び込み、廃人と化した次郎長と老夫婦を斬り刻んでやろうか。そうして最後に小政という極上の獲物をじっくりと堪能する。

それでもいいか……。

笑みを浮かべながら、腰の柄を右手で撫でる。冷たい雨が往来をぬかるみに変える。殺すのはいいが、雨に濡れるのは嫌だった。だからといって、血塗《ちまみ》れの骸と一夜をともにするのも面倒だ。臭いに耐えきれない。

明日、雨は上がるだろうか。

柄頭を掌でもてあそびながら、晴れたら殺ろうと心に決め家に戻った。囲炉裏端《いろりばた》に長兵衛と次郎長が座っている。部屋の隅には小政が座ったまま刀を抱いて目を閉じていた。

「親分、明日はお蝶さんの初七日ですぜ」

長兵衛の言葉に、次郎長は答えない。

「あっしが寺までひとっ走りして、経を上げてもらえるように頼んでまいりやしょう」

次郎長の頭がこくりと上下した。

「じゃあ、ちょっくら……」

「兄さん」

腰を上げようとしていた老侠客を次郎長が呼んだ。長兵衛は腰をわずかに浮かせたまま固まった。

「なんでやしょう」

「その衣じゃああんまりだ。あっしのを着ていってくだせぇ」

次郎長が言う通り、貧しい暮らしぶりの長兵衛の衣はいたるところが解《ほつ》れ、膝のあたりが薄くなり、今にも破れそうである。

「いや、でも」

「いいんだ」

言ったかと思うと、次郎長はすでに帯を解き衣を脱ぎはじめていた。

「ほら」

覇気のない顔の次郎長が、藍染《あいぞ》めの一重を老俠客に掲げる。

「すいやせん」

長兵衛は次郎長の衣を着けて寺まで走った。

半刻もせぬうちに長兵衛は戻った。衣を返そうとしたが、次郎長は長兵衛の一重を着けたまま囲炉裏の炎を眺めてまんじりともしない。仕方なく老俠客は、次郎長の衣を着けたまま囲炉裏端に座った。

端切れで長脇差の刀身を拭いながら、晋八はぼんやりと暇を潰している。

緩み切った時が過ぎてゆく。

最初にそれに気づいたのは、小政であった。刀を抱いて座ったまま眠っていた若き博徒が、ぴくりと小さく跳ねて頭だけを起こしたのである。

「どうしたんでやすか」

長兵衛が問うと、狙われた猫のように腰からぴょんと跳ねるようにして起き、抱いていた長脇差を腰に差した。

「親分」

長兵衛のぼろぼろの衣を着けたまま炎を眺める次郎長に、小政が尖った声を投げる。

しかし次郎長は、なんの関心も示さない。

その頃には晋八も異変を感じている。

家の周囲に人の気が漂っていた。それもひとつやふたつではない。十を超える気があばら家を取り囲んでいた。

「囲まれてますね」

晋八は笑みのまま長脇差を鞘に納め、立ち上がってから腰に差す。

「お、お二人とも、一体《いって》ぇどうしたってんでやすかい」

どうやら長兵衛はまだ異変に気づいていないらしい。小政は親切に答えてやるような男ではなかった。晋八も丁寧に教えてやるほど親切ではない。笑みを浮かべたまま、土間にある草履の鼻緒に指を通す。

「逃げる用意をなさってたほうが良いですぜ。あぁ、奥にいらっしゃるおかみさんも連れて来たほうが良い」

「え、だからなにが」

戸惑いの声を上げる長兵衛の横で、小政は必死に次郎長の肩を揺すっている。晋八は笑みを浮かべたまま、若い博徒に言葉を投げた。

「足手まといでやすね。置いて行きやすか」

鋭利な視線が晋八を射る。

「嘘ですよ」

土間のむこうにある木戸が大きく鳴った。

「御用改めであるっ。無宿、長兵衛はおるかっ」

「ご、御用ぉ」

素っ頓狂な声を吐き、老いた博徒は立ち上がった。まだ、妻を連れて来ていないことに、晋八は多少の苛立ちを覚えたが、それどころではない。長兵衛を無視して草履のまま板間に上がり、次郎長のかたわらに立った。

「御上でやすぜ親分。狙いは親分に違ぇねぇ。さっさと逃げねぇと、とっ捕まっちまいやすぜ」

「甲府町奉行か」

炎を見つめたまま次郎長が問う。肩をつかんだまま小政が晋八を睨んでいる。素知らぬふりで笑みを浮かべながら、晋八は答えた。

「ここは尾張名古屋。甲府町奉行は手を出せねぇと思いやすぜ」

「だったら関東取締出役か」

「さすがに尾張まで出向くたぁ思えやせん」

「だったらなんだってんだ」

「さてねぇ。一番臭ぇのは、名古屋の町奉行でやしょうか」

「なんで」

そこまで次郎長が言った時、板戸が蹴り破られて二つに折れた戸が土間に転がった。数名の捕方たちが、提灯《ちょうちん》や十手《じって》を手にして土間に雪崩《なだ》れ込む。

「な、な、なんっ」

おろおろと板間の縁《へり》まで長兵衛がまろび出た。

「その風体《ふうてい》、清水の次郎長であるなっ」

鉢巻襷《たすき》掛けの侍が十手を掲げて叫んだ。

「あ、あっしが次郎長の親分っ、い、いや」

「最近、市中において押し込みが頻発しておる件、そのほうの仕業《しわざ》であるなっ」

「押し込みっ、い、一体ぇなんの……」

「問答無用っ」

「お、親分」

長兵衛が振り返って次郎長を見た。涙目である。己が次郎長に勘違いされていることを、本人に否定してほしいのであろう。

「者どもっ、この者をっ」

侍が叫ぶと同時に、晋八は次郎長の腕を力任せにつかんだ。

「痛《いて》ぇっ」

「後で謝りやすっ」

言って力任せに立ち上がらせた。

「捕えろっ」

十手を掲げた侍が叫ぶ。捕方たちが板間に駆け上がり、長兵衛めがけて殺到した。

「親分っ」

男たちに伸《の》し掛かられながら、老いた博徒は哀願の声を上げた。

晋八は無視して次郎長を走らせる。小政もすでにこちらの意図を把握している。長兵衛を助けに行かず、晋八と次郎長の背後を守るようにしてついて来た。

板間を抜け、廊下に出るとすぐに奥の寝間だ。唐紙を開いて廊下に立ち尽くしていた長兵衛の妻に、晋八は声をかける。

「旦那は捕まっちまったが、親分の身代わりだ。勘違いと解れば、すぐに出てこれる。あんたもさっさと逃げたがいい」

言いながらも足は止めない。廊下を駆け、雨戸を蹴破り、猫の額ほどの庭へと飛び降りる。裏手の生垣のほうにも捕方は手配されていた。晋八がとらえただけで七人はいる。

「そろそろ目を覚ましちゃくれやせんかね親分。こうなっちまったら博徒の面子だなんだと言ってる場合じゃありやせんぜ」

捕方たちが、じりじりと輪を狭めて来る。手には袖絡み、棒、十手、なかには刀を抜いている者までいた。

「なんでぇ、殺すつもりかよ」

次郎長の腕をつかんだまま、晋八は笑う。

すっと風が流れ、晋八の鬢《びん》のあたりの後れ毛をふわりと揺らした。

縁を跳んだ小政が、そのまままっすぐ晋八と次郎長の脇を通り過ぎ、捕方へと駆けてゆく。右手が腰の長脇差にかかっている。鞘が横に寝ているのを晋八は見逃さない。

「てっ、手向かい無用っ」

袖絡みを両手に掲げた捕方が叫んだ。小政はもちろん止まらない。

抜いた。

しかし間合いがわずかに遠い。横薙ぎの一閃《いっせん》が袖絡みの柄《え》を叩く。

狙い通りなのだと晋八は見た。それを肯定するかのように、小政は柄を叩いた長脇差の柄を掌中でくるりと半回転させた。そして刃が己のほうにむく形で握り直す。

「やっぱり斬っちゃ駄目なんでやすね」

つぶやいた晋八は次郎長の腕を放して、ゆっくりと腰の長脇差を抜き、掌中で柄を回した。刃が上をむく。振れば峰が敵に当たる。峰打ちのための握りだ。

脇に立つ次郎長に優しく語りかける。

「あっしと小政の兄さんが道を開きやすから、親分は逃げてくだせぇ」

「ど、どこに」

「瀬戸に行きゃあ大政の兄ぃたちがいやす。とにかく瀬戸にむかって逃げてくだせえ」

言いながら晋八は構えていた長脇差を右手にぶら下げ、敵にむかってゆるゆると歩き出した。

すでに小政は、長脇差の峰で二人打ち据えている。刃がついていないとはいえ、長脇差は鉄の塊だ。峰で強かに打たれたら、肉は破れ骨は砕ける。首の骨を背中のほうから打てば砕けて死ぬ。脳天を真っ直ぐに打っても同じだ。

峰打ちでも死ぬ。

要《かなめ》は……。

晋八は刀を構える捕方にむかって笑みを投げる。どうやら裏手の差配はこの男らしい。奉行所の捕方でも与力同心あたりはれっきとした侍である。しかしそれ以下の者となると、町人あたりが紛れ込んでいる。博徒がいてもおかしくはない。甲府の卯吉も博徒でありながら奉行所や関東取締出役の案内役を担っていた。

いま晋八の前で緊張の面持ちで正眼に構える男は、どこをどう見ても侍である。

だから。

人を斬ったことがない。

与力同心のような物騒な役目にあったとしても、斬り合いなど滅多《めった》にありはしない。

御上の手下を斬り殺そうなどという酔狂な輩《やから》はいる訳がないのだ。現にあの小政ですら、長脇差を抜くと同時に逆刃に構えたではないか。最初から斬る気はないのだ。御上の手下を斬り殺せば後が面倒である。博打や盗み、不義密通はもちろんのこと、通常の殺しよりも罪は重い。だから卯吉を殺した次郎長一家はこうして旅を打ってほとぼりを冷ましているのだ。

逃げてきた尾張でまた御上の手下を斬り殺しでもすれば、次郎長は逃げ場を失う。ここは御三家尾張徳川家の御領内である。御三家の面目にかけて、次郎長は地獄の底まで追われることになるだろう。

「しっ、神妙に縛《ばく》に就けぇいっ」

「走ってくだせぇっ」

目の前の侍を無視して晋八は背後の次郎長にむかって叫んだ。

「親分っ」

小政も叫ぶ。

「お前ぇたち」

「早くっ」

言った小政が三人目の捕手の脛を砕いて転ばし、道を作る。

すでにあと二人。小政も次郎長について行かせたほうがいい。長兵衛の妻はいつの間にか消えている。面倒な荷物が減って清々した。

晋八は小政に問う。

「あんたが親分を守らねぇでどうする。こんなところで次郎長の親分を死なせちまったら、あんたの面子は丸潰れだ」

「客人……。お前ぇ死ぬ気か」

「早く」

少年が次郎長とともに駆け、そのまま生垣を跳び越えた。

「待てっ」

「あんたの相手はあっしでやすよ」

次郎長たちを追おうとした侍の行く手にするすると回り込む。侍の脇に十手を構えた町人が立っているのは、彼に従う岡っ引きかなにかであろう。次郎長を追うことよりも、この侍を守ることを選んだらしい。

後ろにある長兵衛の家のほうがなにやら騒がしかった。長兵衛を捕えた役人たちが、間違いに気づいたのだろう。縁廊下めがけて駆けて来る無数の足音が聞こえる。

「兄ぃもどうぞ」

「あんまりぼやぼやしてもいられねぇみてぇだ」

長脇差をぶら下げたまま、侍にむかって一歩踏み出す。

間合いを削るということは、相手の心を削るということ。攻めるにせよ迎え撃つにせよ、はたまた同じだけ退いて間合いを保つにせよ、先に動いた者に気をつかまれてしまう。先手必勝とは、刃のやり取りだけではない。こういう小さな動きのひとつひとつを、どれだけ相手より先んじて行ってゆくかが、勝敗を分ける。

侍は正眼に構えたまま動かない。

迎え撃つ気だ。満足に構えもせず、長脇差をぶら下げたまま無防備に間合いを詰める晋八を侮っている。

「ふふ」

思わず声が漏れてしまう。

臍と男の根の中間あたりに心地よい痺れを感じる。

殺ってしまいたい……。

次郎長のことなど知ったことか。

不穏な衝動が晋八の脳髄を揺るがす。

「動くなっ」

縁廊下のほうから無粋な声が聞こえた。先刻、長兵衛にむかって十手を掲げた男の声である。正眼に構えた侍をそのままにして、晋八は縁を見た。

四五人の男たちが、開かれた雨戸のむこうに立っている。晋八が蹴破った以外の雨戸は、綺麗に仕舞ったのだろう。そんなことをしている暇があるのなら、破れた雨戸からいっせいに降りてくれれば良いだろうに。

どうでも良いことを考えているうちに、先刻まで相対《あいたい》していた男が奇声を上げた。

晋八は縁廊下から男へと目を戻す。

「久馬《きゅうま》っ」

縁廊下に立つ男が叫んだ。どうやらそれが、正眼に構えた侍の名であるらしい。

じっとしている。まるで正眼こそが、唯一無二の構えだといわんばかりに、刀を晋八にむけたまま久馬は固まっていた。その姿があまりにも滑稽で、思わず笑い声が漏れる。

「なにがおかしいっ」

久馬が怒鳴った。背後で土を踏む音が鳴る。男どもが降りたのだ。

そう悠長に構えてもいられない。

晋八は刀をぶら下げたまま、すいすいと久馬にむかって歩を進める。

鳥の鳴き声のような音を食いしばった歯の隙間からほとばしらせて、久馬が正眼に構えた刀を突き出して来る。喉を狙っているのか鳩尾《みぞおち》なのか判然としない曖昧な突きだ。無遠慮に間合いを詰めて来る博徒の圧に負けて、考えるより先に躰が動いたというところであろう。そんな物は絶対に当たらない。なぜなら突き出した本人自体が狙っていないのである。避けもせずに真っ直ぐ進んでも、当たりはしない。

「目を閉じちゃ駄目でしょ」

久馬に優しく語りかけた。この男は本当にはじめて刀を抜いて人を傷つけようとしているのだ。その証拠に、両の瞼を固く閉じている。

殺したい。

背筋がむずむずした。

が……。

晋八は長脇差をぶら下げたまま久馬の脇をすり抜ける。それをしっかりととらえていたのは、久馬の背後に控えて十手を握っている岡っ引きであった。乱暴に右腕を振り上げ、岡っ引きの十手を弾き飛ばし、晋八は走り出す。

「まっ、待てぇっ」

突きをかわされたことを悟った久馬が怒鳴りながら振り返って、走り出す。それを肩越しに見た晋八は、大声で笑った。

「待つ訳がねぇでしょお」

大笑しつつ駆ける。二三人殺っても良かった。欲求を満たすためだけなら、晋八は迷わず斬っていただろう。次郎長をかばった訳ではない。もっと大きな楽しみができたから、殺さなかっただけのこと。

長兵衛の家を襲ったのは、十中八九、名古屋の町奉行であろう。容疑は名古屋で頻発している押し込み強盗だと言っていた。濡れ衣だ。次郎長は押し込み強盗などやっていない。

では、いったい誰が差しむけたのか。

それを考えると嬉しくなって来る。次郎長一家に草鞋を脱いで良かったと思える事態が、もうすぐ訪れるのだ。腰抜けの木っ端役人どもを斬るよりもよっぽど楽しめるはず。

「びびんねぇでくれよ。次郎長親分」

跳ねるような声でつぶやいた晋八は、追手を引き離し闇に消えた。

# 七

　瀬戸で大政たちと落ち合った次郎長は、公儀や卯吉の手下たちの目が光っていると知りながら、兄弟分の治助がいる三河寺津へとむかった。瀬戸に留《とど》まり岡市の元に厄介になっていれば、名古屋町奉行所の追及を受けることになる。そうなれば長兵衛のような目に、岡市が遭わぬとも限らない。それだけは避けねばならぬ。寺津へ行くことになったのは、そんな大政の意見を次郎長が聞いた末のことだった。

　晋八は寺津へとむかう次郎長たちと合流した。瀬戸に戻るとすでに次郎長たちは、家を出た後だったのである。岡市から一家の行き先を聞き、すぐに後を追った。

「生きてたのかい」

　残念そうに言った大政の言葉が、晋八にかけられた唯一のものであった。一家の者たちは、晋八が戻って来なくても良いと考えていたようである。

　次郎長一家には一宿一飯の恩があった。本人が毛ほども思っていないとしても、博徒の目から見ればそういうことになる。恩を受けた客人は、一家のため親分のため、命を張って働かねばならない。我が身を犠牲にして、町奉行の追及を阻んだ。それで晋八は、次郎長への義理を十分果たしている。一家の元に戻る必要はどこにもない。

それでも晋八は戻った。

一家に求められていないと知りながら、我が心の求めるままに、次郎長を追って寺津へ赴いたのである。

次郎長一家は治助の手厚い保護の下《もと》、寺津でひと息吐いていた。

「名古屋の長兵衛兄ぃの姐さんが……」

治助のところの若い者から客の来訪を知らされた次郎長は、そうつぶやいて眉根を寄せた。次郎長が寺津にいることは、長兵衛夫妻は知らない。長兵衛の妻は瀬戸で岡市を訪ねたのだろう。岡市の元で、次郎長の行き先を知ったのである。そして、わざわざ尾張から三河まで来たのだ。

一人で……。

嫌な予感しかしない。

治助一家の広間に通された長兵衛の妻は、うつむいて畳の目を数えていた。方々から飛び出た後れ毛が、疲れと悲愴を存分に顕している。

「姐さん」

上座の次郎長が声を潜めて言った。うつむいたまま長兵衛の妻は、畳の上に三つ指を突いて頭を下げる。

「こんなところまで追いかけて来て申し訳ありません。親分にどうしても御伝えしておきたいことがありましたので」

「いやいや、あっしのほうこそ、長兵衛の兄さんと姐さんを置いてきちまって、とんだ不義理をしちまったと悔いてたところだ。本当に申し訳ねぇ」

今度は次郎長が深々と頭を下げた。脇に控えていた子分たちもいっせいにそれに倣《なら》う。末席に控えていた晋八も、仕方なく躰を傾ける。

「やめてください親分。そんなことをしてもらおうと思って来た訳じゃないんですよ」

長兵衛の妻が顔を上げて、両手を次郎長のほうへ差し出す。

「本当にやめてください親分」

そこまで言われ、次郎長はやっと頭を上げた。大政たちも続く。上目遣いで長兵衛の妻や次郎長たちを眺めていた晋八も、身を起こしてふたたび皆を見遣る。

寺津での次郎長も、お蝶の死を悔やんでばかりで使い物にならない。今はまだ人前だから、なんとか親分としての体裁を取り繕《つくろ》ってはいるが、子分たちだけになると、途端に顔を曇らせ妻の名を連呼し、俺が死なせたんだと繰り返す。いい加減うんざりしていた。

どうやらやっと、一家が動き出しそうだ。そのきっかけを、この女がもたらしてくれたらしい。晋八は逸《はや》る心を抑えながら、長兵衛の妻の言葉を待つ。

「長兵衛が死にました」

「えっ」

次郎長が素っ頓狂な声をひとつ吐いた。心底から驚いているのだろう。目を丸く見開いて、女の白い髪を見つめている。

「牢でさんざん拷問を受けたのでしょう。下げ渡された骸の至るところに傷痕がありました」

「お、俺の居所を吐かせるために」

成り行きで逃げたのだ。長兵衛が知る訳がない。長兵衛への拷問は、次郎長を取り逃がした腹いせとしか考えられない。

「俺が衣を貸したばっかりにこんなことに」

たしかにあの時、長兵衛は次郎長の衣を着ていた。それで長兵衛は次郎長と勘違いされて捕えられたのだ。

「待ってくだせぇ親分」

大政が割って入る。

「長兵衛の兄さんは、親分の衣を着ていたんでやすね」

「あぁ、お蝶の初七日だから坊さんに経を頼んで来ると兄さんが言ったんで、俺の衣を貸したんだ。捕方が踏み込んで来たのは、その日のことだ」

「長兵衛の兄さんが着てた衣を見て、奉行所の奴等は兄さんを捕えたんですね」

「そうだよ。俺と見間違えたんだよ」

次郎長が拳で畳を叩く。こういう時、この男は真っ正直に己の感情を露わにする。裏がない。それは博徒の親分として、決して良いことではないと晋八は思う。しかし一家の番頭格である大政は、そんな次郎長の様を目の当たりにしてもなんとも思っていない様子である。

「親分がどんな身形《みなり》をしているか、捕方は知っていたんでやすね」

次郎長が鼻の穴を大きく膨らまし、少しだけ身を仰け反らせた。そしてそのまま大政を見つめ、確かにそうだな、とつぶやいた。

「親分、名古屋に行ってから久六には会ったんでやすか」

「長兵衛の兄さんが、お蝶の面倒は姐さんと一緒に看てるからと言ってくれたんで、小政と客人を連れて会いにいった」

「皐月雨の」

大政の目が晋八をとらえた。晋八は笑みを満面に湛えたまま、無言で顔を傾ける。

「久六のところに行った時の親分は」

「捕方が踏み込んだ時に、長兵衛の兄さんが着ていた衣を着てやしたよ」

ここまで言えば誰でも気づく。

「ってこたぁ親分っ」

相撲常が荒い鼻息を吐きながら怒鳴った。そして上座の次郎長に詰め寄る。

「久六の野郎が妙なことを奉行所に吹き込んだんじゃねぇですかいっ。なんで親分が名古屋で押し込みなんかやるってんですかっ。そんな話を信じる奉行所もどうかしてる」

「裏で繋がってんだろうよ」

大政の言葉に常が顔を真っ赤にする。

「久六め。あの野郎だけは、生かしちゃおけねぇっ」

「親分」

常の激昂に流されず、大政が冷淡な声で言った。次郎長は肩を震わせながら、番頭に目をやる。大政は両手を畳につき、躰をわずかに前に進めた。

「親分たちが名古屋に行ってから、あっしも少しばかり久六について調べてみやした」

「お前ぇはなからあいつを疑ってたからな」

次郎長が名古屋へ行く前、瀬戸の岡市の家で二人は久六を巡って言い争いをしている。悪意を露わにした親分の言葉に構わず、大政は淡々と続けた。

「一ノ宮の久左衛門と手打ちになった時のこと、親分は覚えていやすね」

「あぁ」

「あの時、親分は手打ち式に出られやした」

「それがどうした」

「手打ちを仕切ってたのが誰か、覚えていやすか」

「丹波屋伝兵衛だよ」

伝兵衛……。

晋八がこの一家に草鞋を脱いでから、その名を聞いたのは二度目である。

「そん時から、久六と伝兵衛は繋がってたんでさ」

「それがなんだっててんだよ」

口を尖らせて次郎長が問う。大政は鼻から大きく息を吸った。そしてひと息置いてから、意を決したように語りはじめる。

「今回のこたぁ、親分を狙ってのことだったんでさ」

「なにが」

「伝兵衛はかねてから、清水と寺津を狙ってたんです」

大政が淡々と語る。

「伊勢の海運を仕切る伝兵衛は、久六や久左衛門と繋がって尾張の港にも手を伸ばしてやがる。寺津の治助親分、そして清水の親分が伝兵衛にとっては目障りで仕方ねぇ。伊勢から清水までの港を押さえちまえば、甲府からの米の流れを一手に仕切ることができる。甲府から清水、寺津、尾張の大野を経由して伊勢で水揚げして陸路大坂へ運ぶ。この流れを押さえることができりゃ、伝兵衛に転がり込んで来る銭は計り知れねぇ」

「ちょ、ちょっと待て」

今にも零れ落ちそうなほど下の瞼に涙を溜めて、次郎長が大政の言葉を止めた。

「お前ぇの言ってることが良く解んねぇんだが、ど、どっから俺ぁ狙われてたってんだ」

「最初からでやすよ」

「最初からって……」

「甲府で大熊の伯父貴の子分が祐天に殺された時からでやす。そう考えると、全部の辻褄《つじつま》が合う」

次郎長が声を失う。

晋八は諸手を挙げて立ち上がり、叫びたかった。

なんということか。

大政の言葉がたしかならば、晋八が石松と出会った時にはすでに、丹波屋伝兵衛の操る糸によってこの流れは仕組まれていたということになる。だとすれば、次郎長と伝兵衛の間に決着がつくまで争いは終わらないということではないか。

伝兵衛。伝兵衛。

丹波屋伝兵衛。

これを奇縁と言わずしてなんと呼ぶのか。

晋八は心底から震える。

「そんな馬鹿なことがあるかよ。お前ぇの言うことが本当なら、俺たちゃずっと丹波屋伝兵衛の掌で踊らされてたって訳か」

「さて、どこまで伝兵衛が絵図を描いてんのか解りやせんが、祐天を動かしたのは十中八九、伝兵衛でやしょう。賭場での争いとかなんとか言ってるが、祐天が消えちまった以上、本当のところは解らねぇ。大熊の伯父貴の助太刀を親分がすることとくれぇは伝兵衛も予見したでやしょう。人死にが出れば、親分が旅を打つ。寺津に逃れればそれで打つ手があったんでやしょう。が、親分は一気に尾張に入った。伝兵衛の懐とも呼べる尾張に」

「嘘だろ」

次郎長が力なく首を左右に振る。しかし一家の番頭は容赦しない。

「伝兵衛と繋がってる久六が、親分を助ける訳がねぇ」

「そういやあいつ、お前ぇが訪ねた時に留守をしてたのは、伊勢で伝兵衛と会ってたからだって言ってやがった」

「久六の野郎、ふざけた真似をしやがって」

大政が奥歯を鳴らす。一の子分の怒りがなにによるものかを理解できずに、次郎長が首を傾げた。一家の番頭は、それを見て言葉を吐く。

「留守をしてた理由なんざ、どんな嘘でも良い訳でやしょう。それを、いけしゃあしゃあと丹波屋伝兵衛の名前ぇを出すなんざ、親分を舐めてやがるとしか思えねぇ」

「さて……」

嬉しくて晋八は思わず声を吐いた。次郎長と大政、そして二人のやり取りを真剣な眼差しで見つめていた子分たちが、いっせいに晋八を見る。

「なんでぇ晋八」

次郎長が言った。その目に宿っているのは、久六への怒りというよりも、怯えであるように思える。晋八は動揺を隠せずにいる親分にむかって、嬉々として己が思いを口にした。

「丹波屋伝兵衛のことはこの際置いといて。要は、保下田の久六が、姐さんと長兵衛の兄さんを殺したってことでやすね」

遠回しに問答を続ける二人に単刀直入に言ってやった。大政は黙ったままうなずき、次郎長は隠しておきたかった真実を露わにされたようで息を呑む。

晋八はなおも押す。

「けじめをつけなきゃなんねぇでしょ。でなきゃ、次郎長親分の面子が立たねぇ」

博徒が好きな言葉でくすぐってやる。

「晋八」

呻くように次郎長が言った。晋八は目を弓形にして続ける。

「このまま久六に良いようにやられてたんじゃ、次郎長一家は渡世を張れなくなっちまいやすぜ。そうなりゃ、丹波屋伝兵衛の思う壺《つぼ》でさ。奴の手下が清水に流れ込んで来て、縄張りを綺麗さっぱり掠め捕られちまって終わりだ」

「そんなこたお前ぇに言われなくても解ってんだよ」

言ったのは大政だった。次郎長は口をへの字に曲げて……。

震えている。

「親分、まさかびびってるんじゃ……」

「お前ぇは黙ってろ晋八」

大政が厳《げん》とした声でさえぎると、そのまま上座に目をやった。

「親分、晋八の言う通りでやすぜ。久六にやられたまんまじゃ、次郎長一家の面子は丸潰れだ」

「でもよぉ」

この期に及んで次郎長は、久六と事を構えることを躊躇《ためら》っている。

「親分っ」

突然、部屋と廊下を隔てている障子戸が開き、隻眼の男が入ってきた。次郎長の前まで大股で歩み寄った男は、膝を折って座った。

「石松か」

座った男の名を次郎長が呼ぶ。

「姐さんが亡くなっちまって、親分が名古屋で奉行所の捕方に襲われたって聞いて、いてもたってもいられなくなっちまって、清水を飛び出してきちまいましたっ」

「石松……」

「なんで親分が名古屋の捕方に追われなけりゃなんねぇんですかい」

ぎらついた右目で親分を見据えながら、石松が問う。

「そ、それは」

鼻をすりながら次郎長が言った。決断を迫られ、臆していたところに威勢の良い石松が飛び込んで来たことに心底から戸惑っている。

石松は子分たちを見回した。そのなかに晋八を見つけると、笑みを浮かべてうなずく。

「親分」

石松がふたたび次郎長を見た。

「いってぇ、なにがあったんでやすか」

「そ、それがよぉ」

口籠る次郎長が横目で大政を見た。すると一家の番頭は、親分の意を受けてこれまでの仔細《しさい》を語った。

「俺がいねぇうちにそんなことが」

隻眼の博徒は歯を食いしばり、膝の上で拳を握る。

「久六の野郎生かしちゃおけねぇ」

怪しく輝く石松の右目が気弱な親分を射る。

「あっしが尾張に行って、久六の野郎をぶち殺して来やす」

右目に怒気をみなぎらせて言った石松に、次郎長が肩を震わせる。

「ちょ、ちょっと……」

「あっしもお供いたしやす」

繰り言を発しようとしていた次郎長の口を塞ぐようにして、晋八は石松に乗った。

眉間に深い皺を刻んだ親分が、糾弾の色を帯びた目で晋八を睨む。

「お前ぇたち、軽はずみなことをするんじゃねぇ」

「このまま黙ってるなんて言わねぇですよね親分」

石松がいきり立つ。

「姐さんが死んだのは久六のせいだ。この人の旦那さんが死んだのだって、久六の小細工のせいじゃねぇですかい。そいつが全部、親分を狙ってのことだってんですぜ。

このまま黙って見過ごす訳にゃあ行かねぇでしょ。久六の野郎からきっちりけじめをつけなけりゃ、親分は渡世の笑い物になっちまいやすぜ」

まったく石松の言う通りである。博徒は舐められたら終わりだ。退けば退くだけ敵にむしり取られる。舐められた者は尻の毛まで抜かれて野垂れ死ぬ。それが博徒だ。舐められぬためには力を示さなければならない。やられたらやり返す。

報復である。

力こそ正義。それが博徒ではないのか。

昂ぶる心を身中深くじっと押し込め、晋八は成り行きをうかがう。

「親分」

大政がにじり寄る。

「ここばかりは、あっしも石松と同じ思いですぜ。ここで久六と事を構えなかったら、次郎長一家は終わりだと国じゅうに叫んでるようなもの」

「お前ぇまで、なに言ってんだ。たしかに久六はお蝶の仇だ。長兵衛兄さんの仇だよ。だからって、喧嘩する意味があんのか。喧嘩すりゃ、余計に人死にが出んだろ。どっちも得しねぇんだ」

損得で喧嘩をする訳ではないだろうに。次郎長の物言いに晋八は苛立つ。腰が重くいっこうに上座から動かない清水の親分を睨みつけた。そして冷徹な言葉を浴びせかける。

「殺らなきゃ、殺られちまいやすぜ」

「なんなんだよ、手前ぇ等はよぉっ」

頭を抱えて次郎長が叫んだ。

「なにかっつうと殺るだ殺られるだ、物騒なこと言いやがって。けじめをつけるってなんだよっ。お前ぇたちに担がれてたから言ったけどよ。お蝶を死なせたのは、久六じゃねぇ。俺だよ。俺が伊勢に連れてくなんて言わなけりゃ、あいつは死ななくて済んだんだ。長兵衛兄さんだってそうだ。俺が衣を貸さなけりゃ、捕えられるこたなかったんだ。そうすりゃ死ななくて済んだじゃねぇか。ぜんぶ俺なんだよ。俺が死なせたことを認めたくねぇから、久六のせいにしてたんだ」

「そいつぁ違《ちげ》ぇや」

次郎長の繰り言をせせら笑ってから、晋八は冷や水を浴びせ掛ける。

「もともと親分が清水を出ることになったのは、祐天って野郎が親分の兄弟の子分を殺したからでやしょ。大政の兄ぃの言ったことが正しけりゃ、祐天を唆《そそのか》したのは丹波屋伝兵衛なんでやしょ。久六と伝兵衛も裏で繋がってやがる。とすりゃ、やっぱり姐さんも長兵衛の兄さんも、丹波屋伝兵衛と久六に殺されたんじゃねぇですかい」

「客人の言う通りでやすぜ親分」

大政が晋八に乗った。

「全部、自分で抱え込まねぇでくだせぇ。悪いのは丹波屋伝兵衛と久六でさ。奴等が清水と寺津を狙ってやがることを忘れちゃなんねぇ。ここで手打ちにしたところで、いつまた奴等が牙を剝《む》くか解らねぇ。第一、手打ちをすると言っても、喧嘩をしてる訳じゃねぇ。収めようもねぇんだ」

「俺にどうしろってんだよ」

「久六を殺りやしょう。それしか次郎長一家の生目《いきめ》はありやせんぜ」

「大政ぁ」

次郎長は涙目である。

「腹を括《くく》ってくだせぇ親分」

言った大政が、ずいと前に出る。

「親分はなにがあっても、あっしが守りやすっ」

鼻息荒く石松が言葉を継いだ。

「そいつぁ、あっしの務めだぜ」

晋八は隻眼の博徒の背に言った。

「親分」

大政がもう一度うながす。清水の親分はしばらく目を伏せて固まっていたが、喉仏を一度大きく上下させ、かすかにうなずいた。それから顔を上げ、右から左へじっくり目を動かし、子分たちを見渡す。

「解った」

掠れた声で次郎長は言った。心底から決意したというよりは、子分たちに突《つっ》かれ仕方なく承服したようである。次郎長は、一連のやり取りをうなだれたまま聞いていた長兵衛の妻に顔をむけた。

「兄さんの仇はあっし等が討ちやす。姐さんは名古屋にお帰りなせぇ」

言って大政を呼んだ。

「ありったけの銭をお渡ししろ」

「解りやした」

「そんな私は……」

「あっしは兄さんを見殺しにしてしまった。大したこたぁできねぇが、貰ってくだせぇ」

なおも遠慮しようとした長兵衛の妻の機先を制するように、次郎長は子分たちに吠《ほ》えた。

「名古屋はまだ奉行所の目が光ってる。久六一人を殺るだけだ。一家総出で乗り込むこたぁねぇ」

子分に視線を送る。

「大政」

「へい」

「石松」

「よっしゃ」

「小政」

少年博徒は黙したままうなずいた。

「それに俺。四人で名古屋に乗り込んで、久六を……」

次郎長は一度、かたく目を閉じてなにかの想いを腹の底に呑みこんだ。そしてもう一度、子分たちに顔をむけた。

「殺す」

景気の良い喊声《かんせい》が起こるでもなく、子分たちはうなずきのみで応えた。晋八は笑みを湛えた口の奥で咳払いをひとつする。それから親分に語りかけた。

「あっしも行きやすよ」

どうにかこうにか踏ん切りがついたのか、次郎長は幾分落ち着きを取り戻しているようだった。

「お前ぇは客分だ。好きにしな」

清水の親分が静かにうなずく。

晋八たち五人は、その日のうちに名古屋へ発った。

# 八

「早く吐いちまったほうが身のためだぜ」

言った石松の鼻先に、男の汗ばんだ顔があった。冷たい土の上に座らされている男の手足には太い縄が幾重にも絡まり、きつく縛られている。後ろ手にされた両の手首を縛る縄が、土間の梁《はり》に掛けられていた。男は半ば吊るされている。足は土についてはいるが、尻は浮いていた。

男の前にしゃがみ込んでいる石松の左右に、大小の政五郎が立っている。晋八は男の背後に立って、下手な真似をしないように目を光らせていた。

土間続きの板間に座って、次郎長が子分たちのやり様を見守っている。

長兵衛の家であった。ともに名古屋へと帰った長兵衛の妻の好意により、使わせてもらっている。久六を殺すためならば、どのように使ってもらっても構わない。そう言って、長兵衛の妻は寝間で寝起きし、なるべく次郎長たちの邪魔をせぬようにしてくれている。

「おい金次《きんじ》、こうなっちまった以上、腹ぁ括れよ」

親しげに石松が言った。顔見知りであるのだろう。久六と次郎長は兄弟分同然の間柄であった。子分同士が顔見知りであってもおかしくはない。

晋八も男に見覚えがあった。過日、次郎長が久六に会いに行った際、下座に控えていた子分のなかにこの男の顔があったのを記憶している。

「お、親分は家にいる。こんなことしねぇで、殴り込みをかけりゃ良いだろ」

「おいおい、ちゃんと見てみろ。俺たちゃ五人だ。巨漢揃《ぞろ》いのお前ぇの一家に殴り込んでみろ。たちまち押しつぶされちまう」

口の端を吊り上げながら答えた石松が、腰の長脇差の柄を撫でた。

「久六の野郎が出かけることになってる場所と日時を教えろ。連れは少なけりゃ少ないほど良い」

「そんなこと……。っ」

答えるのを拒もうとしていた金次の頰の辺りで、刃が光る。

小政だ。

金次が石松に気を奪われていた隙に、小政が素早く抜刀し、頰に当てたのだ。若い博徒は無言のまま冷淡な眼差しを金次にむける。

「こいつが話の解らねぇ奴だってこた、お前ぇも知っててんだろ」

石松は親指を突き立て、金次を見たまま小政を示した。

「お、おい冗談は止せ」

「こっちは姐さんを殺されてんだ。冗談じゃねぇこたお前ぇが一番解ってんだろ」

「なんのこった」

逆の頰に刃が伸びる。

大政だ。

「惚けんなよ金次」

無言の少年とは違い、次郎長一家の番頭は良く喋《しゃべ》る。己が言葉で久六一家の博徒を責め立てる。

「お前ぇんとこの親分が妙なこと奉行所に吹き込んだせいで、ここが捕方に襲われたんだろが。捕方に捕えられた長兵衛の兄さんは拷問された挙句に死んじまった。舐めたことばかり抜かしてやがると、殺すぞ」

　言って大政が柄をわずかに返す。金次の頬に触れていた刀身が立って、銀色に光る刃が皮に触れた。少しでも引けば、金次の頬の肉はさっくりと裂ける。しかし、そんなことで博徒が動じる訳もない。頬から血を流しながら、金次は大政を睨む。

　番頭は問う。

「久六が家を出る日を教えろ」

「親分を売るような真似は……っ」

　今度は小政が突き出している長脇差が、金次の頬を裂いた。若い博徒は頬を斬った切っ先を、開いた皮の隙間に立てている。

「止めろ」

　口を動かせず震える金次の目が、小政へとむけられる。小政は番頭のように語ることはない。口を堅く結び、切っ先を頬に突き入れたまま囚われの博徒を眺めている。

　小政の脇で大政が口を開く。

「言えよ」

「ご、五人でなにが」

そこまで言って金次は悲鳴を上げた。小政の長脇差の切っ先が、頬の傷にめり込んでいる。二度ほどゆっくりと頬のなかで刃を回し、引き抜く。苦痛に顔を歪める金次の面前に顔を近づけ、石松が迫る。

「教えてくれよ」

「だはら親分は売れねへ」

頬に穴が空き、唇から血を垂れ流しながら金次は聞き取りづらい言葉を吐いた。

またも悲鳴が響く。

小政が太腿《ふともも》を刺した。刃はまだ肉に食い込んだままである。

「勘弁ひてくへ」

金次が哀願する。石松は笑いながら、責め立てた。

「言わねぇと、勘弁してやらねぇよ。あんな人でなしな親分を庇《かば》って死ぬこたねぇだろ。教えてくれよ。久六はいつ、どこに出かける」

「くふぅっ」

目を固く閉じ、囚われの博徒が呻き声を上げる。太腿にめり込んだままの刃が、いっそう深く肉を抉ったのだ。

「言わねぇと、ほら」

石松が血塗れの頬を叩く。

次郎長は板間で腕を組んだまま固まっている。目を見開き、小さく肩を揺らしていた。震えている。拷問を怖がっているのだ。先刻から黙っているのは子分たちに好きにやらせているのではなく、恐ろしくて口を開くことができないでいるのだ。

この程度で……。

晋八は笑いを堪える。

とんだ茶番だ。

じわじわ責めたところで、堪える奴はけっして口を割らない。

懐に呑んでいた白鞘の短刀を抜き、大政の掲げる刃を下から払い、石松を押し退け、金次の前に立った。

「なにしやがるっ」

石松と大政が同時に叫んだ。しかし晋八の耳には入っていない。

小政が刺していないほうの太腿を躊躇なく刺し貫く。小政のように生易しい刺し方ではない。短刀の鎺元《はばきもと》まで深々と刺し入れ、一気に肉を貫く。切っ先が腿の裏から飛び出した。金次が上げた悲鳴はこれまでの比じゃなかった。喉の奥から絞り出すようにして叫ぶ。咆哮《ほうこう》に血飛沫が混じる。その前に立つ晋八の顔が真っ赤に染まった。

「おい皐月雨のっ」

石松が肩をつかんで来るのを、無言のまま払いのけ、刃を引き抜き、今度は肩に突き刺した。そしてそのまま金次の背後に回って、後ろから顎をつかんで顔を上にむける。

あまりにも素早い動きに、小政ですら動けなかった。太腿を刺したまま呆然《ぼうぜん》としている己に気づいた小政は、晋八が金次の後ろに回り込んだと同時に太腿から長脇差を引き抜いた。そしてそのまま晋八の鼻先に差し出す。

「相手が違うだろ若僧」

にやけ面のまま晋八は言ってやった。

「おい客人っ」

大政が叫ぶ。

番頭の声を聞き流した晋八は、天井を見つめている金次の口許に顔を寄せた。

「あっしはこの人たちのように優しかねぇよ」

告げながら肩の短刀をゆっくりと回す。骨の間に入った刃が肉を掻く感触が白木の鞘から伝わって来る。

「止めてく……」

「止めねぇよ。俺たちに必要なのはお前ぇの口だけだしな」

肩から引き抜いた切っ先で、見上げたままの男の右目を刺す。あまり強く突くと頭骨を割って脳まで届く。やり過ぎると死んでしまう。切っ先が堅い物に当たるところで止める。刃が刺さったまま、金次は苦痛で瞼を閉じた。固く閉じた瞼の間から、血の混じった汁が溢れだす。目玉を割り、目の奥の肉を抉ってやった。

笑い声を抑えられない。

まだまだ。

「右目が潰れても、足や肩を刺されても、まだまだ死なねぇよぉ」

「な、なに言って」

問うた金次がまたも悲鳴を上げた。抜いた短刀で、残っていた左目を刺したせいだ。

「ほぅら、さっさと言わねぇから、二度とお天道様を拝めねぇようになっちまったじゃねぇか。でも大丈夫だ。まだ死にゃしねぇよ」

「なにやってんだ皐月雨の」

石松が戸惑っている。小政は長脇差を掲げたまま動かない。貫こうと思えばすぐにでも、晋八のにやけ面のど真ん中に突き入れることができるのだが、若き博徒は怒りを秘めた眼差しをむけて来るだけで腕を動かそうともしない。事態の急転に対応しはじめたのは、番頭だけだった。

「この男は本気だぜ金次」

晋八の暴走を拷問に組み込み、大政が語る。

「こいつぁ、人を殺したくてうずうずしてんだ。俺が止めろと言っても聞かねぇぜ」

この男はどこまで見抜いているのか。笑みに目を歪ませたまま、晋八は大政を見た。

相変わらず端然とした顔つきで、次郎長一家の番頭は金次を眺めている。

「こんな馬鹿げたことで死にたかねぇだろ。今ならまだ手当すりゃ助かる。言え金次、
悪いようにはしねぇ」

「あっしは見逃すつもりはねぇよ」

哀れな囚われの博徒に本心を告げ、左目から刃を引き抜いた。痛みで硬く瞼を閉じているから、潰れた目玉はついて来ない。血と目玉の水で濡れた刃で、無事なほうの肩を貫く。もちろん肺腑と心の臓は避けて、肉だけを貫いた。血塗れの金次の躰から生臭い湯気が立ち上っている。獣の臭気にうっとりしながら、肉の手応えを柄越しに味わう。

「ほら、解るかい。今、刺さってるところ。ここは、危ねぇぞぉ。少しでも手許が狂

っちまうと、心の臓を裂《さ》いちまうんだ。俺ぁ、こうやって何人も殺してるから解るんだ。裂けるとなぁ。びくびくっと跳ねてから死ぬんだ。ひひひひ」

「止め……」

口許に顔を寄せているから、悲鳴が間近に聞こえた。小刻みな吐息が、耳朶《じだ》に触れて生暖かい。

「ここは嫌かい。そうかそうか」

肩から一気に引き抜き、躊躇なく右耳を斬り落とす。

「皐月雨のっ」

石松の声を聞き流しつつ、左耳を落とす。そしてまた、金次の頬に己が頬を寄せた。

「どうだい。これでもまだ生きてる。なぁ、なぁって。聞いてるかい。聞こえてるかぁい。なぁなぁ、人ってのは存外死なねぇもんだなぁ。面白ぇよなぁ」

言って太腿のつけ根を貫いた。

「ここにゃあでっかい血の道が通ってる。そいつを斬れば、お前ぇは助からねぇ。それによぉ、心の臓裂かれるよりもきついと思うぜぇ。だって死ぬまで時がかかっちまうから。まぁ、俺ぁ刺されて死んだこたねぇから、本当のこた解らねぇんだけど。ひひひ」

太腿を貫いたまま、晋八は左手でみずからの頬に触れた。すらりと伸びた五本の白い指が、火照った頬の熱を奪ってゆく。節の目立たぬ細い指で顔を撫でながら、恍惚のひと時に酔いしれる。

見かねた大政が大声で、金次を問い詰めた。

「さぁ、言えっ。死ぬ前に。じゃねぇと、お前ぇ本当に死んじまうぞ。そいつは本気だ。人が殺せれば、なんだって良いんだ」

「そうだぜ。だって久六のことなんざ、お前に聞かなくても、別の奴さらって来て、また殺す前に聞きゃ良いんだし。そのうち誰かが教えてくれるさ。なぁ、お前もそう思うだろ。な、な、な」

太腿の刃を血の道のほうへと押し込む。ずいぶん血を土間に吸わせた。すでに金次は朦朧《もうろう》としている。

「駄目だ。こいつ面白がってやがる」

呆れたように大政がつぶやく。

「おい皐月雨の、いい加減にしろよ」

石松が叫びながら近寄って来る。晋八は短刀を止めない。肩に石松の手が触れた。

「そろそろ本当に止められちまいそうだから、死んでくれ。な、な」

白目を剝きながら震える金次の血塗れの鼻先に真っ白な塩嘗《しおな》め指を這わせながら、晋八は嬉々としてささやく。

「お、お願ぇしやす。ほ、本当に……」

「止めねぇか皐月雨の」

肩をつかむ石松の手に力が籠る。

晋八は舌打ちをして足から刃を引き抜く。そしてすぐさま、金次の喉元に刃を置いた。

「あんたに恨みはねぇんだが、死んでおくれな金次さん」

「言ふっ。言ひやすっ。言わへてくだへぇっ。久六は三日後、亀崎《かめざき》にむかひやふ。子分の只松《ただまつ》に任せへる賭場を見に行くんでは。連れてゆふ子分はいつも五六人でやふ。この時が狙い目ではっ」

「おい客人」

大政が止めた。

石松の手が肩を引き、むりやり金次から引き離そうとする。

「ちと遅かったな」

刃を横に引く。血が天井を深紅に染める。喉仏の脇から血を吹きながらしばらく小刻みに震えていた金次が、斬り裂かれた首の傷を露わにしたまま頭を反らして動かなくなった。

「お前ぇっ」

小政が怒鳴りながら刀を振り上げる。金次であった物から離れながら、小政の突きをかわす。

「おいっ、なにも殺すこたぁなかっただろっ」

石松が怒鳴る。血に染まった短刀を片手に晋八は笑う。

「どうせ手遅れだったんだ。あっしは仏心から介錯してやったんですぜ。第一」

あらぬほうに顔をむけたまま固まっている骸を顎でさす。

「こいつとあっし等は喧嘩の真っ最中なんだ。逃がしてやるつもりだったんですかい。まさか手当してやろうと本気で思ってた訳じゃねぇでしょ。相手の手駒はひとつでも減らしといたほうがいい。喧嘩に正々堂々も卑怯もねぇんだ。勝たなきゃ意味がねぇ」

「お前ぇにしちゃずいぶん長々と喋るじゃねぇか。え」

大政が身を乗り出す。

小政は二撃目を繰り出そうと身構えている。いつ斬撃が来てもいいように、晋八も気は抜かない。しかし笑みだけは絶やさない。頬を緩め、大政と相対する。

「ずいぶん人がいいなぁ次郎長一家ってのは。こんなんで本当に久六を仕留めることができるんでやすかい。久六を仕留めた後にゃあ丹波屋伝兵衛も控えてるんでやすぜ。腹を括って名古屋に来たんじゃねぇのか。こんな雑魚一匹始末したくれぇで、おろおろしてどうするってんだ」

「よく回る舌だな、おい。そうかい、そんなに喋る奴だったのかよ、お前ぇは。だったら、本当の手前ぇの身の上も、そのよく回る舌の上に乗せてみちゃどうだい」

番頭が詰め寄る。それを斬れという合図と見たのか、小政が目に鋭い殺気を宿らせながら、腰をわずかに落とした。石松も腰の鞘に手を伸ばしている。皆で、仕留めるつもりだ。

小政が来る……。

楽しみだ。

久六との喧嘩を放っぽり出して、この際、次郎長一家を血祭に上げるか。

晋八は笑う。

「止めろっ」

板間から放たれた声が睨み合う博徒たちを打った。次郎長の子分が、いっせいに身を固める。晋八はその機を見逃さなかった。板間のほうを見た小政に駆け寄り、抱きついて短刀を首に突きつける。

「そこまでだ晋八っ」

先刻の声が、またも板間で轟いた。不思議なことに晋八の躰は、その声で固まってしまった。小政に短刀を突きつけたままの体勢で、板間に目をむける。

腕を組んだ次郎長が、晋八を見ていた。その目には金次を拷問していた時と同じ、恐怖の色が滲んでいる。先刻、子分たちを止め、晋八の躰さえ封じた声を発したのは、本当にこの男なのか。戸惑いが晋八を支配する。

そんなことはお構いなしに、次郎長は板間に座したまま口を開いた。

「お前ぇの言う通りだ晋八。俺たちぁ腹を括って名古屋に来たんだ。今さら一人や二人久六の手下を殺したくれぇでびびってちゃ話になんねぇ」

そう言う次郎長自身が、今もなお躰を微妙に震わせている。威厳に満ちた声と、怯える姿、いったいどっちが本当のこの男なのか。

「お前ぇたちもそうだ。腹を括ってここにいんだろ。晋八のやったこたぁ、別におかしかねぇ。現にこいつのおかげで、金次は吐いたじゃねぇか」

三日後の亀崎、そこがねらい目だと金次は言って死んだ。

「久六はお蝶と長兵衛兄さんの仇だ。その子分も同罪だろ。情けをかけるこたねぇ」

次郎長は己に言い聞かせているようだった。弱い自分を振り払おうと、必死に言葉を重ねている。

晋八は小政から離れ、金次の骸の隣まで下がった。刃についた血を金次の衣で拭ってから、白鞘に納める。鞘にも柄にも血が染みついていた。濡れているところはしっかりと拭う。本当なら目釘《めくぎ》を抜いてばらして手入れをしたほうが良い。でないと鎺や柄の隙間から染みこんだ血が、錆《さび》を生む。しかしこの短刀は次郎長一家からの借り物である。放っておいて、清水に戻って返せばいいと思ったら、後はもう染みのことは忘れた。

「止めろ」

血相を変えて晋八に襲いかかろうとしていた小政を次郎長が止めた。

「お前ぇも仕舞え」

若い博徒の白目が朱に染まっている。晋八を睨む目は、人のそれではなかった。獲物を前にした獣のごとき目の色で晋八を睨んだまま、小政はゆっくりと長脇差を鞘に仕舞った。それを確認すると、清水の親分は目を伏せ子分たちに語りはじめた。

「金次が言ったのが確かなら、三日後久六は五六人の子分を連れて亀崎にむかう」

大政たち三人が土間に並んで親分を見つめている。晋八は骸の隣に立ったまま、笑っていた。

「亀崎で久六を殺る」

異議を述べる者はいなかった。

「それと晋八」

子分の奥に立つ客分に次郎長が声を投げた。晋八は笑みを浮かべたまま、黙って言葉を待つ。

「俺も、あんたの本当の身の上ってのを知りてぇな。今度聞かせてくれよ」

そう言って小政の脇から顔をのぞかせた次郎長の目から、恐れは消え去っていた。

## 九

亀崎に来ていた。

昼のうちに大政と石松が入り、久六の子分がやっているという賭場の場所は調べあげている。間違いなく久六が今宵、現れるということも、客であるという町人から聞きだしていた。

殴り込みはしない。その辺りのことは次郎長も弁《わきま》えていた。

賭場は久六の子分が仕切っているのだ。久六が連れてきた者たちの他にも、賭場で働く子分たちが大勢いる。殴り込むのは無謀であった。そんな蛮行のために、小勢で名古屋に来た訳ではない。

奇襲しかないと、晋八は最初から思っていた。

金次を殺した次の日、一家の面々は久六をどう仕留めるかを話し合ったのだが、その席でまっさきに口を開いた次郎長が、晋八の思いと同様に奇襲を提言した。大政に異存はなかった。次郎長と大政の意見が一致すれば、石松と小政が口を挟むことはない。晋八自身も納得の提言であったから、異を唱えなかった。

狙いは久六が賭場を出た後である。

賭場は、半ば一家の者と化しているという百姓の倅の家の納屋であった。年老いてからできた子であるらしく、放蕩《ほうとう》の限りを尽くす息子に、親が口を出せないらしいということまで大政は聞きだして来ている。久六は賭場を見た後はかならず中座して宿へ戻るという。亀崎に贔屓《ひいき》の飯盛《めしもり》がいるのだ。亀崎に来るのは、賭場の視察というよりもこの女が目当てなのだろう。

賭場から飯盛がいる町までは田畑を貫く小路を行かねばならない。明かりのない道を、子分たちを引き連れて久六は町へと帰る。

ここを待ち伏せすることにした。

賭場のある百姓家は、かなりの豪農である。四方に張りめぐらした高い塀のむこうに、瓦屋根の納屋があった。そこで夜な夜な博打が行われているらしい。近隣の百姓や町から出向いて来る客で、賭場は盛況であるという。

百姓家は村の外れにあり、そこから家の裏手へ出て田畑を突っ切る一本道を行けば、町まで一直線である。晋八たちはこの道の脇に身を潜めた。左右に田畑が広がっているから、少し広めの畦道《あぜみち》である。六月の田はすでに田植えも終わっているとはいうもののまだ稲は小さく、博徒たちの姿を隠すには至らない。そのうえ泥田《どろた》である。晋八たちは畑を選んで、道から遠く離れたところに陣取った。久六たちが掲げる提灯の明かりを考えての布陣である。次郎長、大政、小政の三人と、晋八と石松の二人に分かれ、左右の畑にそれぞれ隠れた。

暗中に息を潜め、遠くに見える百姓家を晋八はうかがう。

簡素ではあるが門があり、塀のむこうの敷地内に篝火《かがりび》らしき灯が見える。晋八たちが畑に隠れてからも、数人の客らしき人物が門を潜って家のなかに消えた。名主《なぬし》とまではいかぬとも、小作《こさく》を抱えているのは間違いない。客のなかにはみずからが雇う小作がいてもおかしくはない。息子の道楽のために、己が小作に夜分気楽に出入りされる親の気持ちはいかばかりか、などと思いながら晋八は暇を潰す。

隣にたたずむ石松が腰の柄に手をやった。そして懐から煙管《キセル》を取り出すと、吸い口で目釘を突く。押し出された目釘を指でつまみ、口に含む。ひとしきり濡らしてから、石松はふたたび目釘穴に突っ込んで、雁首《がんくび》の裏で叩いて押し込んだ。

晋八はそっと語りかける。

「目釘の皮はちゃんと確かめたんでやしょうね」

「当たり前ぇだ。見なくても舌で解らぁ」

刃の根元の部分である茎《なかご》と柄を貫く穴に目釘を通すことで、刃は柄と固定されている。目釘は竹で作られていた。丸い目釘の表面の片側だけに、わざと皮が残されている。皮を柄頭側にむけて差し込むことで、振った時に鉄である茎が竹でできた目釘を押すことを阻む。竹皮による補強によって目釘が折れたり、形を変えることを防ぐのだ。もし目釘が折れでもすれば、刀身は柄から抜けてしまう。

石松が目釘を口に含んだのは、濡らすためだ。濡らすことで膨らませて、茎と鞘を密着させておく。柄に水や唾を吹きかけるよりも、よほど簡潔である。

濡らした目釘がしっかりと差さっているかを確認するため、石松が抜刀して二三度空振りしてから、左手で柄頭の辺りをつかみ、柄を右手で上から叩いた。

「良し」

つぶやき鞘に納める。

「お前ぇは大丈夫なのかよ」

無言のままうなずき、笑みを浮かべながら短く答えた。

「激しく振りやしねぇから、抜けることたねぇですよ」

「折れるぞ」

柄と茎がしっかりと密着していないまま振っていると、受け太刀をした時などに折れやすくなる。それを石松は心配したのだ。黙したまま晋八は腰の物をすらりと抜いた。そして石松のように幾度か振って見せる。

「あっしのは茎と柄がしっかりと噛んでやしてね。目釘外して下にしても落ちねぇくれぇでね。手入れする時なんざ、切羽《せっぱ》と鍔《つば》を外してから引き抜くのに少し往生するくれぇだからね」

刀身は切羽と呼ばれる銅や真鍮《しんちゅう》で作られた薄い板で鍔を挟み、それを茎に通してから柄に差し込む。綺麗に奥まで差し込むと、茎と柄に開けられた穴がひとつになり、そこに目釘を差し込み、はじめて刀は振ることができるようになる。

「あんまりきつすぎると、柄が割れるぞ」

「その辺りが良い塩梅《あんばい》にできてるんで、あっしはこいつが気に入ってんのよ」

「へぇ、ちぃと貸してくれよ」

　興味を示した石松が手を伸ばす。そのむこうに見える百姓家で動きがあった。晋八は隻眼の博徒の申し出を無言のまま断わるように長脇差を鞘に納める。一瞬、不機嫌な顔を見せる石松であったが、晋八の目線が己の背後にあることから異変に気づき振りむいた。

「出てきたな」

　門の前に現れた男たちを見て、石松がつぶやいた。提灯の明かりに照らされた影は六つ。門前に立って会釈をしている男と談笑している。恐らく会釈をしているのが、この賭場を仕切っている久六の子分なのだろう。六つの影のなかでもひときわ大仰に男と相対しているのは、見覚えのある姿形であった。相撲常よりも巨大な躰は、久六のものに間違いない。

　前後に提灯がひとつずつ。左右にひとりずつ置いて久六が畦道を歩いて来る。後方の提灯と久六の間にもうひとり。これで六人だ。四方を子分に囲まれながら久六が晋八たちのほうにむかって歩みを進める。

「手筈通りだ」

しゃがみ込んだ石松が、まだ久六たちの声が聞こえもしない距離だというのに、小声で言った。晋八はうなずきだけで応えてから、腰を落とす。

次郎長たち三人がまずは行く手を塞ぐ。晋八と石松は、その後畦道に飛び出して、百姓家へむかう退路を断つことになっていた。

眼前にある石松の背中が硬い。晋八はそのど真ん中を平手で強かに叩いた。乾いた音が夜空に響く。もちろん久六たちの耳に届かないという確信があった上だ。驚いた石松が目の色を変えて振り返る。晋八は笑みのまま、隻眼の博徒を見つめて言った。

「あんまり気ぃ詰めてっと、喧嘩の前に怪我《けが》するぜ」

抜刀時が一番危ない。そのことを晋八は諭したのである。石松は泣いているのか怒っているのか解らないような微妙な顔つきで、叫ぶように口を大きく開いて、結局ささやいた。

「解ってらぁ」

「なら良いんだ」

言ってぺろりと舌をだして唇を舐める。目を畦のむこうに見える獲物にむけた。一歩一歩、久六たちが近づいて来る。よほど上がりが良かったのか、誰の顔も楽しそうである。

「今から女としっぽり……。なんて考えてんだろうな。くくく」

石松の下卑た笑いを無視して、頭上に迫って来る久六に語りかける。

「そうは行くかよ馬鹿野郎」

まるで晋八のささやきを合図にしたかのように、久六たちの前に次郎長が飛び出した。その左右には大小の政五郎が控えている。

「行くぞ皐月雨っ」

石松が叫んで腰を上げた。隻眼の博徒が走り出す時にはすでに、晋八は畦を駆け上がっている。石松より早く久六たちの背後に躍り出た。

「久しぶりだな久六」

群れのむこうから次郎長の声がした。

「な、なんだよ、こ、こんなところでなにしてんだよ兄貴」

うろたえを露わにして久六が言った。

次郎長一家、久六一家、双方睨み合う形となっている。とうぜん久六の子分たちは、背後の石松と晋八にも気づいている。提灯の向こうに立って久六の背を守っている男は、半身になってこちらをうかがいながら、腰の柄に手をやっていた。石松も腰をわずかに落として右手を柄に添えている。久六の左右の博徒は前方の次郎長たちを見ながら、やはり腰に手をやっていた。久六一家の最後尾の男は、右手に持っていた提灯をゆっくりと左手に持ち替え、空になった右手を柄頭に置いていた。

いつでも抜ける。誰もがそう思っているのが、晋八には手に取るように解る。

だが。

誰よりも平然とそう思っている晋八だけが、なんの構えも取らずにぼんやりと成り行きを眺めている。晋八は両の手をぶらりと下げたまま、棒立ちで石松の隣に立っていた。

「おい皐月雨」

心配そうに石松がささやくが、晋八は微動だにしない。

「おいっ」

腰の柄に触れながら苛立ちを露わに石松が吠えた。提灯を持つ男や久六の背を守る敵も、晋八に目をむけている。そんなことはお構いなしに晋八は親分たちの会話に耳を傾ける。

「兄貴はなにか勘違いしてんじゃねぇのか」

「なんのことだ」

「い、いや、長兵衛のところに捕方が踏み込んだだろ。あれのことよ」

「お前ぇが妙なこと吹き込んだからじゃねぇか」

「そいつよ。そいつが誤解だってんだよ」

「この期《ご》に及んで言い逃れたぁ、保下田の久六も大したこたぁねぇな」

　なかなか堂に入った親分振りである。左右を二人の政五郎に守られている故の余裕なのだろうか。それとも恐怖が振りきってしまっているのだろうか。いや、先日の晋八の叱咤《しった》によって、本当に博徒として腹が据わったのではないか。真実は解らぬが、とにかく次郎長は殺し合いを控えているにもかかわらず、恐れを見せない。

「お前ぇの首をもらうために、わざわざ亀崎くんだりまで出向いて来たんだ。四の五の言わずに観念しろ久六」

「な、なに言ってんだ兄貴。俺と兄貴の仲は昨日今日のもんじゃねぇだろ。お、落ち着いてくれよ、な。こんなところじゃゆっくり話もできゃしねぇ。と、常滑《とこなめ》に来てくれよ。常滑の兵太郎《へいたろう》んとこに行って、あいつに間に入ってもらって、ちゃんと話をしようじゃねぇか。そうすりゃ、誤解もきっちりと晴れる。な、頼むから俺の話を聞いてくれよ次郎長の兄貴」

「お前ぇに兄貴と呼ばれる筋合いはねぇと言ったよな」

双方の子分たちはいつ喧嘩になっても良いように長脇差に手をやりながら、親分たちの問答に聞き耳を立てている。

晋八は欠伸を嚙み殺す。

その時だった。

頰に冷たい物が当たった。一度感じたそれは、すぐに無数の滴《しずく》となって、天より降り注いで晋八たちを濡らす。

いきなりの雨に、皆が心を奪われる。晋八は笑みを浮かべ、悠然と足を踏み出した。

長脇差を抜く。

誰も気づいていない。

摺《す》り足で土を打つ雨を搔き分けながら、敵の脇を抜けて行く。

力士崩れの大きな躰が目の前にあった。

「目障りなんだよ相撲取り」

つぶやいた晋八の声は雨に搔き消された。

いつもこうだ。

肝心な時には雨が降る。

誰が呼んだか皐月雨の晋八。

いや。

呼んだのは晋八自身だ。

皐月に降る雨のごとく、じとじと降り続ける陰気な雨が、晋八の生にはつき纏う。

だから皐月雨の晋八と己を名づけた。

そうかそうか……。

今宵は己にとって肝心な夜であるか。

晋八は満足そうに笑みを浮かべつつ、久六の腹を背後から突き刺した。

いきなりのことで、なにが起こったか解らぬ様子の力士崩れの親分の顎を左手でつかむ。そして、肋と腰骨の隙間に入れた刃を回すようにしながら、久六の躰を軸にして前へと回り込んだ。左手で顎を斜め上方に力強く、素早く押し上げる。顎が斜めに傾き、久六の頭が大きく曲がった。それと同時に、首の肉の奥のほうで、ごぐりといぅ鈍い音が鳴る。臍の脇まで来ていた刃を抜きつつ、晋八は次郎長の隣に立った。

「親分が気を引いてくれてたお蔭で、ずいぶん楽に殺れやした」

そう言った時、目の前の久六の骸が膝から崩れ落ちた。ちょうど晋八に屈服するようにに膝立ちになっている。

長脇差の刀身を横にして、左の肩に峰を当てた。

両足を踏ん張り腰を回す。

晋八が見ているのは久六の首だけ。その上に乗っている四角い頭は、晋八の左の掌に押されて奇妙な形のまま固まっている。ふたつの目が縦に並び、下顎が外れ、だらしなく開いた唇から舌が垂れ下がっていた。

晋八は腰を回す力を両肩に伝え、そのまま腕へと流してゆく。その先には長脇差を握った左右の手がある。足から伝わる力の流れは、掌から柄に渡り、刀身から切っ先のわずかに手前にある物打《ものう》ちへと達した。刀や長脇差で物を斬る時は、この物打ちを使う。物打ちは長い得物を振った時、一番力が乗りやすい場所であり、そこをより斬れるように研ぐことで、刃は大きな威力を得る。

晋八の振った刃が首に触れた。と、思った時にはすでに刃は久六の躰を離れている。平らな切り口が雨に洗われ、血がしたたる肉に覆われた薄桃色の首の骨が露わになっていた。切り口は、かすかな歪みすらない。溢れ出しては雨に流される血潮を眺め、晋八は恍惚の笑みを口許に浮かべた。みずからの太刀筋に惚れ惚れする。

殺した骸への執着は晋八にはない。薄ら笑いを浮かべながら、首を蹴り飛ばす。地面に転がった久六の頭は、泥に塗れて次郎長の足元で止まった。

ここに至ってはじめて、男たちは事態の急変に気づいたのである。それほど晋八の手際は流麗であった。

「親分っ」

久六を殺された敵が叫んだ。すでに提灯の火は消えてしまっている。

晋八は、呆然と立ち尽くしたままの次郎長の躰を後ろに思いきり押した。大政と小政の間を、よろよろとたたらを踏んで退いた次郎長は、腰から崩れて泥で尻を濡らした。

「抜けっ」

晋八が叫ぶと大政が腰の物を一気に抜き放った。

小政はすでに長脇差を抜いている。皆が虚を衝かれていたなかで、晋八のやりようを、小政だけは冷徹に眺めていたようだ。

この時になってやっと、親分が殺されたことを悟った久六の子分たちが、長脇差を抜こうとする。雨で消えた提灯を投げ捨てて抜刀しようとしていた一番前にいた子分に、小政が斬りかかった。打ち込んで来ようとした右手を、正面から横薙ぎで斬る。

後方からも敵の悲鳴が聞こえた。

石松が斬ったのだ。

親分が殺され、あっという間に仲間が二人斬られた。残った三人が這うようにして逃げだす。

晋八から見て右に一人、左に二人と分かれて走り出した。当然、左に足をむけ、二人の背を追う。

雨で余計にぬかるむ泥田のなかを、敵がこけつまろびつしながら逃げてゆく。膝を真っ直ぐに上げて足を取られないようにしながら軽快に走る晋八は、あっという間に敵の一人に追いついた。

後ろから蹴り飛ばす。

顔面から泥に突っ込んだ敵の背中に長脇差を突き立てた。

その脇を人影が駆け抜ける。

小政だ。

「待てっ。そいつぁ、俺の獲物だっ」

刃で敵を貫いたまま、晋八は思わず叫んだ。しかし小政は聞く耳を持たない。

「畜生めっ」

もはや逃げても無駄だと覚悟を決めたもう一人の敵が、抜き放った刃を乱暴に振りながら踵《きびす》を返した。

小政は膝を折って仰け反るようにして、泥の上を滑る。振り返りながら繰り出した敵の横薙ぎの一閃が、少年の鼻先すれすれを行き過ぎた。仰け反ったままの小政が、敵の脇腹を滑りながら斬り裂く。前のめりに敵が倒れると、すぐさま小政は起き上がり、まだ刃を敵に突き入れたままの晋八を見た。

「下衆《げす》が」

小政のつぶやきが、雨音を掻き分けて晋八の耳に明瞭に届く。年若い博徒は、敵の肉を裂くように執拗に柄を回している晋八を残し、畦道を目指して歩き出す。

晋八は満面に笑みを湛えたまま、肉から刃を引き抜いた。そして振り返って、小政の背を見る。

「お前ぇも同じ穴の貉《むじな》だろうが」

つぶやき、少年の背を追うようにして次郎長の元へ戻る。すでに長脇差を鞘に納めた大政が、腰が砕けた親分に肩を貸していた。

「すいやせん逃げられやした」

晋八たちとは反対のほうに逃げた敵を追っていた石松が、雨で濡れた刃を己が袖で拭いながら帰ってきた。

「やったのが次郎長一家だって解らなきゃ意味がねぇ。それでいい」

大政に肩を貸してもらいながら立つ次郎長がつぶやいた。親分の言葉にうなずく石松から、次郎長の目が首のない久六の骸へと移る。

「これで終わりって訳じゃねぇんだよな」

親分のつぶやきに、誰も答えない。

久六を殺しても、背後には丹波屋伝兵衛がいる。いわば久六殺しは、丹波屋伝兵衛への敵対の意志の表明であった。お蝶と長兵衛の死に対する始末はついたとはいえ、伝兵衛との争いは終わった訳ではない。

「石松が追った奴が、賭場にいる奴らに報《しら》せて戻ってきやすぜ。とにかく逃げねぇと」

「そうだな」

大政の言葉にうなずいた次郎長が、己の足で歩く。

「行くぜ」

親分の声を受け、四人は雨のそぼふる闇を駆けた。

## 十

〝ある中間《ちゅうげん》の述懐〟

嫌なことを思い出させるじゃねぇか。

止めてくれ。

もうあっしは、藤堂様から御暇頂戴してんだから。綺麗すっぱり縁は切れてんだ。

え……。

覚えてるよ。あのお侍のことは。忘れられるんなら、忘れてぇよ。

嫌だよ。

帰ってくれよ。

どうしてあんな男のことなんか知りたがるんだよ。あの人のことを知りてぇんなら、藤堂様の御屋敷にでも行けば良いじゃねぇか。

もう忘れたんだ。なにもかもね。

あの御屋敷でのこた、金輪際口外しねぇって御暇頂戴する時に約束したから、誰にも話せねぇんだよ。

解ってくれよ。

あっしのような中間奉公しかできねぇようなろくでなしにも、仁義ってもんがあるんだ。世話になった御家の恥になるようなこた、話す訳にはいかねぇんだ。

え。

そんなこと言って、あっしを脅すつもりかい。

は。嘘だろ。あんた、京の都のでかいお寺を飛び出して雲水《うんすい》してるって言ってたじゃないか。

え、嘘。全部。なにもかも。綺麗さっぱり。あ、そう……。最初からあっしに近づくつもりだったたってのかい。

でもねぇ、話せることと話せねぇことってのがあるんだよ。あのお侍のこと調べてるってんなら、あの一件のことも当然知ってんだろ。

そうだよな。知らなきゃ、調べねぇよなぁ。

ふぅん……。あんた、あん時殺された人の縁者かなにかかい。あん時ぁ、躰じゅうの指使っても足りねぇくれぇの死人が出たからねぇ。

え、違うのかい。

縁者の誰かだって言われたほうが、あぁそうかいって腑《ふ》に落ちるんだがね。

止めてくれよ。解ったよ。そんな物騒な物ださねぇでくれよ。あんた殺るって言ったら本当に殺るだろ。目を見りゃ解るもん。あんた平気で人を殺せる目ぇしてるよ。

話すよ。死にたくねぇし。

あのお侍、親が伊勢で大きな店してる商人なんだって。地元じゃ知らねぇ奴がいねぇくれぇの大商人だって、お侍たちが話してるのを聞いたことがある。父親があのお侍のために、国許で藤堂家の士分の株を買ってやったんだと。そんで、十年くらい国許で殿様に御仕えしてたらしい。三年前ぇに江戸詰めを言い渡されてこっちに来たんだ。だからあのお侍は、生まれは伊勢の商人さね。

いや、ほんとに不思議な人だった。

笑ってんだ。

いっつも。

同輩になに言われても、裡側《うちがわ》が読めねぇ笑み浮かべてる。その姿が、あっしにはたまらなく恐ろしかった。今思い出すだけでも、背筋に怖気《おぞけ》が走りやがる。

そうだ。一度だけ、あの人に見据えられたことがあるなぁ。

あの人が彦根井伊《ひこねいい》家の上屋敷に遣いに行く時のことだ。あっしが供をすることになって、二人で紀尾井坂《きおいざか》を登ってたら、小さな小石にあっしがつまずきやしてね。いや、遣いが終わった後だったから、二人とも手ぶらだったんでね、あっしは地面に諸手を突いて四つん這いだ。

そん時だ。

白くて細い腕が、すぅっと目の前に差し出された。

あの人の腕さ。

節がねぇのかってくらいに綺麗に伸びた五本の指に、吸い込まれそうになったのを覚えてる。

お侍に手を差し伸べられたことなんざなかったからね、あっしが戸惑ってると、あの人がしゃがんで覗き込んで来たんだ。

大丈夫か。

短い問いかけでやしたがね。

怖かった。なぜだか殺されるんじゃねぇかと思った。

目の所為《せい》だ。

あっしの顔を覗き込む、あの人の笑みに歪んだ目の奥にある黒い闇がね、今でも忘れらんねぇ。

斬られる。

そう思ったね。

あっしに話せることなんざ、この程度のことさね。

え。

そうだよ。

あの人の里は伊勢に違いねぇ。

＊

ほとぼりが冷めるまで半年の歳月を要した。

晋八と次郎長一行は、無事に清水へ帰還した。遠江、甲斐、武蔵《むさし》、上野《こうずけ》、そして信濃《しなの》と回り、北国越後《ほっこくえちご》を経巡《へめぐ》るという忙《せわ》しない旅であった。追われる身である故、ひところに長逗留《ながどうりゅう》をする訳にもゆかず、五人は土地土地の親分の世話になりながら、恩義を受けて旅を続けた。久六殺しによって次郎長の名は博徒たちに知れ渡っている。その甲斐もあって、各地で手厚くもてなされた。

「でもやっぱり清水が一番だなぁ」

己が家の広間で脚を伸ばしながら、次郎長が子分に言った。留守を任されていた相撲常をはじめとした男たちが、久々の親分の帰還を心から喜んでいる。みな目を細め、頰を緩めて次郎長を見つめていた。

結局晋八は、いまも一家に居座っている。久六との喧嘩が落着した時点で、一宿一飯の恩義は返した。子分ではないのだから、その時点で彼等と別れてもよかったのだ。実際、大政などは道中幾度か、どこまでついて来るのかと問うてきた。その度に晋八は曖昧な笑みで答えをはぐらかし、結局清水まで戻って来たのである。

「御苦労さんでございやした」

一家の古株である関東綱五郎《かんとうつなごろう》が言った。四十の次郎長と歳はあまり変わらない。次郎長の子分になったのは大政よりも前だという。

「お前ぇたちにも迷惑かけたな」

「いやいや、親分たちがしっかりと久六を殺ってくれたおかげで、卯吉の手下もなりを潜めやがって、静かなもんでしたよ」

調子良く相撲常が答えて団扇《うちわ》のような掌をひらひらさせた。

「仕事も大事ねぇか」

「みなでしっかりとやっておりやす」

賭場もさることながら、女郎町の面倒事の調停などという雑多な仕事がある。一家の本拠がある美濃輪町《みのわちょう》は、古くは清水港の外と呼ばれ、船人足や町人たちを相手にした女郎町に端を発していた。そのため、次郎長の元には女郎屋からの相談事がひっきりなしに持ち込まれる。それらを上手く捌《さば》くのも、一家の大事な収入源であった。

「町の相談事は常がうまくやってまさ」

綱五郎が顎で力士上がりの巨体をさした。常は照れくさそうに、まんまるとした指で四角い顎をかきながら笑う。

「こいつは調子が良いから、女たちにも気に入られて、女郎町に行くと常さん常さんとそちこちから呼ばれて満足に歩けねぇ」

「そりゃ言い過ぎでやすよ綱五郎の兄貴ぃ」

常はまんざらでもないらしく、鼻を膨らませながら答えた。それを口を尖らせて見ていたのは、隻眼の博徒である。

「お前ぇばっか、良い思いしてんじゃねぇか。え、常よぉ」

「馬鹿野郎、俺だってなぁ、お前ぇたちと一緒に名古屋に行って、久六の野郎をこの手でぶっ殺してやりたかったんだぞ」

「お前ぇと久六がむかい合ったら、立ち合いじゃねぇか。寄り切り押し出しって訳にゃ行かねぇんだぞ」

「けっ、偉そうに御託並べてやがるが、殺ったのは皐月雨の客分なんだろ」

常の言葉に石松が口籠った。子分たちの目がいっせいに末席に座る晋八にむく。力の抜けた笑みを口許に浮かべたまま、むず痒《がゆ》い視線を受け流す。顔を横にむけると、開け放たれたままの障子戸の先に広がる庭が目に飛び込んで来る。久方振りに、うなだれたような枝ぶりの老松を見て、清水に戻って来たとしみじみ感じた。潮風に吹かれながら、まばらな青い葉を揺らす姿が、なんとも哀れである。

「なぁ、どうやって殺ったんだよ客人」

相撲常の軽快な口調による問いに、晋八は老松を見ながら首を傾げ笑ってごまかす。

「勿体ぶるんじゃねぇよ、なぁ教えてくれよ」

「雨が降って来て、みなの気が逸れた時に久六の後ろに忍びよって背中から、ずぶりだ」

晋八の代わりに大政が淡々と言った。

「そんだけかい」

「背中から突き入れたと同時に空いた手で久六の顎を持って、前に回りながら長脇差で横腹を裂いて、顎を捻《ひね》って首の骨を折りやがった。事切れて腸を撒き散らしながら膝立ちになった久六の首を、こいつは笑いながら刎《は》ねた」

いっさい感情の起伏が口調に表れない平淡な声で語られた久六の死に様に、子分たちが息を呑む。ついさっきまで賑やかだった広間が、急に静かになった。

「どうでぇ、皐月雨の晋八さんの腕は」

静まり返った子分たちに、大政が問う。答える者は一人もいない。

博徒である。人殺しなどさほど珍しいことではない。ここに集う者も、一人や二人は殺しているはずだ。そんな博徒たちが、晋八の行いに言葉を失っている。

「ま、まぁ、その、なんだ……」

綱五郎が首の後ろを掻きながら声を吐く。この男など酷いものである。武州《ぶしゅう》生まれの綱五郎は江戸にいた時、吉原の女郎が床入りするのを拒んだことに怒り、短銃を取りに帰りそれを懐に忍ばせ再び吉原に行くと、格子から客を呼び込んでいた先般の女郎の頭を打《ぶ》ち抜いたそうなのだ。そのせいで江戸にいられなくなり、駿州に逃れた後に次郎長の子分になったらしい。

己よりもよほど性質《たち》が悪いと晋八は思う。少なくとも晋八には次郎長への一宿一飯の恩義を返すという大義名分がある。綱五郎の場合は完全な私怨《しえん》ではないか。男を選ぶことを女郎は許されている。嫌な男に躰を開くことはない。拒まれたことに腹を立てて撃ち殺すなど、ただの子供ではないか。

関東綱五郎が拳を口許に当て、ひとつ咳払いをしてから言葉を吐く。

「隙を衝いてしっかりと仕留めてんだから、客人の腕ぁ確かな物だ。石、お前ぇの目は間違っちゃなかったって訳だな」

「当たり前ぇだ」

口を尖らし、石松は答えた。

子分たちのやり取りを、上座でにこやかに見守っていた次郎長が口を開く。

「とにかく晋八がいてくれたお蔭で、無事に久六を討つことができた。ありがとよ」

客分にむかって親分が深々と頭を下げた。驚いた子分たちもそれに倣う。

「や、止めてくだせぇ」

庭から上座に顔をむけ、晋八は笑みのまま首を振る。

次郎長が頭を上げた。子分たちも続く。

「そこでだ、晋八」

この親分は、お蝶を連れて清水を出た頃から、客分とも皐月雨とも言わず、晋八と呼ぶ。

「はい」

「俺の盃《さかずき》受ける気はねぇか」

「親分っ」

初耳だったのだろう。大政が叫び、次郎長と晋八の会話に割って入った。

「この人ぁ、どこの者かも解りゃしねぇ。おいそれと一家に引き入れて、どこから悶着の種を呼び込むか解りやせん」

「どこの馬の骨とも知れねぇ奴なんざ、ここにゃ山ほどいるじゃねぇか」

なぁ、と言って次郎長は石松を見る。隻眼の博徒は舌で己の上唇をぺろりと舐めて、小さくうなずいた。

「お前ぇもだよなぁ、綱五郎」

「い、いやあっしは武州の」

「武州生まれってのは解ってるが、どこの在の誰の子なんだよ」

「勘弁してくだせぇ親分」

「はははは、冗談だよ。な、大政」

次郎長が綱五郎から目を逸らし、番頭を見る。

「お前ぇは尾州《びしゅう》大野港の廻船問屋の跡取り息子。俺も清水の廻船業者、雲不見三右衛門《くもみずさんえもん》の子よ」

雲不見三右衛門なる名は初耳である。次郎長の口上に出て来る父の名は甲田屋《こうだや》次郎八であった。次郎八の子の長五郎で、次郎長。そう次郎長自身が言った。

晋八の胸中の疑問など知りもせず、次郎長は続ける。

「身元が確かだから、お前ぇは俺の子分たちを取り仕切ってんのか。俺ぁお前ぇたちの親分やってんのか」

「そいつぁ……」

「違ぇだろ」

口籠った大政に、次郎長が言葉を重ねる。

「身分の上下や生まれの定めが嫌ぇだから、俺たちゃここにいるんだろ。どこの誰か解らねぇくれぇ、どうってこたねぇさ。この一年あまりの間、こいつぁ俺を命がけで守ってくれた。瀬戸から名古屋に移る時は、お蝶を寝かした車を小政と一緒に曳《ひ》いてくれた」

たしかにそんなこともあったと、晋八は思い出す。老侠客、長兵衛の申し出でお蝶の養生のために名古屋へ運んだ。

「俺ぁ、正直なところを言うとな……」

そこで次郎長は天井を見た。涙を堪えている。とにかくこの男は呆れるほどに涙もろい。

「亀崎で久六に会ってよぉ、あいつが必死に謝ってんの見てたらよぉ、許してやろうかって気になってたんだ。でもそれじゃあ、博徒としての面子が立たねぇ。どうしようかと迷ってたんだ」

そんな素振りはなかったように晋八は思う。次郎長は久六と堂々と相対していたし、多少問答が長くなるのは二人のつき合いを考えれば仕方がない。

「だがあの時、迷ってる俺をそのままに、晋八は奴を躊躇なく斬っちまいやがった。正直、あれで助かった。あぁでもしてくれなきゃ、俺ぁ久六を逃がしてたかもしんねぇ」

次郎長の心根を見透かしてのことではない。殺せると思ったから動いただけのこと。こちらが斬られず、相手を確実に仕留められる好機が目の前に転がっていたから刺した。それ以上でもそれ以下でもない。

「親分……」

次郎長の告白に、大政がかける言葉を失っている。子分たちもどうして良いのか解らずに、固唾《かたず》を呑んで成り行きを見守っていた。

「おかしいよな。久六の奴ぁ、お蝶と長兵衛兄さんの仇なんだからよぉ」

当初、次郎長は二人が死んだのは己のせいだと言っていた。それを無理矢理、久六のせいに仕立て上げたのは、晋八や大政である。

そうなのだ。はじめから次郎長は、久六を討つことを拒んでいたのだ。恐れからなのか、それとも理非を見極めた上での答えなのか。とにかく次郎長は、己が心と子分たちの怒りの狭間で迷っていた。

やはり……。

この男は博徒の親分としては、あまりにも優し過ぎる。子分の前で次郎長は、決して飾らない。己を大きく見せようという欲が微塵《みじん》も感じられない。しかし果たしてそれは、親分として褒《ほ》められることなのだろうか。

「みな聞いてくれ」

じめついた顔から一変、清水の親分の頬が引き締まる。

「こいつがいてくれたから、俺ぁ久六を殺れた。晋八は気弱な俺の背中を押してくれる。それがどんだけでかいことだったのか、俺ぁこの旅で心底身に染みたぜ」

保下田の久六殺しの次郎長親分。

この名は、博徒の世間の隅々にまで広がっていた。次郎長と聞けば、庇《ひさし》を貸さぬ博徒は一人もいない。病の妻と義俠の鑑である老俠客の仇を討った名親分。次郎長を見て目を輝かせる博徒を、晋八は旅の間に何人も見てきた。

「なぁ晋八、俺の盃を受けてくれねぇか」

「親分」

大政がまたも割って入る。

「その物言いは聞き捨てならねぇ。まるで俺たちじゃあ、親分の力にゃならねぇと言われてるように聞こえやすぜ」

「そうじゃねぇ」

次郎長は言い切った。

小政がずっと晋八を見ている。目つきが尋常ではない。大政はまだ怒りを胸に秘めながら、平静を保って話をしているし、他の子分たちも表立って次郎長の言葉に不満の色を顕わしてはいない。しかし小政だけは違った。今にも飛び掛かって来そうなほどの怒りで肩を震わせながら、晋八を睨んでいる。少年の白目は血の色に染まっていた。

「大政、お前ぇはどんな時でも物怖《ものお》じしねぇ、それにみなが道に迷った時、良く回る頭で誰よりも先に行く手を示してくれる。石松」

とつぜん呼ばれて隻眼の博徒が激しく肩を揺らした。

「お前ぇの喧嘩慣れした腕にはむらがねぇ。だからどんな時でも安心して仕事を頼める。小政はここぞと言う時、俺が命じずとも俺の考えてる通りに動いて務めを果たす。常はその愛嬌で、港のみんなに気に入られて一家の顔になってくれてる」

子分たちを見ていた次郎長の目が、ふたたび晋八の顔に留まる。

「こいつにもこいつなりの役目があるってことよ」

重い溜息を大政が吐いて、親分から目を逸らす。納得しているのかしていないのか、曖昧な態度であった。小政は依然として晋八を睨んでいる。子分たちの態度のいっさいを無視して、次郎長はふたたび晋八に言った。

「どうでぇ、嫌か」

「そんなこたぁねぇんでやすが」

己でも歯切れの悪いと思いながらも、晋八は曖昧な言葉で場を濁す。

「なんでぇ、もうすでに誰かの盃を受けてんのか」

「いや、そりゃねぇんでやすがね」

口上で、親なしであることは告げているから、次郎長もその辺りは承知の上だ。承知した上で、問うたのである。

「だったら、誰にも遠慮するこたねぇじゃねぇか。清水に落ち着けよ晋八」

「親分がこう言ってくれてんだ。素直に盃を受けろよ皐月雨の」

石松が横目で晋八を見ながらささやく。

「余計なこと言ってんじゃねぇよ」

晋八を睨んだまま、小政が剣呑な声を石松に浴びせ掛ける。

「なに言ってんだ。親分が盃を受けろって誘ってんだ。余計なこと言ってんのはお前ぇのほうじゃねぇか小政」

「んだと」

隻眼の博徒に目を移し、小政が腰を浮かせる。閉じたままの左瞼をひくつかせながら、石松も受けて立とうとばかりに前のめりになった。

「止めろ」

平静を旨とする大政の声に、怒りがみなぎっていた。睨み合ったままの石松と小政を見つめ、なおも言う。

「お前ぇたちが争ってどうすんだ」

「兄貴だって反対してたじゃねぇか」

小政を睨んだまま、石松が大政を糾弾する。次郎長一家の番頭は、まったく動じずに淡々とした口調に戻って答えた。

「お前ぇの言う通りだ石。俺もこいつを一家に迎えることについちゃ、考えるところがある。が、親分がそれでもと言うのなら、従わねぇ訳には行かねぇ」

「嫌々って訳か」

「腹を括りゃ、もう餓鬼みてぇな我儘《わがまま》は言わねぇよ」

大政の答えに満足して石松が小さくうなずく。だが、小政を睨みつけたまま、隙はみせない。

「お止めくだせぇ」

石松と小政に言いつつ、晋八は次郎長へ頭を下げる。

「あっしのような者にここまで言ってくださり、ありがとうごぜぇやす。親分の盃、よろこんで受けさせていただきやす」

「受けてくれるか」

「へい」

盃などいつでも水に流すことができる。親子の縁を結んだといえど、しょせん赤の他人なのだ。情がなければ、縁などあってなきがごとしではないか。晋八は笑みを浮かべて次郎長を見た。

「不束者《ふつつかもの》ではごぜぇやすが、何卒よろしゅうお頼み申します」

「おうよっ」

嬉しそうに次郎長がうなずく。それを冷淡な眼差しで見つめていた関東綱五郎が、咳払いで皆の目を集めてから、口を開いた。

「皐月雨との盃は日を改めてということにして、ちと厄介《やっかい》なことがありやして、そっちをまずは片づけやせんと」

「なんだ」

話が移って石松が下がると、小政はふたたび晋八を睨みはじめた。しつこい餓鬼だと心中で溜息を吐きながらも、気づかぬふりで笑みを浮かべたまま皆の話に耳を傾ける。

「伊豆《いず》の大場《だいば》の久八《きゅうはち》のことでさ」

それだけで次郎長は解ったようだった。眉根に皺を寄せ、綱五郎に目をむける。

「あいつぁ確か、久六の兄弟分だったな」

「ええ。それで親分のことを」

「殺ると言ってやがるのか」

「はい。言ってやがるだけじゃなく、幾度かこの清水に子分を送ってきやがって、なにかと面倒を起こしてやす」

綱五郎が相撲常を見た。元力士の子分が言葉を継ぐ。

「女郎屋の払いを踏み倒したり、賭場でいかさまだと騒いでみたり」

「手ぇ出してねぇよな」

「へぇ、親分が戻って来るまではと思いやして、大目に見てやすが、奴等どんどん調子に乗りやがって、このまま黙っていると示しがつかねぇところまで来てやす」

次郎長の言葉に答えた常が、右の拳を左手に打ちつけた。

「親分が戻ってきたらこっちのもんだ。今度来やがったら、とっちめてやりやしょう」

常が目を輝かせながら、親分のほうへと身を乗り出す。

「久六の仇討ちって訳かい。大場の久八の野郎、筋ってもんが解っちゃいねぇ。先に仕掛けてきたのは久六のほうじゃねぇか。仇討ちたぁ、片腹痛ぇや」

言った石松が鼻を鳴らす。

「事はそう簡単なこっちゃねぇ」

熱くなる兄弟分たちを、大政の冷徹な声が律する。

「久六も大場の久八も、丹波屋伝兵衛と繋がってる。伝兵衛は久八と盃を交わすことで、寺津と清水を飛び越えて伊豆を押さえやがった。それに伝兵衛は、甲州の吃安《どもやす》とも繋がってる」

吃安と呼ばれているのは、甲州の博徒、竹居安五郎《たけいやすごろう》である。どもる癖があるらしく、吃安という通称で知られていた。伊豆七島の新島《にいじま》に流されていたが、流人仲間たちと島の名主を殺して銃を奪い、船頭を拉致して島抜けをし、それを金看板として甲州で一大勢力を築いている。

「尾張一ノ宮には久左衛門もいる。下手をすると伊豆、尾張、伊勢、甲斐。四か国から博徒が清水と寺津に雪崩れ込んで来ることになるかもしれねぇ」

「そいつぁ、困るっ」

先刻までの陽気さはどこへやら、眉尻を下げて次郎長が叫んだ。

「おい、そんなことんなりゃ、うちはひとたまりもねぇ。治助も危ねぇ」

次郎長が寺津にも勢力を張っていられるのは、治助の力が大きい。

綱五郎が口を挟む。

「だからといって、このまま清水で久八の子分たちをのさばらせてちゃ、次郎長一家の威信は地に落ちやすぜ。久六を殺って、次郎長一家の名も上がってきたばかりだ。今が肝心な時でやすぜ」

「綱五郎の兄貴の言う通りでさ」

大政も乗る。

「久八に舐められたら、終わりですぜ親分」

「また、それかよ」

これみよがしに溜息を吐き、次郎長が肩を落としてうなだれる。

「久六との喧嘩のほとぼりも冷めて、やっと清水に帰って来てのんびりできると思ってたのによぉ。また喧嘩かよ。勘弁してくれよ」

「あっしは、いつでもやれやすぜ。お前ぇもだよなぁ、兄弟っ」

鼻息荒く隻眼の博徒が言って、晋八を見た。次郎長の盃を受けるということは、一家の者たちとは兄弟の間柄になる。石松は誰よりも先に、晋八を兄弟として扱ったのだ。

微笑のまま、晋八は石松の言葉にうなずき、次郎長を見て口を開く。

「あっしはいつだって親分に殺れと言われれば殺りやす」

「お前ぇは殺したいだけだろ」

冷淡な大政の言葉を聞きもせず、石松が親分に言い募る。

「やりやしょう親分っ。皐月雨が入った今、次郎長一家はますます強くなった」

物凄い勢いで膝を滑らせて次郎長の前まで迫った。あまりの勢いを前に、わずかに躰を仰け反らせた次郎長が石松を睨む。

「お前ぇにはやってもらいてぇ別の仕事がある」

「喧嘩以外ぇになんの仕事があるってんでやすかいっ」

畳を叩いて石松が鼻息を吐く。

「久六を殺した長脇差を金毘羅《こんぴら》さんに納めて来い」

「さ、讃岐《さぬき》ですかいっ」

「讃岐以外のどこにあるってんだ」

「えぇぇぇっ」

石松が口を尖らせてあからさまに嫌な顔をする。

「俺に逆らうつもりか手前ぇ」

「そういう訳じゃねぇけど」

「けど、なんでぇ」

「久八との喧嘩だって時に、なんで俺が讃岐まで行かなきゃなんねぇんですかい。常にでも行かせりゃいいでしょうよ」

「なんで俺なんだよ」

水をむけられた相撲常が口を挟むが、石松は聞いていない。

「俺ぁ喧嘩がしたいんですよ、親分っ」

「だから、今回はお前ぇは金毘羅参りだ」

「え、今回……。そいつぁどういうこってすか」

石松が右目だけを丸くして問う。その時の隻眼の博徒の心境は、どうやら他の兄弟分も同様だったらしい。大政までが首を少しだけ傾げて、次郎長の顔を眺めている。

「んだよ」

腕を組んで次郎長が子分たちを睨む。

「なんか考えがあるんでやすかい」

「あっちゃ悪ぃのかよ」

大政の問いに次郎長が不満そうに答えた。

「喧嘩は嫌なんすよね」

「だから喧嘩はしねぇよ」

「どういうこってすかい」

「伊豆に行く」

「は」

番頭が呆けた声を吐いた。それがあまりにもおかしくて、晋八はたまらずに笑い声を上げる。

腹を抱えて笑う。

「五月蠅ぇっ」

大政が怒鳴っても晋八は笑うのを止めなかった。

「ひひひひひ」

「気持ち悪ぃ声だして笑うんじゃねぇ」

晋八は番頭格の四角い顔を見た。

「だって、大政の兄貴が変な声出すから」

「大政の兄貴……」

晋八の口から兄貴という言葉が出たことに、言われた大政自身が戸惑っている。流れを変えるためか、大政が大きな咳払いをひとつして、ふたたび親分を見た。

「伊豆に行くって、殴り込みですかい」

「だから喧嘩はしねぇって言ってんだろ。本っ当に面倒臭ぇな、お前ぇたちは」

親分が石松に顔をむける。

「とにかくお前ぇは金毘羅参りっ。解ったな」

「えぇぇぇっ」

次郎長はそれ以上の、石松の抗弁を聞かなかった。

# 十一

晋八は大宮《おおみや》にいた。

四人という小勢である。次郎長と大政と関東綱五郎とともに、晋八は富士の麓《ふもと》である大宮へと赴いた。次郎長が伊豆へむかおうと準備を進めていた最中、事態が急変したのである。

大場の久八が子分たちを引き連れ、大宮へとむかっているという報せが、日頃から次郎長一家が世話をしている漁師からもたらされた。それを聞いた次郎長は、手間が省《はぶ》けたとばかりに、晋八たちを連れて清水を出たのである。

次郎長は大政にさえ、真意を告げていないようだった。

「どういうことですかい」

陸路大宮へとむかう道中、大政は幾度も次郎長に問うた。

「黙ってついて来な」

番頭が問う度に、次郎長はそう言って微笑むのである。奇妙に思ったのは大政だけではない。綱五郎も、親分に疑いの眼差しを遠慮なく浴びせ掛けている。

石松は文句を言いながらも、親分の命に従い四国へと赴いた。

「金毘羅さんにゃあ大事な用があるんだよ」

そう言って次郎長は石松を送り出した。久六を斬った刀を金毘羅宮に納めるのが、石松の役目である。大事な用と言った時の次郎長は、なにか別の思惑《おもわく》があるようにも見えたが、晋八は真意までは読み取れなかった。

久六を始末し、半年の旅を経て、次郎長はどこか変わったと晋八は思う。子分の前で気弱な姿を見せるのは以前と変わりがないが、困難を前にして無駄にうろたえることがない。現に今も、子分を三人しか連れず敵地に堂々と赴こうとしている。次郎長にはなにか考えがあるらしい。

大場の久八は、兄弟分の久六の仇を討つと吹聴《ふいちょう》している。それが本気であるという証《あかし》こそ、今回の一件だ。子分を引き連れて大宮に滞在するということは、陣を張ったも同然の行いである。大宮を拠点とし、清水に乗り込もうとしているのだ。

次郎長はいわば敵の本陣へ斬り込もうとしているのである。以前のこの男からは考えられない行動であった。頭の中にどれだけ良い考えがあったとしても、昔の次郎長ならば、恐怖に駆られて清水を出ることができなかったはずだ。

「俺の顔になにかついてんのか」

隣を行く次郎長が、晋八にむかって問うた。

「いえ別に」

笑みのまま答える。久八の宿所にむかう道中であった。

大宮に入ると次郎長は、大政に命じて久八の居所を調べさせた。昼前には大政は戻り、町の中心にある一番大きな宿を貸し切って、子分ともども泊まっているという。それを町はずれの荒れた社の階《きざはし》に座りながら聞いた次郎長は、躊躇せずに腰を上げた。

「行くぞ」

それだけ言うと町に入り、大政の案内の元、久八の泊まる宿へと歩を進めたのである。

「そこでやす」

「言われなくても解ってるぜ」

大政の言葉に次郎長がそう答えたのは無理もなかった。宿が並ぶ通りに、お天道様の高いうちから見栄えの悪い男たちが屯《たむろ》っている。ひとつの宿を囲むようにして集う男たちは、あきらかに堅気《かたぎ》の者とは思えなかった。腰に長脇差を差し、尻端折《しりはしょ》りの衣の間から浅葱《あさぎ》色の股引《ももひき》を着けた足が覗いている。大声で談笑し、下卑た笑い声が方々から上がっていた。

大場の久八の子分たちである。

伊豆を出たは良いが、清水にすぐに乗り込むでもなく、大宮に陣を張り幾日かが過ぎ、子分たちもだれているようだった。日がな一日することもなく、宿の前で暇を潰しているのだ。

ぱっと見ただけでも十人はいる。宿のなかにいる者のことも考えれば、倍以上の人数はいるはずだった。

晋八の背筋がざわつく。心地よい震えが指先から脳天まで突き抜ける。

次郎長は喧嘩はしないと言っていたが、このまま男たちの前に姿を現せば、無事では済まないだろう。血気に逸った者たちは、腰の物を抜くはずだ。そうなれば、次郎長が止めようとも収拾はつくまい。

己の出番である。

幾人斬れるか。

考えるだけで股間がうずく。

「下手なことはするなよ晋八」

次郎長が言った。脳裏を覗かれたような気がして苛立ちを覚える。

こんなに聡《さと》い男だったか。

今や己の親分となった男に対する不審が、このところ日に日に大きくなってゆく。

「本当に行くんでやすかい」

晋八とは次郎長をはさんで反対側を歩く大政が問う。

「やっぱ怖ぇな」

眼前に屯する男たちを見つめながら、次郎長はつぶやく。面の皮がかちこちに固まっている。歩みを止めてはいないが、首のあたりが小刻みに震えていた。

「止めるにしても、もう遅ぇ」

三人の前を歩いている綱五郎が、背後の親分にむけて言った。

宿屋の前の男たちの数人が、こちらに気づいている。周囲の仲間に声をかけて報せる者、宿屋に駆けこむ者、それぞれが思い思いの行動で、次郎長たちに相対していた。

そうこうするうちに五六人が駆けてきた。

「親分」

久八の子分たちを見ながら歩む大政が、隣を行く次郎長を呼ぶ。

「止まれ」

強張る唇をぎこちなく動かしながら、次郎長が足を止めた。大政と綱五郎が倣う。

もちろん晋八も立ち止る。

「手前ぇ等、どこの者だっ」

　駆け寄ってきた男たちの先頭にいた若者が威勢良く叫んだ。しかし、そのすぐ後に、少し遅れてやってきた壮年の博徒が、若者を律するように腕をつかんで止めた。迷惑そうに振り返って睨む若者に、壮年の博徒が口を開く。

「次郎長だ」

「じっ、じろ……」

「清水の次郎長だよ。隣にいるのは大政だ」

「関東綱五郎って名前ぇは知らねぇのか馬鹿野郎」

　次郎長をかばうように先頭に立つ綱五郎が、挑発する。

「んだとこの野郎っ」

　先刻の若者が血気に逸って綱五郎の前に躍り出た。胸を張って威嚇《いかく》する若者の鼻っ面に、綱五郎が余裕の面持ちで顔を近づける。

「調子が良いじゃねぇか小僧。でも偉そうに吠えるほど、後んなって惨めんなるぞ」

「んだ、こらっ」

　頭を激しく左右に振りながら綱五郎を挑発する若者を横から見て、晋八は笑いたくなるのを必死に堪える。若者は腰の得物に手をかけてすらいない。それどころか、長脇差の間合いを念頭に置いてもいなかった。餓鬼の喧嘩じゃないのだ。殴って蹴って片がつくという話ではない。

「晋八」

次郎長の声が聞こえる。晋八は我に返り、右手が柄に伸びていたことに気づいた。親分はそれ以上、晋八に声をかけず、腹の底まで思いきり息を吸いこんだ。そして、呼気の塊を吐き出すと同時に吠えた。

「俺ぁ、清水の次郎長だ。大場の久八に会わせろ」

覇気に当てられた若者が、一瞬仰け反って綱五郎から離れた。他の博徒たちも固まっている。それほど次郎長の声は威厳に満ちていた。

やはり。

この男は変わった。

「動くなよ」

敵に囲まれたまま次郎長が言った。その言葉が己にむけられたものだということを、晋八は解っている。大政や綱五郎が、親分の命を聞かずに動くはずもなかった。動くとすれば、晋八以外にありえない。

　じっさい晋八は長脇差の柄に手を伸ばしかけていた。

　久八の泊まる宿の前は、いまやその子分たちで埋め尽くされている。少なく見積もっても三十人はいた。晋八の予想より多い。その全ての目が、輪の中央に立つ四人に注がれている。

「よく来やがったなぁっ」

「生きて帰れると思うなよっ」

　方々から悪辣な声が上がる。しかし誰一人として、四人に刃をむけようとする者はいない。遠巻きに次郎長を睨みながら、宿のなかに入って行った使いの者が帰って来るのを待っている。

　晋八はすでにめぼしい者を四五人見繕っていた。敵のなかでもとりわけ強そうな連中だ。はじめにこいつらを殺してしまえば、後は烏合《うごう》の衆である。大政や綱五郎でもなんとかなるだろう。一人が十人殺せばいい。それで片がつく。晋八が目をつけた者たちが死ねば、敵は怖れ、その剣先は鈍る。殲滅《せんめつ》できないことはない。

　しかし。

　晋八の心根を、次郎長は見透かしていたようだ。

「下手に動くと承知しねぇからな晋八」

「勿体ねぇなぁ」

ぼそりとつぶやいた。

「馬鹿野郎」

敵に目をむけたまま綱五郎がつぶやいた。

「こんだけの人数に囲まれてんのに、なにが勿体ねぇだ。名古屋でどんだけのことしたのか知らねぇが、考えなしにあんまり下手な真似すんじゃねぇぞ」

考えはある。そして勝ち筋も見えている。

「万一親分が殺されでもしたら、どう落とし前つけるってんだ。え」

ささやく綱五郎を無視しつつ、晋八は黙考する。次郎長が殺された時は、殺された時だ。己一人生き残って、この場から去れればそれで良い。次郎長一家がどうなろうが関係ない。

「おいなんとか言え皐月雨」

肩越しに綱五郎が睨む。その訳知り顔が気に喰わない。普段よりも目を細め、見栄えよさげに顔を作っている。これだけの敵に囲まれても己は落ち着き払っている。そんな自分に酔っている顔だ。

こいつから殺してやろうかと思う。

「おい皐月雨」

「止めろ綱五郎」

次郎長が言った。その目が宿屋の暖簾《のれん》に向けられている。

「来たぜ」

使いが次郎長の前に立ち、膝に手を置いてわずかに頭を下げた。

「今日のところは、お帰りくだせぇ」

「んだと」

「あっしは親分の言葉を伝えただけでさ。それ以上のこたぁ解りやせん」

「お前ぇは餓鬼の使いか」

「とにかく今日のところは……」

「久八に会わせろ」

使いの言葉をさえぎって、次郎長が一歩踏み出した。

「申し訳ありやせん」

「押し通るぞ」

「そいつぁ、あんまりおすすめしやせんぜ」

周囲の男たちが間合いを詰める。

晋八にとっては面白い展開となった。このまま斬り合いになるのは、望むところだ。そっと柄に手を伸ばす。

「待てっ」

いきなりの次郎長の大声に、使いの男が眉を大きく上下させる。

「いや、お前ぇじゃねぇ」

使いの男に、にこやかに告げた次郎長が深い溜息を吐いた。

「仕方ねぇなぁ」

振り返って、晋八を見た次郎長の目が笑っている。

「おい大政」

「へい」

「お前ぇはここに残って是が非でも久八に会え。俺がどうしてここに来たのか、お前ぇはもう解ってるな」

「はい」

「お前ぇに任せる。俺ぁ町外れで待ってっから」

「解りやした」

次郎長が晋八を睨む。

「行くぞ」

「いや、あっしは大政の兄貴を守らねぇと」

「こいつは一人で大丈夫だ。これ以上混ぜっ返すんじゃねぇ馬鹿野郎」

すでに綱五郎は次郎長の前に立って歩きだしている。鼻息の荒い男たちを左右に押し退けながら、綱五郎が道を作る。

「おいっ晋八」

親分の叱責に舌打ちをひとつして、晋八は笑う。

「解りやしたよ」

答えて次郎長の後を追った。

## 十二

〝ある商家の主人の述懐〟


そうなんさ。

あいつと儂《わし》は餓鬼ん頃からの馴染みなんさ。まだお互いにろくに話せへん頃から、親の繋がりの所為《せい》でしょっちゅう顔を合わせとったんさ。

ほんで坊《ぼん》さん。なんであいつのこと聞きたいん。

止めとき止めとき。このあたりであいつのことを聞きまわっとると、命がいくつあってても足らへんよ。

もちろん知ってんねやろ。あいつの親父のこと。

そんだけやないんや。あいつがこの町を出てってから、どうなったんか。知らんとは言わせへんよ。だって、そこらへんのこと知らん奴が、いきなり町に来て、あいつのことを聞きまわる訳ないやろ。

本当に危ないんや。儂やから良かったもんの。あいつの親父の息かかった奴にうっかり話しかけとったら、今頃あんた、仏になっとったとこや。悪いこた言わん。この店出たらすぐ町を去《い》んだがええ。

解っとるよ。儂が知っとることは話したるわ。

あいつと最後に会うたんは、いつだったかいな。

そうや。

あいつがこの町を出ることになった十日ほど前のことやったわ。

ん、あいつと儂は同い年なんや。最後に会うたんは、十五ん時のことや。

なんやろなぁ……。あいつ、大きくなるにつれて笑わんようになったんよ。いや、笑《わ》ろとったんやよ、いっつも。

へらへらへらへら。でも性根では笑ろてないんや。それが無性に腹立ってなぁ。

思い出したわ。

せや。最後にあいつと会《お》うた時、儂はあいつと大喧嘩したんや。いや、あいつは多分、喧嘩したと思っとらんやろけどな。だって怒っとったんは儂だけやったから。

腕っぷしは昔から儂のほうが強かったわ。でも多分、本気で喧嘩したら儂、負けとったやろな。だってあいつ、剣術の師匠ぼこぼこに殴り倒したんさ。

しかも笑いながら。

いや、儂も人づてに聞いた話やから、どこまで本当のことかは解らへんけどな。見たって奴ぁ震えとったわ。あんなことやれる奴は人やない言うとった。

木刀での組打ちの稽古やったらしいんやけど、最初の一撃で勝負はついとったんやて。あいつが、師匠の肩口をしたたかに打ったそうなんや。当然、師匠のほうは、他の門下生の手前もあるから敗けを認める訳にはいかへんわ。構えを解いて、あいつを褒めようとしたらしいんやわさ。

そしたらや。

あいつ、棒立ちになった師匠の足をすくって転がしたんやって。驚いた師匠を笑いながら見下ろして、何度も何度も木刀を振り下ろしたそうや。門下生がみんなで止めるまで、あいつは笑いながら師匠を殴りつけてたんやて。その後、親父と一緒に謝りに行ったらしいんやけど、もちろん破門や、破門。そんな弟子置いておく訳にはいかへんやろ。

あいつがこの町で起こした騒ぎといや、それくらいや。

いつもは笑っとるんさ。

へらへらへらへら。

怒りも泣きもせぇへん。ずっと笑っとるんよ。

昔はそんな奴やなかったんやけどな。母親が死んで、親父が新しい嫁さんもらった頃から、妙な笑い方するようんなった気がするんさ。その頃、あいつ忙しかったからなぁ。儂とも年に二三度会うかどうかって感じやったしな。後から聞いた話じゃ、親父から色々学ばされとったらしいわ。

こいつは侍にするってのが親父の口癖やったってのも、あいつがいなくなってから聞いたこっちゃ。あそこの家は金だけは腐るほどあるからな。金にいとめをつけずにいろんなことを叩きこんだんやろなぁ。

そうや。

あいつと喧嘩になったんは、あの妙な笑いの所為やったわ。

なんちゅうんかなぁ。十五六になると、男っちゅうもんは生意気になるやろ。世間のことなんか、なにひとつ解らんくせに、一人で大きゅうなったような面をして、訳知り顔で御託ばかり並べるようになるやん。儂にも、そういう頃があったわ。親父の商いの手伝いが様になって来てな、一人でやって行けるような気がしてたんさ。

そんな時に、あいつに会ったんさ。へらへら笑っている、あいつに。

久方振りに会った幼馴染に、儂は自分の忙しさを散々自慢したんよ。店のもんが儂が主になったような気になっとるだの。儂がいないと店は回らへんだのと、今思い出してみても耳が熱うなるくらい生意気なことを、あいつにむかって話してたんよ。

だってその頃の儂は、あいつの親父があいつを侍にしたがっとることなんか知らんかったからな。儂にしてみれば、同じ年のくせに親父の店で修業しとらへんあいつが、自分よりも劣っとるように思えたんよ。こいつは、親に頼りにされてへんかわいそうな奴やってね。あいつの妙な笑い顔が、愚か者のように思えてたんや。親父が必死に習い事させとんのも、愚かな息子をなんとか一人前にさせるためなんやと、勝手に思い込んでたんよ。

そんで自慢話を滔々《とうとう》と語って聞かせとったんや。

あいつの親父の店の裏やったわ。奥のほうは住まいになっとって、あいつの部屋もあったんさ。儂等は、二人で縁側に座って話しとった。話しとったっていうより、儂が勝手に言い散らかしとったんやけどな。

あいつ、へらへら笑いながら聞いとったわ。相槌ひとつ打たんのさ。本当にへらへら笑いながら、ひと言も口にせんで儂の自慢話を聞いとったんさ。

なに考えてるか解らんから、本当に聞いとんのか不安になってな。おい聞いとんのかって、ちょっと怒り気味に聞いたんよ。

そしたらあいつ、なんて言うたと思う。

せやろ。普通、そう言うやろ。聞いてなくても、聞いとるって答えるよな。聞いてへんて言うのは喧嘩売ってるようなもんやし、うんざりしてても聞いてるって答えて適当に流すもんやろ。

でもあいつは違《ちご》うた。

さぁ、やて。

相槌にもなってへんやん。自分のことやよ。おまえが聞いとんのかどうかって問うたんや儂は。知らん訳がないやろ。なのにあいつは、さぁ、のひと言だけ口にして笑っとるんさ。腹が立つやろ。馬鹿にされた思うたわ。気づいたら縁を叩いて怒鳴っとったわ。もういっぺん言うてみぃってな。

そしたらあいつまた、さぁ、って言うたわ。笑ったまんま。

苛つくやろ。

なに考えとんのかさっぱり解らんのさ。怒鳴ったってどこ吹く風や。襟首つかんでねじり上げても、なにもせぇへん。剣術の師匠を打ちのめしたほどの腕があるやん。儂の手首をねじることなんか訳ないんさ。なのに、へらへら笑ったまんま、なすがままさ。

儂は、あいつの気の抜けた笑い顔の鼻先で、怒鳴ったったわ。悔しかったら怒ってみぃ。殴られたくなかったら、振り解いてみぃってな。どうしたどうしたって怒鳴りながら、襟を上下に揺らしたったわ。

あいつ笑っとんのよ。

どうしてそうなってしもたんや。昔はもっと解りやすい奴やったやろ。そう聞いてたわ儂。なぜか、泣いとったわ。なんで泣いてたんやろなぁ儂。

あいつ、なんて答えたと思う。

さぁ。

なんさ……。

今にして思えば、もうあん時には、あいつは壊れとったんかも知らんなぁ。忙し過ぎたからなのか、親父の道具みたいに遣われてんのが嫌だったんか。本当のところは解らんわ。壊れてたってのも、儂の勝手な思い込みなんやしな。

解らん。

物心ついた頃から十五まで一緒にいたけど、最後まで儂にはあいつのことが良く解らんかったなぁ。

せやねん……。

あいつ侍んなって江戸に出て、屋敷飛び出して消えてしもうたんや。伊勢にも帰って来てないんさ。

生きてんのか死んでんのか。

あいつのこと話してた奴が、親父のとこの若い者《もん》に殴られたりしてるから、きっとなんかあったんやろなぁ。

多分。

もう死んでんのやろ。

あんた、何か知っとらへんのんか。

＊

面白くない。

晋八は不服である。

久八との喧嘩は流れてしまった。どうやら大政がうまくやったらしい。大政は久八と会って相手に大義がないことを正々堂々説いたという。

もともとは奉行所を利用して次郎長を陥れようとした保下田の久六にこそ非があり、それは諸国の親分衆も承知している。病の妻のために家を貸し、次郎長の身代わりとなって獄死した長兵衛のことも、博徒の鑑として語られているのだ。長兵衛と妻の仇を討った次郎長に落ち度はない。筋を違《たが》えたのは久六である。このまま次郎長一家と事を構えることになれば、大場の久八の名は地に落ちることであろう。久六の仇討ちなどという筋違いな所業は、久八自身の面子を潰す愚かな行いでしかない。そう、大政は説いたそうだ。

お得意の筋と面子である。

そんな糞の役にも立たぬような外聞が気になるのなら、はじめから腰を上げなければよいではないか。次郎長を殺すと息巻き、清水に子分を放ってちょっかい出していたくせに、ちょっとばかり敵に諭されれば、矛を収めるなど片腹痛い。

博徒にとって筋や面子はそれほど大事だというのか。

晋八は不満の塊であった。

大勢の敵に囲まれながら臆することなく久八を引かせた大政の名は、近隣の博徒たちの噂となっていた。

次郎長一家の番頭が名を上げようが知ったことではない。晋八が苛立っているのは、そんな下らないことの所為でも、久八との諍《いさか》いの顛末《てんまつ》の所為でもなかった。

「なんでぇ、ふてくされてんな」

次郎長の声が、縁側に座る晋八の背を叩く。肩越しに見上げると、腕を組んだ次郎長の四角い顔があった。

次郎長の家である。久八が伊豆に戻ってから五日あまりが経っていた。

「よいしょと」

機嫌良さそうに次郎長が隣に座った。晋八は庭に目をやったまま口を開かない。

「おい晋八」

子分の不遜《ふそん》な態度に腹を立てることもなく、次郎長は穏やかに言った。それでもなお晋八は答えない。

「久八と喧嘩したかったみてぇだな」

相手など誰でも良い。とにかく喧嘩がしたかった。いや、晋八が望んでいるのは喧嘩でもない。人が斬れれば、外枠などなんでも良いのだ。戦だろうが喧嘩だろうが辻斬りだろうが。とにかく殺せればそれで良い。

「喧嘩ができると思って大宮についてきたんだろ」

だったらなんだと言うのだ。という悪態は胸の奥に仕舞ったまま舌には乗せない。

だからといって機嫌を取るような笑みも浮かべない。

清水に戻ってから、次郎長と相対する時は、なぜか笑みを浮かべることができなくなった。誰と相対する時も口許に張りついていた笑みが、次郎長と二人きりの時だけは消えてしまうのだ。意図している訳ではない。晋八自身も戸惑っている。笑おうと思っても、口がうまく動かないのだ。それがなぜなのか、まったく解らない。

だから次郎長と顔を合わせることを極力避けていた。

二人きりでなければどうということはない。子分たちが一緒ならば、いつものように笑みを浮かべることができる。

次郎長一人を避けることはそれほど難しいことではない。次郎長一家の屋敷には常に晋八以外の子分がいる。二人だけで顔を合わせることのほうが稀《まれ》なのだ。まったくの不意打ちであった。何の気なしに縁側に座って庭を眺めていた。本当に意味もなくぼんやりと眺めていたのだ。そこに、次郎長が現れたのである。

避けようがなかった。

だから晋八は次郎長の顔を見ずに、庭を睨んでいる。眺めているとはいえぬほど、晋八の眉根には深い皺が刻まれていた。

「おい晋八」

次郎長は気さくに名を呼んで来る。しかし当の晋八はというと、次郎長に名を呼ばれるたびに違和を感じていた。親分子分の間柄になったとはいえ、それは名目上のことだけで、心の底ではまだこの男を親分だとは認めていない。いや、晋八はこれまで己以外の者を認めたことがないのだ。だから身内同然の気安さで接して来る次郎長が煩《わずら》わしくて仕方がない。まだ大政たち子分のよそよそしさのほうが気が楽である。子分たちは晋八を仲間だとは思っていない。なかでも小政は、今なお敵視し続けている。それで構わない。馴れ合いは好きではなかった。

この男とどう接すればよいのか解らない。晋八の不機嫌の因《もと》は、この一事にあった。

呼びかけに答えずに庭を眺めていると、次郎長が晋八に構わず語り出す。

「お前ぇ、どうしてそんなに喧嘩がしてぇんだ」

大きなお世話である。喧嘩がしたい理由など、次郎長に語ってどうなるというのか。これこれこういう訳があってあっしは喧嘩が好きでござい、と語って聞かせれば、手あたり次第に博徒の一家に喧嘩を売ってくれるというのか。

「お前ぇ尾張じゃ、我先に長脇差抜いて久六を刺しやがったな。あん時のお前ぇの顔、俺ぁ一生忘れねぇ」

晋八は横目で己が親分を見た。

「久六を殺す時、お前ぇは笑ってた。いつもの笑みじゃねぇ。心底から楽しいって感じの笑みだ」

これみよがしに溜息を吐いて、晋八は立ち上がろうとした。

「話はまだ終わってねぇぞ」

縁に手をつき尻を浮かせたまま、次郎長を睨む。庭を見つめる次郎長の顔が、いつの間にか引き締まっている。

「座れ」

厳しさをはらんだ声が、晋八の勝手を許さない。ふたたび縁に尻を落ち着け、次郎長から目を逸らす。

「人殺しが好きか」

好きだ。

「お前ぇは喧嘩が好きっていうより、人殺しを楽しんでんだろ」

「だったら」

「ん」

「だったらなんだって言うんですかい」

そっぽをむいたまま問う。

「一家から追い出しやすか。別にそれでも構やしませんぜ」

「そんなこた言ってねぇだろ」

次郎長が両手を後ろに回して縁に手をつき、天井を見上げた。

「俺ぁ争い事が苦手で痛ぇことも嫌ぇだ。だから望んで喧嘩する気はさらさらねぇ」

「なんで博徒の親分なんかに」

「成り行きってやつよ」

そう言って次郎長が肩をすくめる。

「俺ぁ、廻船問屋、雲不見三右衛門の子として生まれたんだが、餓鬼がいなかった叔父の山本《やまもと》次郎八んところに養子に入った。そんで、義父が死んで米商いの甲田屋を継いで、嫁も貰ったんだが」

「それが、姐さんですかい」

「お蝶は二番目の女房だ。最初の嫁は甲田屋の身上《しんしょう》を姉夫婦に譲る時に離縁した」

「なんで身上を」

「喧嘩は嫌ぇだが博打には目がなくてよぉ。博打の諍いが因《もと》で人を殺しちまった。いや、後から聞いたら死んでなかったらしいんだがな。そん時は本気で殺したと思ったのよ。それで慌てて姉夫婦に身上を譲って、清水を離れたんだ。そん時、人別から離れて博徒になった」

「刺したんでやすかい」

「いや、散々殴りつけて簀巻《すま》きにして川に流した」

意外である。この男がそんな荒っぽいことをするとは、今の今まで思ってもみなかった。

「俺だって、やる時ゃやるんだぜ」

言って次郎長が笑った。

「そんで三河に流れ着いて、博徒のいろはを仕込まれて、今じゃあ故郷の清水で一家を構えてる。が、やっぱり喧嘩はどうやったって好きんなれねぇ」

「死ぬかもしれねぇんだぜ。俺ぁ、まだ商人だった若ぇ頃、襲われて死にそうになったことがある。刃向かおうにも手も足も出ねぇ。なにがなんだか解らねぇなかで、あちこちが痛ぇんだ。ぼろぼろになりながら、あぁ、俺ぁ死ぬかも知んねぇな、と思うとたまらなく怖ぇんだ。でもどうすることもできねぇ」

「斬られりゃ、そんなこた考えずに済みやすぜ」

「お前ぇ、斬られて死んだことがあんのかよ」

「ある訳ねぇでしょ」

気づけば、次郎長の調子に乗せられている。なんの疑問も持たずに言葉を交わしている自分に、晋八自身が驚いている。

次郎長が天井を見上げながら口を開く。

「死んだことがねぇから殺せる」

「よく解らねぇ」

「お前ぇ、死ぬと思うような目に遭ったことがあんのか」


「そんなこと」

『怖ぇだろ』

「どうして」

ある。

一度だけ。

「あるみてぇだな」

晋八の目を覗き込んで次郎長が言った。間近に迫った顔から逃れるように、晋八は親分に背をむけた。

「死にそうになってなお、お前ぇは人を殺すか。それが楽しいと思えるか」

答えたくない。

「なにがお前ぇをそうさせるんだ」

無言のまま背をむけつづける。

「お前ぇはいってぇ何者なんだ」

皐月雨の晋八。

「晋八よぉ、お前ぇはなにをぶち壊してぇんだ」

壊したい物など。

「なにもありやせんよ」

「本当かい」

「えぇ」

「だったらなんで、人をぶち壊す」

「壊しちゃいやせん。ただ息の根を絶つだけでやすよ」

「壊すことと息の根を絶つことに違いはねぇだろ」

「ありやすよ」

「命を壊してんだろ」

「絶ってるんだ。壊しちゃいねぇ。壊したって苛つくだけだ。命を絶つから良いんだ」

「良く解らねぇな」

「解りゃしねぇよ。誰にも」

晋八はつぶやいて、背をむけたまま立ち上がった。今度は次郎長も止めない。肩越しに親分を見下ろしながら、晋八は言葉を投げる。

「追い出したくなったら、いつでも構いやせんぜ」

「おい晋八」

口許に笑みを湛えたまま、清水の次郎長は晋八を見上げる。

「あんまり自分を追いつめるんじゃねぇぞ」

「おおきなお世話だよ」

苦い言葉を吐き捨て、晋八は次郎長の元を後にした。

## 十三

泣いている。

情けないほどに男は泣いていた。細い肩を心配になるほど激しく震わせながら、四国から来たという男は鼻水を垂らしている。

次郎長の屋敷であった。

晋八は他の子分たちとともに、広間の脇に座って泣いている男を眺めている。

この男が屋敷に転がり込んで来てから四半刻も経たぬうちに、子分たちが広間に集められた。急なことなので、外に出ている者は揃っていない。主な子分たちのなかで、広間にいるのは大政と小政くらいである。綱五郎は港の差配に、相撲常は女郎屋の女たちに呼ばれて出ていた。

「小吉《こきち》さんと言ったかい」

上座で腕を組む次郎長が、泣きじゃくる男に優しく語りかけた。玄関先で小吉と名乗ったこの男は、答えず頭を小刻みに上下させている。

「そんなに泣いてちゃ、どうしようもねぇよ」

苦笑いで問う次郎長の眉間に、不穏な皺が寄っているのを晋八は見逃さない。大政をはじめとした子分たちも、不穏な気を総身から放っていた。

この男はなにか良からぬことを語ろうとしている。

この場の誰もが不吉な予感を胸に抱いていた。

「讃岐の日柳燕石《くさなぎえんせき》親分のところの若い衆かい」

「はい」

小吉が涙声でそれだけ答えた。まだ名乗りすら終えていない。玄関先で名乗れるような様子ではなかったのだ。小吉は暖簾を潜って、ここは次郎長一家かと尋ねたそうである。そうであると知った途端に泣きだして、名前と四国から来たことだけ言うと後は次郎長に会わせてくれの一点張りだったという。子分からそれを聞いた次郎長は、なにかの異変を察知したらしく、すぐに子分を広間に集めて小吉を招き入れた。

だから晋八は、いまはじめて小吉の声を聞いたのである。

日柳燕石といえば、晋八もその名だけは知っている。

金毘羅宮のある松尾《まつお》村の隣村である榎井村《えないむら》に住むというこの男は、四国の博徒の大立者《おおだてもの》であった。学があり、博徒だけでなく近頃流行りの尊王攘夷とかいうのにかぶれた武士なども、わざわざ遠方から燕石を訪ねて行くらしい。

目の前の男が燕石の子分であるとは、とても思えなかった。晦日《みそか》の集金を拒まれて主に泣きつく丁稚《でっち》といったほうが腑に落ちる。

「いってぇ、どうしたんだい」

次郎長が身をわずかに乗り出して、うつむいた小吉の顔を覗き込むようにして問う。

小吉は四国の博徒である。四国の金毘羅宮には石松が代参に行っていた。子分たちは皆、石松のことが頭にありながらも、その名を口にしない。恐らく次郎長も子分と同じ想いであろう。次郎長一家の誰もが、石松のことを案じている。

「あっしは、あっしは」

うつむいて小さな声で小吉は言う。

「あんた、讃岐からずっとそんな調子でここまで来たって訳じゃねぇんだろ。なにがあったか話してくれねぇと、俺だってどうして良いか解らねぇ」

「あっしは日柳」

「そいつぁもう聞いたよ。燕石親分のところにいる小吉さんだろ」

「はい」

いつまでたっても要領を得ない小吉の態度に、次郎長も幾分苛立ちはじめているようだった。小鼻に皺を寄せて鼻水を激しくすすって、小吉が天井を見た。しばらく天井を睨んでから、ふたたび次郎長に目を戻す。

「あっしは燕石のところから石松兄さんと一緒に旅を続けてきやした」

次郎長は黙ってうなずいた。子分たちは石松の名を小吉が口にして、いっそう逸っている。石松になにかあったのだ。小吉が泣いている理由はそれしかない。

「讃岐から船に乗って泉州《せんしゅう》、大和《やまと》、近江《おうみ》と旅を続け、あっしたちは身受山《みうけやま》の鎌太郎《かまたろう》親分のところに草鞋を脱ぎました」

誰も相槌を打とうともしない。泣き止み、饒舌《じょうぜつ》になった讃岐の博徒を注視している。

「鎌太郎親分は次郎長親分の亡くなった姐さんの香典をくださいました」

「近江の鎌太郎親分か。旅の最中に二度ほど草鞋を脱がせてもらったことがある。恩があるのは俺のほうだ。お蝶の香典まで気にしてくれるたぁ、あの親分らしいぜ」

「はい、あっしゃ石松兄さんにもずいぶん良くしてくださいました」

石松という名を口にすると、小吉の声が大袈裟なまでに激しく揺れる。泣こうとするのを我慢しているようだ。その態度だけでも、石松に変事があったことは明らかである。

「それで」

たまらず晋八は口を挟んでしまった。いきなり子分の末席から声が飛び、小吉が驚いた顔を晋八にむける。目を弓形に歪めて口許に笑みを湛えたまま、晋八は厳しさをはらんだ声を放つ。

「あっし等は石松になにかあったんじゃないかと気が気でないんでさ。御手前がどういう心持でここに来たのか知りやせんが、めそめそしてねぇで、さっさと先を話しちゃくれやせんかね」

「晋八」

大政の律する声が飛ぶ。

「すいやせん」

笑みのまま小吉と大政に頭を下げて、晋八は口をつぐんだ。小吉は驚いたように目を大きく見開いて晋八を見ていたが、他の子分や次郎長に目をむけて肩をすくめた。

「そ、そうですよね。皆さん石松兄さんのことが心配ですよね。それなのに、すいません。事の経緯をちゃんと知ってもらおうと思いまして」

「うちの若《わけ》ぇのが無礼を言って申し訳ありやせん。小吉さんの仰《おっしゃ》るとおりでさ。事の経緯ってやつをちゃんと話してくだせぇ」

次郎長の言葉を耳にしつつも、晋八は辞儀をしたまま笑みを浮かべて固まっている。本心では、博徒とは思えぬ小吉の背中を蹴り飛ばしてやりたかった。

「頭をお上げください」

小吉が言うが、晋八は動かない。こいつの言うことを聞いてやるのが癪《しゃく》だった。

「あっしが悪かったのです。頭を」

「そいつは気にしねぇで、さぁ先を」

幾分厳しめな口調で次郎長にうながされ、小吉がふたたび震える声で語り出す。

「近江の鎌太郎親分の元を辞した私たちは、遠州に入りました。そしてこちらに草鞋を脱いだことがあるという都田村《みやこだむら》の吉兵衛《きちべえ》親分の世話になりました」

「あぁ吉兵衛か。たしか奴には本当の兄弟が二人いたな」

「はい、常吉《つねきち》と梅吉《うめきち》という弟がいました」

小吉が吉兵衛たちを語る声に、嫌悪の色がうかがえる。揉めごとの匂いがした。晋八の口許が、よりいっそう吊り上がる。

「石松兄さんが香典を持っているのを知った吉兵衛が、金を貸してくれと頼んできました」

「香典を……ですかい」

大政が重々しい声を吐いた。小吉はうなずく。

「はい香典です。なので石松兄さんは大事な物だから貸す訳にはいかないと言って断りました。しかし吉兵衛は、それでもしつこく貸すように迫りました。返す当てもあるからと、あまりにもしつこいので、石松兄さんは一夜の寝床を借りると次の日の朝、すぐに吉兵衛の元を去りました」

その日の夜、吉兵衛がまた現れたのですと言って、小吉が膝にあてた手を握りしめた。そしてそのまま顔を伏せ、肩を震わせはじめる。

「吉兵衛は二人の弟と、兼吉《かねきち》という博徒を連れていました」

「兼吉」

つぶやいた大政を次郎長が見る。

「知っていらっしゃいますか」

問うたのは小吉だった。大政のほうを見ながら、次郎長が口を開く。

「たしか久六の子分にそんな名前ぇの奴がいたよな」

「はい」

番頭の返事に納得した次郎長が、小吉を見た。すると讃岐の優男《やさおとこ》は、かくかくと首を上下に振った。

「そう、そうです。兼吉は自分のことを久六の子分だと言いました。でも石松兄さんは知らないようでした」

次郎長と大政は黙って話の続きを待っていた。小吉は良く回りだした舌を動かして、二人の望みに応える。

「兼吉は久六の子分を十人ほど連れてました」

「吉兵衛の野郎、金を借りるってな口実だったのか」

大政が憎々し気につぶやく。それを聞きながらも次郎長は口を挟まず、腕を組んだまま小吉を見つめている。

「お、仰る通りです。吉兵衛は最初から石松兄さんを殺すつもりだったようです。吉兵衛たちは長脇差を抜いて、石松兄さんに斬りかかりました。石松兄さんはあっしに逃げろと言って、御自分も長脇差を抜いて」

そこで小吉はまた泣き出した。

「あんた逃げたのかい」

「はい。あっしがいても足手まといになるのは解っていたので」

大政の問いに小吉が涙声で答える。次郎長の一の子分は呆れたように鼻から息を吐いて、下座で小さくなっている讃岐の博徒を見下ろす。

皆に聞こえるように晋八は舌打ちを鳴らした。大政が目を細めて重い声を投げる。

「晋八」

「すいやせん。つい」

それ以上、大政は責めなかった。次郎長はなにも言わない。一家の誰もが小吉の不甲斐なさに苛立っているのだ。

男たちの怒りなど気にも留めず、気弱な讃岐の博徒はなおも言葉を重ねる。

「で、でもあっしは物陰からずっと、石松兄さんを見ていました。石松兄さんは久六の子分を二人ほど斬り、包囲の輪を抜けて逃げました。あっしも気づかれぬように追いました。どんなことがあってもあっしがかならず見届けて、次郎長親分にご報告せねばと。ただその一心で」

なんという情けない忠義心であろうか。晋八は顔を伏せたまま思わず吹き出してしまった。しかしそれを咎《とが》める者はもはやいない。大政までもが小吉の言葉に呆れていた。

「それで」

優しく語りかけたのは、小吉の話を聞いてもただ一人顔色ひとつ変えぬ次郎長であった。

「石松兄さんは里へ下る道ではなく山へと登る脇道に入られ、うらびれた社《やしろ》に逃げ込まれました」

小吉の口調が徐々に熱を帯びて来る。さめざめと泣いていたのはどこの誰だと言いたくなるほどの饒舌さに、大政も言葉を失っている。小政などは先刻からずっと怒気の籠った眼差しで讃岐の博徒を睨んでいるのだが、当の小吉はそんなことに気づけるような玉ではない。みずからの心のおもむくまま、一生懸命語り続けている。

「兼吉たち久六の子分は、里へと下りて行きました。しかし運悪く、吉兵衛とその兄弟が社を見つけてしまいました」

相手は三人である。小吉が助けに入れば石松たちは二人だ。斬られ役になるだけでも十分な大役である。小吉が斬られている隙を石松が見逃す訳がない。小吉は死ぬが石松は三人を殺ることができる。

だが。

石松はここにはおらず、頬を熱で赤らめた讃岐の三一《さんぴん》が座っているということは、この男は最後の最後まで石松を助けに行かなかったということだ。

「そして、吉兵衛に腹を貫かれて」

小吉はふたたび泣き出した。

「そうかい、石松は死んだのかい」

次郎長は淡々と言った。

「あ、あっしがついていながらすいません」

今更なにを言うのかという想いを子分の誰もが抱いた。しかしそれを口にする者はいない。その代わりに小政が腰を浮かせた。その帯をつかんで、大政が止める。

隠しもしない小政の怒りを浴びて、さすがに小吉はたじろいだ。腰を引いて上体をおおきく仰け反らせて、いきり立つ小政のほうを見ながら次郎長にむかって、なおも己が務めを果たそうとする。

「い、石松兄さんから親分の申し出を聞いて、燕石は承知したと言っておりました。な、なにかあった時は声をかけてくれと」

どうやら石松は、次郎長の名代として燕石に会いにいったらしい。金毘羅代参は建前で、石松に言っていた大事な用とは、燕石への繋ぎであったのだ。燕石の本拠である讃岐は、次郎長と相対する場合、丹波屋伝兵衛のいる伊勢の後背にあたる。伝兵衛の背を突くために、燕石を動かそうとしたのだろう。

「そいつぁ有難ぇ」

次郎長が言うと、小政は大政の膂力に負けて尻を畳に落ち着けた。それを見て幾分安堵したのか、小吉が両手を畳につけて前のめりになりながら、次郎長に迫る。

「石松兄さんの仇を討つのなら、あっしはすぐにでも讃岐に戻り燕石に助太刀を掛けあってみます。吉兵衛はあっしの素性を知っていました。あっしが燕石の子分であることを知っていて襲ったんです。奴等は燕石の面子を潰したも同然です。燕石も黙ってはいないでしょう」

先刻まで情けなく泣いていたのはどこのどいつだと問いたくなるほど威勢の良い言葉を小吉が吐く。

「石松を見捨てといて良く言うぜ」

晋八は顔を伏せたまま上目がちに小吉を睨んでつぶやいた。石松は己を次郎長一家に導いてくれた男だ。多少なりとも恩を感じている。他人が死んで怒りを覚えることなどそう多くはない。だが石松の死を知り、晋八の心は珍しくざわついていた。

耳聡く小吉が聞きつけ、晋八に目をむける。

「あっしが出て行っても何の役にも立ちませんでした。あっしがうろちょろしていたら、石松兄さんの足を引っ張ったことでしょう」

石松の代わりにお前ぇが斬られちまえばよかったのに。一同の内心を代弁した言葉を呑みこんだ。

　晋八は不審を胸に抱いている。

　次郎長の態度だ。これほど独りよがりな報せを聞きながら怒るでもなく、石松の死を悲しむでもなく、はたまた新たに降りかかって来た面倒事に臆するでもなく、ただ黙って腕を組み、情けない讃岐の博徒を穏やかに見つめている。どんなに見るに堪えない姿であろうと、取り繕うことなく子分たちに曝《さら》け出すのが次郎長という男ではなかったかと晋八は思う。

「小吉さんよ」

　優しく次郎長が語りかける。鼻息を荒くして晋八に抗弁を重ねていた讃岐の博徒は、その声を耳にしてくるりと頭を回して上座を見た。

「燕石に助太刀を頼みますよね」

「いいや、あんたの心遣いは有難く受け取っておくよ」

「し、しかし」

「燕石親分のご返答。この清水の次郎長、有難く頂戴いたしやす。讃岐に戻ってそう伝えておくんなせぇ」

「いや、石松兄さんの仇討ちは」

「そいつぁ、次郎長一家の問題だ。燕石親分には関係ねぇこった」

腕を組んだまま次郎長は柔らかい笑みを浮かべている。その穏やかな物腰に、小吉が苛立っているようだった。

「燕石一家は百人は下りません。十分過ぎる戦力だと思いますが」

「解ったから帰ってくんねぇか」

「え」

「あんたの話をこれ以上聞いてると、あっしも笑っちゃいらんなくなっちまう。そうなる前ぇに帰ってくんねぇか」

「いや、でも」

「讃岐までの路銀は用意するから、このまま帰ってくれ。燕石親分にはくれぐれもよろしくお伝えしてくれ。頼む」

「次郎長親分」

なおも執拗《しつよう》に小吉は取り縋《すが》ろうとする。

「大政」

一の子分の名を呼び、次郎長は立ち上がって小吉に背をむけた。

「親分っ」

「この人を丁重にもてなして、駿州の境までお送りしろ」

「解りやした」

「待ってくださいよ次郎長親分っ」

「小吉さん」

障子戸に手をかけたまま次郎長が肩越しに小吉を見下ろす。止めようと腰を浮かせていた讃岐の博徒が、そのままの格好で固まった。

「可愛い子分が死んじまったんだ。少し一人にしてくれねぇか」

小吉は答えることができない。

「頼むよ」

そう言い残して次郎長は障子戸のむこうに消えた。

「くくくく」

誰に聞かれるのも構わずに晋八は顔を伏せたまま笑う。

小さな雷が幾度も背筋を駆け抜けている。小吉を見下ろした次郎長の目は、これまで晋八が見てきたどれよりも殺意に満ちたものだった。

あの男はああいう目もできるのか。

# 十四

小吉が次郎長一家を訪れてから十日が過ぎた。表向き一家は、何事もなかったかのように日々を過ごしている。

次郎長がなにも言わないのだ。石松が死んだと小吉に知らされてから、三州寺津の治助などに使いをやって真相を確かめさせたりしてはいたが、子分たちに対して石松の一件を語ることはなかった。

次郎長はいつもと変わらない。日々の生業《なりわい》をただ淡々とこなしている。晋八の目から見ても、石松の死を聞かされる前となんら変わらぬように思えた。

それが不気味でならない。

石松のことなど忘れたかのように子分たちに接する次郎長の態度は、無理に心を押し殺しているようには見えなかった。もちろん子分たちは忘れてなどいない。石松の仇を討とうと親分に迫る者は何人もいた。しかしそのことごとくを、次郎長は曖昧な返事とともに笑って済ませるのだ。

度重なる博徒たちとの衝突に、親分は疲れ果ててしまったのではないか。子分たちは陰でそんなことを話すようになった。面倒事から逃げようとする次郎長の姿を、子分ならば何度も目にしている。もしかしたら今回もまた、石松の件をなかったことにしようとしているのではないか。吉兵衛と事を構えるのを避けようとしているのではないか。

親分は終わったと言い出す者まで出る始末だ。

晋八に言わせれば、次郎長はいつはじまったというのだ。あの男はいつも、喧嘩や殺し合いを恐れていたではないか。大場の久八との出入りの時の妙に腹の据わった姿が異様だったのだ。本来の次郎長は、臆病で面倒事から逃げる性質なのである。

だが、今回の次郎長は違うと、晋八は見ていた。

確かにだんまりを決め込んではいるが、決して石松の死を忘れてなどいない。なかったことにしようとも思っていない。そんな気がするのだ。他の子分たちよりも次郎長とのつき合いは浅いから、確証はない。だが、大政や綱五郎たちも晋八と同様の想いを抱いているのではないかと思っている。

だから待っているのだ。

次郎長が目覚めるのを。

「盃は水に流したから、遠慮するこたぁねぇぞ兄弟」

縁側に座って長脇差の手入れをしていた晋八の耳を、獣の雄叫《おたけ》びのごとき声が襲った。次郎長の私室から聞こえて来るその声は、江尻宿からの客の物である。死んだお蝶の実の兄であり、博徒として次郎長と兄弟の契《ちぎり》を交わした大熊であった。

「元はといや、俺んところの若ぇ者が甲府の祐天と揉めたことからはじまってんだ。どんなことがあっても俺ぁ、お前ぇの側につくぜ兄弟っ」

鞘から抜いた茎をつかみ、刀身に打粉《うちこ》をかける。打粉は砥石《といし》を粉にしたもので、古い油と汚れを取るために使う。砥石であるから、かけすぎると刀身には目に見えない細かい傷がつく。だからあくまで薄く、まんべんなくかける。

晋八は思い出す。

考えてみれば、祐天の親分筋にあたる卯吉の子分たちに狙われていた石松を甲府で助けたことから、次郎長一家との縁がはじまったのだ。最初に祐天と揉めてたのは、たしかに大熊であった。

「俺が祐天の野郎と揉めたせいで、お蝶は死んじまった。そのせいで、お前ぇは久六を殺した。金毘羅代参に行かせなけりゃ石松もこんなことには」

鼻をすする音まで障子戸越しに聞こえて来る。まんべんなく刀身に振った打粉を拭い紙で鎺元から切っ先にむけて拭ってゆく。

「吉兵衛と俺ぁ兄弟の盃を交わしてたが、聞きゃあ奴は石松を大人数で取り囲んで闇討ちにしたそうじゃねぇか」

間近で見ていた小吉が語ったから間違いはないだろう。その後、次郎長が寺津にやった子分たちからも、同様の話が入って来ている。

猛《たけ》る大熊の言葉を聞きながら、晋八は紙に含ませた新たな油を鎺元から丁寧に塗ってゆく。いかに鞘に入っているといっても、腰に差していれば湿気が刀身に触れることもある。錆を防ぐため、油で守るのだ。

「吉兵衛の野郎はただじゃおかねぇっ。やるってんならうちの子分をすぐに清水に呼ぶぜ兄弟」

茎に鎺をつけて、刀身側の切羽をつける。そして鍔を差し込み、柄側の切羽で鍔を挟む。茎を柄に入れて目釘穴を見る。茎と柄双方に空いた目釘穴がしっかりと合っていることを確認してから、目釘を差す。親指でぐいと入れ込んでから、小さな鎚《つち》で二三度叩いてしっかりと差し込む。茎と柄に隙間がないか二度ほど軽く振って確かめてから、ゆっくりと鞘に納めてゆく。鯉口と鍔を密着させ、縁に置いた打粉や油を集めて立ち上がろうとした。

「ん」

庭に立つ人影に気づき、晋八は腰を浮かせたまま止まった。

「なんでやすかい」

庭の人影に問う。松の木の陰から陽の光の下へ踏み出したのは小政であった。

「話がある」

悪意だけが宿る瞳で縁側の晋八を睨みながら、若い博徒は言った。

「こいつを片づけてからでも良いですかい」

「待っている。草鞋を持って来い。そいつは忘れるな」

尖った顎で晋八の手のなかの長脇差をさす。

「解りやした」

晋八はうなずくと、手入れ用具を素早く子分に与えられている部屋に持って行き、玄関先から草鞋を持って縁側へとむかった。小政は待つと言った時と同じ体勢で立っていた。

「降りて来い」

小政に言われるままに長脇差を腰に差して庭に降りる。背後ではまだ大熊が次郎長に何事かをがなり立てていた。それにはまったく関心を示さずに、小政は晋八に背をむけ歩きだす。

「どこに行くんですかい」

　裏口の戸に手をかけた小政に問う。

「吉兵衛を兄弟もろとも、ぶっ殺す」

「今からですかい」

「そうだ」

　晋八を見もせずに答えた小政は、戸を抜け往来に出た。

「旅支度は」

「そんなもんはいらねぇ。都田村まで泊まらずに行く」

「なんであっしなんでやすかい」

　歩きながら問う。

　陽が頭を照らす。往来を行くのは堅気の面々である。朝からひと仕事終えた漁師や、買い物中の年増女。船人足が運んでいる俵の山は、これから港で積み込む荷であろう。清水港はいつもと変わらない。

　先を行く小政の殺気立った顔を見て、すれ違う者たちが目を伏せる。晋八は後に従いながら、口許に微笑を浮かべて先刻の問いをもう一度吐いた。

「なんであっしなんでやすかい」

「黙ってろ」

「止めたほうが良いと思うんでやすがね」

前を歩く小さな背に語りかける。小政は答えない。立ち止りもしない。

「抜け駆けは手柄になりやせんぜ」

「手柄だと」

急に小政が足を止めた。とっさに晋八も立ち止ったが、危うく小政の頭を胸で押しそうになった。小政は動じることなく、鼻先すれすれまで近づいている晋八を、酷薄な目で見上げている。

「お前ぇは手柄のために殺してんのか」

「そういうつもりはありやせんがね」

笑みを浮かべたまま答えると、小政は腰の長脇差を左手でつかみ、鞘ごと腰から突き出して柄頭で晋八の腹を押した。別に逆らうこともないと思い、晋八は押されるままに二三歩退く。

「お前ぇは根っからの人殺しだ。だから連れて来た」

「いきなりなんですかい」

「違うか」

「いや、そう真っ直ぐに聞かれると困っちまいやすね。なんですかい今日は。筋目や面子はどうしたんでやすかい」

「黙れ。なにも言わずについて来い」

「だからそいつぁ止めたほうが良いって言ってるでやしょ。親分にはちゃんと」

「小政」

晋八は口をつぐんで声のしたほうを見た。腕を組んだ大政が、道の先に立っている。

「危ねぇ奴が二人揃って、なにしてやがる」

小政を睨みつけ大政が問う。二人の政五郎は味方とは思えぬほどの邪鬼を放ちながらむき合っている。

「答えろ」

若い博徒は大政から顔を逸らして舌打ちをした。腕を組んだまま大政がゆっくりと近づいて来る。

「おい小政、もう一度聞くぞ。こんなところでなにしてんだ」

「別に」

「お前ぇもだ晋八」

大政に睨まれても、晋八はまったく動じずに笑みで応える。

「こっちはなぁ」

小政が顔を伏せたままつぶやいた。大政はおおきな口を真一文字に結んで見下ろす。

「石松を殺られてんだっ。このまま黙ってられるかよ」

叫んだかと思うと、小政は伸びあがって大政の四角い顎に頭突きを食らわせようとした。しかし次郎長の一の子分は眉ひとつ動かさず、跳ねた小政の両肩を巨大な掌で押さえつける。太い指が小政の肩に食い込む。怒った犬のように食いしばった歯に、黄色い牙が輝いている。

「お前ぇらしくねぇじゃねぇか小政」

大政の大きな唇の端がわずかに吊り上がる。そしてそのまま両腕をじわじわと小政の肩に押し込んでゆく。若い博徒の腰と膝が折れる。座り込もうとする格好のまま、小政が動きを完全に封じられた。肩をつかんだ大政は、上から小政を睨みつけ、言葉を継ぐ。

「親兄弟を失って一人んなったお前ぇを拾ってくれた親分を、お前ぇは一家の誰よりも慕ってるはずだ」

「だからっ」

動きを封じられても刃向う心は失っていない。小政は牙を剝きながら睨みつける。

「お前ぇが勝手に動いたら、せっかくの親分の考えが台なしになっちまうだろが」

大政は腹に溜めた気を言葉に込めて諭す。

「親分はかならず動く。あの人ぁ臆病なだけじゃねぇ。お前ぇだって解ってんだろ」

「この人のこたぁ、兄貴に任せて良いんでやすね」

暑苦しい二人に晋八は冷淡な声を投げる。

「あっしは戻りやすね大政の兄貴」

そう言って振り返った時、次郎長の屋敷から綱五郎が走って来るのが見えた。

「なにやってんだ綱五郎の兄貴は」

つぶやいた晋八の目は、汗で輝く綱五郎の団子鼻が近づいて来るのをとらえたまま放さない。

「お前ぇ等、こんなところにいやがったかっ」

綱五郎が叫びながら三人の元に辿《たど》り着く。

「どうしやした」

大政が小政の肩から手を放して綱五郎に問うた。

「客だ。関東からな」

「関東ですかい」

「お前ぇたち、すぐに戻って来い。親分が呼んでる」

綱五郎の言葉に、さすがに小政も逆らうことはできなかった。


へらへらした男だ。

晋八は己のことを棚に上げながら、そう思った。つけ過ぎではないかというくらいに油にまみれた髪は、丁寧に結い上げられて下品なまでに輝いている。香を焚《た》きしめてでもいるのか、着流しの衣からは女のような甘い匂いがしていた。生っ白くて細長い顔に、やけに太い眉があり、瞳の縁に黒々とした長い睫毛《まつげ》がびっちりと生えている。なんとも鼻もちならぬ男は、左右を次郎長の子分に固められながら、上座の次郎長を見つめて気の抜けた笑みを浮かべていた。

男はこれまで晋八が聞いたなかでも群を抜いて長い口上を述べたのであるが、覚えているのは関東の博徒、巳之助《みのすけ》ということのみ。ふわふわふわふわ浮ついて覇気の欠けた声で、実のない言葉を綴られてもまったく頭にはいらない。男のざっくりとした出所と名前だけでも覚えられた己を褒めてもらいたいくらいだと晋八は思った。

「いやぁ、あっしもね、頼まれると嫌と言えねぇ性質でやしてねぇ」

どうやら関東では名の知れた博徒であるらしい。この男の口上を信用すればである。

細かい内容はすでに忘れてしまっているが、いかに己が関東で名が売れているかが口上の大半であったのだけはうっすらと覚えている。

「ちぃとばかり在所で下手を打ちやしてね。遠州の吉兵衛親分の世話になって半年ばかりになるんでさ」

　奇妙なほどに白い歯を輝かせて、巳之助が爽やかに笑う。しかし吉兵衛という名を巳之助が口にした瞬間、次郎長の子分たちは関東の博徒の涼やかさとは決して相容れぬ殺気立った顔つきで客を睨んだ。

　関東の博徒の笑みを湛えた口許が強張る。頬を硬くさせ、巳之助は左右をきょろきょろと見遣った。

「ほ、ほら、あっしも半年前ぇから吉兵衛親分の世話になってやすでしょ。だ、だから、おたくのところと親分が揉めてんのは承知の上って訳でね」

「それで」

　上座の次郎長が心中を読み取れぬ平淡な顔つきのまま口を開いた。

「吉兵衛の客分が、いってぇ今日はなんの用ですかい」

「いやね、今回の一件についちゃ、吉兵衛親分も色々と思うところがありやしてね」

「思うところ……。ですかい」

次郎長の眉間がわずかに震えるのを晋八は見逃さない。

「石塔料《せきとう》ってことで五十両出させるから、そいつで勘弁してやっちゃくれやせんか」

石塔料、つまりは石松の供養のために金を出させるということである。

「手打ちの石塔料といや、三十が相場だ。五十たぁ、ずいぶん色つけてくれやしたね」

「親分っ、石松の命を金に代える気ですかいっ」

冷笑を浮かべながら言った次郎長を、大政が腰を浮かせて怒鳴った。しかし親分はそれを無視して、巳之助に続ける。

「五十両も貰えるってんなら有難ぇや。が、二十五両ばかりの金欲しさに石松を殺した吉兵衛が、そんな金を出しやすかね」

「そいつぁ、心配いらねぇぜ親分。あっしがきっちり出させやす」

関東の博徒は相変わらず厭《いや》らしく口の端を上げたまま答えた。媚《こ》びるような目つきの巳之助に、次郎長がなおも問いを重ねる。

「吉兵衛の野郎は出すと約束したんでやすかい」

「そのあたりのことは、ちゃんと話して来てやすから、親分は全部あっしに任せていただければ、耳を揃えて五十両はお支払いいたしやす。どちらの面子も潰さねぇように、うまくやりやすんで、心配にゃ及びませんぜ」

日頃怒りを露わにすることがない大政が子分のなかで真っ先に怒声を上げたことが、他の者たちの怒りの火に油を注ぐ結果となった。調子良い言葉をつらつらと連ねる巳之助を、いまにも殺さんという勢いで皆が睨みつけている。小政などは怒りを通り越し、醒めた顔で右手を懐の奥に差し込んでいた。短刀を呑んでいるのだ。

「そうかい。吉兵衛は金を出すと言っているかい」

「へぇ。だから今回の一件は」

「なかったことに」

「へへへ」

誰も次郎長の姿を追えなかった。はじめに気づいたのは晋八と小政の二人だった。巳之助に馬乗りになっている。にやけ面の博徒の襟首をつかんで、次郎長が叫んだ。

「舐めてんのか、おぉっ」

怒鳴ったと思った刹那、次郎長の右の拳が脂ぎった巳之助の頬に炸裂《さくれつ》した。

「お前ぇ、石松をなんだと思ってんだこの野郎っ。五十両で勘弁しろだと。ふざけんじゃねぇっ。だったら五十両やるから、お前ぇの命を俺にくれっ」

「い、いや、親分っ」

また巳之助の頬を打つ。

あまりのことに子分たちが呆気に取られている。これまで一度として次郎長が誰かを殴りつけながら怒鳴る姿など見たことがないのだ。だからどうして良いのか解らない。先刻まで親分よりも自分たちが巳之助に怒りを露わにしていたのだ。本来ならば、いま次郎長がやっていることは自分たちがやっていてもおかしくないのである。止めて良いものか、誰もが迷っていた。

子分たちの視線が大政に集まる。一の子分に委《ゆだ》ねようというのだ。

大政は両手を膝に置いたまま、黙って次郎長のやりようを見守っていた。それは大政よりも長い間、次郎長の子分をしている綱五郎も同様であった。一家の両翼ともいえる二人が、親分の激昂を黙したまま見つめているのだ。戸惑いを露わにしていた子分たちが、一様に落ち着きを取り戻す。広間に集う子分が揃って親分の怒りを冷静に見守る。

晋八は……。

顔つきだけは神妙に見えるように取り繕いながら、心を躍らせていた。

面子と筋に拘泥《こうでい》し、博徒という枠からはみ出ることを恐れる男が、我を失っている。果たして次郎長は、面子や筋目を取っ払い、どこまで怒りを露わにするのか。どこまでやれるのか。愉しみでしかたがない。

「石松はなぁ、天涯孤独だったんだ。博徒に拾われ育てられたが、そいつの子分にはならず、誰の子分にもならねぇと言って一人で生きてきた野郎なんだよっ」

怒鳴った次郎長は殴る。幾度も巳之助の頬を打つ。長い睫毛を濡らしながら、関東の博徒は哀願の声を上げ続ける。

「そんな野郎が、俺の子分にならなってても良いって言ってくれたんだっ。それからのあいつは、一家のために一生懸命働いてくれたっ。甲府の卯吉と揉めた時も、保下田の久六を殺す時も、あいつは手前ぇの命なんざ顧《かえり》みずに俺のために働いてくれたんだよっ」

「や、止べでくでっ。おやぶっ」

次郎長は最後まで言わせない。何度も肉と骨を打ったせいで赤黒く染まりぱんぱんに膨らんだ拳を、巳之助の頬に打ちつける。

「俺みてぇな、なんの取り柄もねぇ親分のために、文句ひとつ言わねぇで働いてくれたんだよっ」

手足の力が抜けた巳之助の躰が後ろに倒れる。次郎長は、腫れた拳を開いて襟首をつかみ、だらりと垂れた巳之助の躰を揺さ振りはじめた。

「おいっ、聞いてんのかっ。そんな石松のことをお前ぇは五十両で勘弁しろと抜かしやがったんだぞっ。冗談じゃねぇ。冗談じゃねぇぞ、この野郎っ」

叫びながら巳之助の頭を何度も何度も畳に打ちつける。青い畳が血に染まってゆく。気を失った巳之助を放り出した次郎長が、ゆらりと立ち上がった。しかしまだ怒りが収まる様子はない。白目を剝いた顔に右足を容赦なく落としてゆく。

「なに寝たふりしてんだっ。起きろこの野郎っ。話は終わってねぇんだっ。起きろってんだっ。え、この野郎っ。なにが関八州に知らぬ者なしだっ。なにが与えし盃は百八つだ馬鹿野郎っ。そんなに偉《えれ》ぇ博徒が、吉兵衛の世話になんかなるかっ。名前ぇが轟いてんのがそんなに偉ぇのか。子分が多けりゃ凄《すげ》ぇのかっ。そんなことのために、お前ぇは博徒なんかやってんのかっ。下らねぇこと言って調子に乗ってんじゃねぇぞっ。え、こらっ。起きろって言ってんだろっ。おい、巳之助っ。聞いてんのかよ巳之助っ」

頭を踏みつけながら、次郎長は巳之助の名前を叫び続ける。

幾度目かの踏みつけの際に、巳之助の首のなかで鈍い音が鳴ったのを、晋八は聞き逃さなかった。それ以来、関東の博徒は完全にされるがままである。しかし頭に血が昇った次郎長には、巳之助が事切れたことが解らない。悪口雑言《あっこうぞうごん》を怒りに任せて浴びせかけながら、骸を踏み続ける。

「親分」

大政が次郎長の背後にそっと忍び寄って語りかけた。しかし次郎長は止まらない。今度は掌で背中に触れる。

「もう死んでやす」

死んでやすという言葉を聞いた途端、肩を一度はげしく揺らして、次郎長は膝から崩れ落ちた。そして殺めたばかりの骸を見下ろし、激しく肩で息をする。

「大政、俺ぁ……」

次郎長の懐刀《ふところがたな》はしゃがみ込み、親分の背にそっと語りかける。

「親分の答えは子分一同、しっかりと受け止めやした」

大政の言葉に子分たちがいっせいにうなずく。

「お、俺ぁ石松を殺した奴ぁ、なにがあっても許せねぇ。許せねぇんだ大政よぉ」

だらしなく開いた唇から長い舌を垂らした巳之助の白い顔を見つめ、次郎長が苦しそうに言った。

お蝶が死んだ時でも、こんなに激しい怒りを表さなかったのにと晋八は驚いている。次郎長にとって愛する妻の死よりも、子分の死のほうが重いのだろうか。久六を殺す時の逡巡《しゅんじゅん》と、巳之助に対する所業を比べればそう考えざるを得ない。

「吉兵衛を殺りやしょう」

大政の言葉に、次郎長が巳之助を眺めながらうなずく。それを確認した次郎長一家の番頭は、子分たちに目をむけた。

「この野郎の首を斬って、吉兵衛に送り届けるぞ」

「あのぉ」

晋八は笑みとともに手を挙げた。大政が瞳だけでそれをとらえる。

「その役目あっしにやらせてもらえやせんでしょうか」

「下らねぇ真似はすんなよ」

「解ってやす。親分の面子を潰すような真似はしやせんよ。へへへ」

じっとしていられなかった。今の次郎長の殺しを見て、晋八はうずいている。

喧嘩がはじまる。

喉の渇きを早く癒したかった。

骸を引き摺り、縁廊下から裸足のまま庭に降りる。鼻歌を口ずさみ井戸のほうへと歩む。誰もついて来ない。晋八のやりようを、部屋のなかからうかがっている。

井戸端に巳之助を転がす。うつ伏せにし、優しく首筋に触れた。骨と骨の継ぎ目を指で探り当てると、懐の匕首を抜き放ち刃を骸に当てる。

「ふんふぅん……。ふふぅん」

鼻歌まじりに骨と骨の間に刃を滑り込ませ、すうっと横に引く。一度で斬り落とせる訳はない。引く度に、少しずつ深く斬り裂いてゆく。心の臓が止まってしまってい る。首を斬り裂いても血が噴き出ることはない。喉の皮を斬り終えると、首は綺麗に胴から離れた。匕首を右手に持ったまま、左手で髻《もとどり》をつかみしゃがんだまま振り返る。いつの間にか縁廊下に立ち、こちらをうかがっていた次郎長にむかって首をかかげてみせた。

「へへへへ。行ってきやす」

答えはなかった。

巳之助の首を携えた晋八は、遠州へと急いだ。都田村に辿り着くと、吉兵衛一家の居所はすぐに知れた。

大政に言われるまでもなく、ひとりで乗り込んでゆくような愚かな真似をするつもりはない。

今回ばかりはあの次郎長に義理を立てたくなった。石松の死に怒り、巳之助を蹴り殺した次郎長に、晋八の心は震えた。誰よりも面倒や荒事を嫌っている男が我を忘れて人を殺す姿など、見ようと思っても見られるものではない。良い物を見せてもらった礼をかねて、次郎長の気の済むような喧嘩をさせてやろうと思っている。

吉兵衛の塒《ねぐら》を張り込んで一昼夜、一人の男に目をつけた。子分になってまだ日が浅い、新顔であろう若者である。男はなにかと使い走りを頼まれているようで、ひっきりなしに塒を出たり入ったりしていた。

夕暮れ時に男が塒から出て来るのを見計らって後をつけた。

「もし」

人気のない裏路地に入ったところで背後から声をかけた。

短い悲鳴を上げて若者が振り返る。紫色の袱紗《ふくさ》包みを胸に抱いていた。間近に見れば、まだ前髪を落として間もない子供であった。いきなり見知らぬ男が気配もなく現れ、背後から声をかけてきたことに驚きを隠せずにいる。

「吉兵衛一家の御身内の方でやすか」

「そ、そうですが」

笑みを満面に湛え、晋八は抱えていた荷物を地に置いた。そして左手で腰の鞘に触れる。

「吉兵衛親分の」

「は、はい。あっ」

なにかを思い出したかのように、若者は中腰になり右の掌を股のあたりに下げて晋八を正面から見据えた。

「お控えなすって。あっし」

そこまで言った時、若者の首筋から血柱が上がった。

「いやいや、すいやせんねぇ。あっしは長ぇ口上が嫌いでねぇ」

横を駆け抜けた晋八は笑みを湛えたまま、右手に持った長脇差で虚空を斬った。刃についた血が散る。本当なら紙で刀身を拭きたいところだが、手入れは清水に戻ってからゆっくりすれば良い。

今は役目を果たさなければならない。

天を見つめるように寝転がる骸を引き摺り、道の脇の古木の根元に座らせる。その足の上に若者が持っていた袱紗包みの箱を置く。そして晋八はみずからが持ってきた荷を拾い上げ、ふたたび若者の骸の前にしゃがんだ。

包んだ布を剝ぐと、なかから巳之助の顔が現れた。

「暗かったでやしょ。勘弁してくだせぇ。もう大丈夫だ。布は取りやしたぜ」

「まったくだぜ。暗いし足もねぇし、どこに運ばれてんのか解らねぇ。不安で不安で、さすがの巳之助様もまいったぜ」

「そうでやしょう、そうでやしょう。いや、もうどこにも運びやしやせんぜ。ほら、ここ。この毛氈《もうせん》の上にお座りなせぇ」

「おうおう、毛氈たぁ気が利くじゃねぇか。おっ、おいおい、こりゃ毛氈じゃなくて袱紗じゃねぇか」

「どっちでも良いでしょそんなこたぁ、だってあんたもう死んでんだから」

「えっ。俺ぁもう死んでんのかい」

「だって首だけだろあんた」

「ほ、本当だっ」

「うひゃひゃひゃひゃひゃひゃ」

人気のない裏路地で、晋八は一人語りをしながら巳之助の首を袱紗包みの上に載せた。

「さて」

立ち上がって二人を見下ろす。

「あんたが帰って来ねぇから、心配んなって誰かが見に来て、びっくりだ。ひひひひ。見てぇところだが、あっしもゆっくりとしちゃいられやせんからね」

巳之助の白く濁った目を見下ろす。

「じゃあ、御達者で」

晋八は闇に消えた。

# 十五
「下田《しもだ》の金平《きんぺい》か」

次郎長の言葉に、下座に控えていた小政がうなずいた。

「金平といいや、異名があったな」

「赤鬼でやす」

次郎長の問いに脇に座った大政が答えた。

晋八が遠州より戻って十日、吉兵衛一家の様子を探っていた小政が清水に帰ってきた。小政に調査の命を下したのは、次郎長である。晋八が遠州に走ってすぐのことだという。

大政の言葉を継ぐようにして、綱五郎が次郎長に語る。

「金平は元は大場の久八の子分でやしたが、生来の荒々しい気性と腕っぷしで伸し上がり、下田を拠点にして久八以上の縄張りを誇ってる奴でさ」

「喧嘩は強《つえ》ぇという噂でやす」

大政がつけ加えると、綱五郎もうなずいて続けた。

「相手になった一家は皆殺しにされて、塒にゃ犬一匹残らねぇって噂だ」

「そいつに吉兵衛が泣きついたってのか」

次郎長の問いに大政がうなずいてから、答える。

「大場の久八、そして吉兵衛。いずれにしろ根っ子には」

「丹波屋伝兵衛か」

「久八の子分だったたってこた、金平も伝兵衛の息がかかった野郎だと見て間違いねぇでしょう」

「結局は、この清水の港が目的だってことか」

次郎長が頭を掻く。

「畜生っ。面倒臭ぇことばかり次から次に湧いてきやがるっ」

言った後、次郎長は子分たちを眺めて肩をすくめた。

「まぁ、今回は俺が悪ぃんだけどよ」

巳之助を殺して吉兵衛との手打ちの道を断ったのは、次郎長自身である。

「金平を見張らなきゃなんねぇな。おい大政」

「へい」

「下田に誰かつかわせろ」

「解りやした」

「なんかあったらすぐに報せるように言っとけよ」

「あのぉ」

次郎長の言葉を聞いた晋八は、すかさず手を挙げた。話を遮られた大政が睨んで来るのを笑顔で受け流しながら、晋八は次郎長にむかって口を開く。

「なんなら、あっしが下田に行って見張りやしょうか」

「お前ぇは下田で妙なことしようとしてんだろが。少し黙ってろ晋八」

めずらしく綱五郎が律した。先を越された大政は、厳しい目つきで晋八を睨みつけたまま、次郎長に語る。

「腕に覚えのある金平のことです。こっちが動かずとも、あっちから仕掛けてきやしよう。敵の本拠で小勢で動くこたねぇと思いやすが、どうでしょう」

次郎長は黙したままうなずいている。その目は晋八の微笑をとらえていた。

「一人ずつ消して行きゃ、最後は金平一人になっちまう。そうすりゃ、清水に殴り込むこともできねぇでやしょう」

「そういうこっちゃねぇんだよ」

晋八の言葉を綱五郎が頭から否定して続けた。

「お前ぇは、だれが殺ったか解んねぇようにやるつもりだろうが」

たしかに一人目や二人目でこちらの正体がばれてしまったら、後が続かない。こちらの存在は消したまま、一人ずつ削ってゆくのが肝要である。

綱五郎がさらに加える。

「そんなことしたら次郎長一家が金平に勝ったってことにゃならねぇだろ。闇討ちみてぇな卑怯な真似して金平一家を潰したことが他の親分たちに知れてみろ。次郎長一家の面子は丸つぶれだ」

「また面子ですかい」

これみよがしに溜息を吐いてみせ、晋八は続ける。

「面子なんて気にしてたら、喧嘩には勝てませんぜ」

微笑のまま次郎長へと身を乗り出す。

「そりゃ勝てば次郎長一家は大《て》ぇしたもんだと皆が持ち上げやしょうが、負けたらそれっきりですぜ。丹波屋伝兵衛に清水を取られ、寺津も奪われちまう。そうなったら、親分だけじゃなく、生き残った次郎長一家の者は誰一人渡世を張れなくなっちまう。面子なんかにこだわってるような余裕はありやせんぜ親分」

「お前ぇに言われなくてもそんなこた解ってんだよ」

　頭を掻きながら次郎長が面倒臭そうに答えた。

「おい晋八。お前ぇはいつも屁理屈並べて俺を焚きつけやがるが、結局はお前ぇ自身が殺りてぇだけじゃねぇか。一家のことや仲間のこと、俺のことすら考えちゃいねぇ」

　親分の言葉を聞いた途端、小政が腰を上げて懐から短刀を引き抜き、晋八に覆い被さった。とっさに腰に気を込めて、倒されるのだけは拒んだが、膝を折って座る太腿の上にまたがられるような格好になった。

「なんですかい」

　笑みを湛えたまま問う晋八の喉仏に、短刀の刃が触れている。小政は血走った目で晋八を睨みながら、背後に座る次郎長に問う。

「殺っちまいやしょう」

「止めとけ」

「親分が止めろって言ってやすぜ」

笑ったまま言った晋八の態度に、小政の眉尻が凶悪に吊り上がる。刃が肉に食い込むが、晋八は動じなかった。どれだけ押したところで、皮の表すら斬れはしない。刃は引かなければ意味を成さないのだ。

「小政っ」

厳しい次郎長の声に刃がかすかに震える。

「そいつはお前ぇと同じ俺の子分だ。生かすも殺すも俺が決める」

「親分」

「俺に刃向うつもりか小政」

目を閉じて小政が鼻から大きく息を吸った。そして殺気で真っ赤になった白目に浮かぶ黒々とした瞳で晋八を睨みながら、恨みの言葉を吐く。

「お前ぇはかならず俺が殺す」

「待ってますよ」

「晋八っ」

怒鳴ったのは大政だった。

小政が退く。視界が開け、ふたたび次郎長や他の子分たちの姿が見えた。大政が小政に負けず劣らずの憎々しげな目つきで晋八を睨んでいる。

「あんまり舐めた真似するんじゃねぇぞ」

唇の端を吊り上げたまま、晋八はわざとらしく頭を下げた。

「すいやせん」

反省の色などまったくうかがえない晋八の謝辞を、溜息とともに呑みこんで、大政が次郎長に顔をむけた。

「こいつのことは、あっしがしっかり躾《しっ》けときやすんで、今日のところは勘弁してやってくだせぇ」

「止めとけ止めとけ」

親分は首を左右に振って笑う。

「こいつぁ、誰からなにを言われても変わらねぇよ」

「でも親分」

「放っておくのが一番だ。なぁ晋八」

晋八は微笑のままうなずきもせず、言葉も吐かず座っている。それを受けた次郎長は、横目で大政を見て鼻で笑った。

「な、こんな調子よ。頭に血ぃのぼらせるだけ損だ」

首の裏を掌で叩いて、次郎長は晋八をふたたび見た。

「放ってはおくが、下手な真似をすることだけは許さねぇぞ晋八」

「下手な真似ですかい」

「そうだよ。一人で下田に行って金平にちょっかい出すんじゃねぇって言ってんだ」

「やるんですかい金平と」

晋八の問いに、次郎長が眉尻を思いきり下げて、嫌そうな顔をした。帯から煙管《キセル》を抜き、忙しなく指を動かし雁首《がんくび》に煙草を詰める。火鉢に雁首を突っ込み二三度吸い口をすぱすぱと吸って煙草に火を点けてから、腹の底まで深く息を吸いこんだ。真ん丸に開いた両の鼻の穴から、煙が天井にむかってゆっくりと昇ってゆく。その間、次郎長の目は晋八にむけられたままだった。長い沈黙に、子分たちは口を閉ざして次の言葉を待つ。

間違ったことはなにも言っていないと晋八は胸を張れる。金平とやるのかやらないのか。それだけは絶対に、はっきりさせておく必要がある。晋八は微笑を浮かべたまま、次郎長の視線を受け止め続けた。

幾度か鼻から煙を吐き出してから、次郎長はおもむろに火鉢の端を雁首で叩く。吸い口に唇をつけ、灰を落とした煙管を吹いた。晋八を見つめたまま煙管を仕舞う。これみよがしに溜息を吐き、頭をぼりぼりと掻きはじめる。

「なんか面倒で髪結いに三日ばかし行ってねぇから、痒くてたまんねぇ」

「いや、親分」

「解ってるよ」

己が投げかけた問いの答えをうながそうとした晋八を、次郎長が止めた。

「面倒くせぇなぁ、ったくよぉ」

頭を掻きながら横目で大政を見た。

「大場の久八ん時みてぇには行かねぇよなぁ」

「親分っ」

晋八が割って入ろうとするが、次郎長も大政も耳を貸さない。

大場の久八の時ということは、つまりは下田に乗り込んで金平と話をして喧嘩をせずに穏便に済ませるということだ。たしかに今回の喧嘩も、次郎長に大義はある。金平に泣きついた吉兵衛は、金目当てに石松を殺しているのだ。裏で伝兵衛が糸を引いているとはいえ、表向きは金目当ての殺しである。次郎長が石松の仇を討つことを非難する者はいないだろう。むしろ、石松の仇を討つことで、次郎長の面子が立つと言ってもよい。

「大場の久八なら話も聞きやしょうが、今回の相手は赤鬼でやす。筋だ面子だと言ってみても、聞きゃしねぇでしょう」

「だよな」

大政の言葉を、うんざり顔で次郎長が受けた。それから晋八を見て、小鼻に皺を寄せる。

「今回ばかりはお前ぇの望む通りになるだろな。そんだけ調子の良いこと言ったんだ。しっかり働いてもらうぜ」

晋八はうなずきだけで応えた。その目が、いつもよりわずかにきつく弓形に歪んでいる。

それから十日もせぬうちに、下田にやっていた子分が息を切らせて戻ってきた。

金平が喧嘩の支度をはじめたという。長脇差や短刀などという生易しい得物だけではなく、甲冑《かっちゅう》などまで運び入れているのを、子分は見ていた。じきに清水に乗り込んで来るのは間違いない。

「俺ぁ病気だ。瘧《おこり》にかかっちまった。今日から親父ん家で寝込むからな」

報せを受けた次郎長はそう言って、屋敷を出た。親父というのは死んだ義父ではなく、実父で船乗りの雲不見三右衛門のことである。

大政は動じることなく残された子分たちを前にして言った。

「親分は病《やめ》ぇだ。看病する者は親分のところで寝泊まりして、他の奴等はこの家を空けろ。良いか」

　大政の目に光が宿る。

「いつ呼ばれるか解らねぇと思っとけ。居所はかならず二人以上の奴に伝えろ。解ったな。おい晋八」

　番頭が晋八を睨む。微笑を浮かべたまま、晋八は無言で言葉を待つ。

「下手な真似はすんじゃねぇぞ。お前ぇも清水でじっとしてろ」

「でも」

「解ったな」

　これ以上の抗弁を許さぬという大政の圧に、晋八は首を上下させる。いずれ殺し合いになるのだ。焦る必要はない。

「解りやした」

　この日の夜、金平との喧嘩を恐れた博徒が、三人ほど清水を去ったが大政たちは追わなかった。

＊

「御主であろう」

頬を強張らせて問うのは、己の上役である。年はふたつほど上か。若い。父親が病を得て隠居し、家督を継いで三年ほどと言っていた。代々、江戸住《ずみ》であるため、伊勢に行ったこともないらしい。江戸生まれを鼻にかけた、嫌な奴だ。

男の取り巻きどもが輪になって囲んでいる。逃がすまいとしているのだろうが、隙だらけだから、どこからでも抜け出せる。

「答えよ晋兵衛《しんべえ》」

上役が名を呼んだ。この男の人を見下した口調がいつも鼻について仕方がない。

稲神《いながみ》晋兵衛。

借り物の名だ。

そんな奴は己ではない。では、真の名とはなんなのだ。親からつけられた名も馴染んでなどいない。

己は誰だ。

「所詮、この世は夢泡沫ではござりませぬか」

「なにを申しておるっ」

その通りだ。

唐突に夢泡沫などと言われても、なんのことか解るまい。自然と口許が緩む。

「ええと」

笑みのまま頭を掻き、上役を見た。周囲の男たちが一様に肩を強張らせる。

「間宮《まみや》……。殿でよろしゅうござりましたか」

「愚弄《ぐろう》しておるのか御主はっ」

「ふふ」

愚弄している訳ではないが、そう言われても仕方がない。藤堂家下屋敷。ここに来て二年ばかり。この男とのつき合いも同様である。名を覚えていない訳がないのだ。普通ならば。

だが覚えていない。覚えていないのだから、問うしかない。漠然と間宮ではないかと思っただけ、褒めてもらいたいくらいだ。

「このような人を喰った奴と問答をしておっても無益にござりまする間宮様」

上役の腰巾着《こしぎんちゃく》が、青ざめた顔をした若僧の隣でこちらを睨んでいる。己よりもふた回りも年下の上役に、日頃からぺこぺこと頭を下げ機嫌を伺うことしか能がない男だ。

「ほら間宮だった」

笑みのまま告げると、男たちが眉尻を吊り上げる。

「間宮様っ。もう我慢がなりませぬ。斬れと御命じになってくだされば、すぐにでも」

「無理……。だと思いまする」

いきり立つ腰巾着に、にこやかに言ってやる。

「なっ……」

間宮にむけていた顔を震わせ、腰巾着がこちらを見た。相変わらず間抜けな面である。毎日こまめに剃《そ》り上げているという月代《さかやき》が、誰よりも青くて気色悪いと常々思っていた。頭の青さが、年に似合わぬ毛深さを誇っているようで、間抜けな面差しにいっそう拍車をかけている。

先刻の言葉に、方々から声が上がった。生意気な奴だとか、強がるなだとか、好き勝手に吠えている。

面倒だ。

柄に手をかける。

「稲神っ」

間宮が叫ぶ。動きを律しようとしているのだろうが、覇気がない。もし本気で抜く気だったら止まっていない。最初から抜く気がなかったから、間宮の声で止まったような形になっただけだ。

土蔵の白壁を背負いながら、間宮が唾を呑む。土蔵と塀に囲まれた下屋敷の隅である。中間小者でもめったに足を踏み入れないような場所に、十数人もの侍がひしめきあっていた。物々しい気を放ちながら、ただ一人を囲んでいる。

「やったのか」

「なにを」

「しらばっくれるでないっ」

笑ったまま答えた晋兵衛を、間宮が怒鳴りつける。当然人払いはしているはずだ。どれだけ騒ぎが起きようと、中間どもは顔を見せない。

間宮は内々に始末をつけようとしているのだろう。

己の面目を守るために。

下らない。

武士は面目だけを気にする生き物だ。家格だ、しきたりだ、礼法だと大仰なことばかりを抜かしているが、結局誰もが己の面目だけにしか興味がない。己が面目を保つため、武士の意地や本懐などという綺麗事を並べたてる。

面目が保てるならば。

こういう横車《よこぐるま》でも平気で押す。

「御主がやったということは、すでに調べがついておるのだ」

「だから、なにを」

「辻斬りじゃっ」

我慢がならぬといった様子で、間宮と晋兵衛の問答に腰巾着が割って入った。せっかく二回りも年下の上役が、その一語を言わずに白状させせんと心を砕いていたのに、無粋で無能な年嵩《としかさ》の手下は、苛立ちに堪《た》え兼ねて間宮が憚《はばか》っていた言葉を叫んだ。

顎に手をあて、晋兵衛は笑う。

はじめはいつだったか。江戸に来て一年も経っていなかったはずだ。時期は覚えていないが、はじめて斬った男のことは、はっきりと覚えている。

遣いをした帰りだ。

同輩の男と出くわした。間宮と同じで江戸生まれを鼻にかけた嫌な奴だった。

武家屋敷の塀が連なる裏路地に二人きり。

目が合った。

なんだお前か……。

嘲《あざけ》りが瞳に満ち満ちていた。

下腹が熱くなった。陰茎のあたりから震えが起こり、背の骨を伝って頭の芯が痺《しび》れた。

江戸住になって一年にも満たぬから、顔を伏せて道を譲ってやった。さも当然と言わんばかりに胸を張って通り過ぎてゆく同輩の背中を。

袈裟懸けに斬った。

こちらを見ることもなく、男は肩口から逆の脇腹まで斬り裂かれ、血と汚物を撒き散らしながらその場に崩れ落ちた。

滾《たぎ》りがほとばしり、えも言われぬ恍惚が全身を駆け巡ったのが未だに忘れられない。

それから何人も殺した。

数は覚えていない。

「すでに奉行所のほうでも、御主に見当をつけておると聞く。奉行の口から大目付に御主の名が漏れるのもそう遠くはなかろう。このままでは、殿の御耳にも……」

結局、間宮が恐れているのは、最後の一語なのだ。晋兵衛の名がその悪行とともに殿の耳に入ってしまえば、直属の上役である間宮は当然、責めを負うことになる。間宮は武士の面目を失う。

「やりましたよ」

平然と言ってやった。

ふたつ下の上役があんぐりと口を広げたまま固まった。隣の腰巾着も声を失っている。

「全部、拙者が斬り申した」

「い、い、稲神……。其方《そなた》は」

「だって」

腰の柄頭を左手でぽんと叩く。

「こいつは人を斬るための道具でありましょう。拙者は使っただけにござりまする」

本心だ。

腰にこんな物を差してなかったら、人を斬ることはなかった。侍になったから。親父が稲神晋兵衛という名とともに刀を与えてくれたから、晋兵衛は人を斬ったのだ。

「下賤《げせん》な商人の小倅めが……」

腰巾着が吐き捨てた。

その通りだ。

だから怒りなどしない。

笑ってやった。

「は、腹を切れ稲神っ」

間宮が叫んだ。塗り替えたばかりで白く輝く土蔵の壁に、青い顔が良く映える。

「御主も武士であろう。武士ならば武士らしく、腹を切って詫《わ》びよ」

なぜ腹を切らなければならぬのか、晋兵衛には解らない。腹を切れば死ぬ。死ぬことが詫びになるのか。ほれ、こいつはこうして死んだからと、腹を切った骸を晋兵衛が殺した者たちに見せてやるつもりなのか。殺した相手はすでに幽世《かくりよ》の亡者である。晋兵衛の骸を見ることはできない。ならば、その親族に見せてまわるつもりか。そんなことをしているうちにも、晋兵衛の骸は腐ってゆき、顔貌は崩れ落ちてしまう。そもそも晋兵衛が死んでも償《つぐな》えはしないのだ。殺した者は戻って来ない。

ならば。

死に損であろう。

「嫌でございます」

笑ってやった。

と……。

左の太腿の裏の辺りから急に力が抜けた。

横を駆け抜けてゆく人影を、晋兵衛は目で追う。

影が、間宮の隣で止まった。

「お前」

思わず声を上げていた。

間宮の隣に立っている男は、侍の装束に身を包んではいるが、本来は商人である。

博徒である。女衒《ぜげん》である。

晋兵衛は男の正体を知っていた。

当たり前だ。

血の繋がりがある。

従兄弟《いとこ》だ。

親父に可愛がられている従兄弟ではないか。

「どうして……」

左足が熱い。片膝立ちになりながら、晋兵衛は間宮の隣に立つ冷酷な面の従兄弟に問うた。しかし男は答えない。代わりに間宮が口を開く。

「御主の剣の腕前は存じておる故な。伊勢から助太刀に来てもろうたのよ」

片膝立ちのまま刀を抜こうと右手で柄を握った。

「かかれっ」

面の皮を引き攣らせながら、間宮が叫ぶ。隣に立つ従兄弟は動かない。取り囲んでいた男たちが、刀を抜いていっせいにかかって来る。

片足一本で立ち上がった。銀色に閃く刃が縦横からむかって来る。

隙はどこだ……。

右手のみで握った刀を乱暴に振りながら、くるりと一回転して刃の群れを払ってゆく。そうしながらも、男たちの顔のひとつひとつを見極める。

どれも見たことがある者ばかりだ。それもそのはず。間宮の組内の侍なのである。晋兵衛の同輩だ。見覚えがあって当たり前である。しかしいずれも見たことがある程度。親しい者など一人もいない。

だからこそ。

今まで誰一人として晋兵衛の凶行に気づく者はいなかったのだ。

恐れが歪んだ眉間ににじんでいる一人の若者に狙いをつけた。

「ぶっ殺してやらぁっ」

腹の底から吠えながら、狙いをつけた若者のほうへと突進する。乱暴な言葉とともに自分のほうへと迫ってきた晋兵衛に驚き、若者が短い悲鳴を喉の奥から絞り出す。

気後れしている者は脆《もろ》い。解りやすい殺気を発しながら斬りつければ、押し勝つのは容易だ。

晋兵衛は、この屋敷で吠えたことなど一度もない。いつもへらへらしていた男が真剣な面持ちで叫びながら突進して来ることに、若者は怯えている。

左足を引き摺りながらも、晋兵衛は刀を振り上げ、恐怖に慄く若者との間合いを詰めてゆく。周囲の男たちが、若者を庇おうと左右から迫る。

遅い。

晋兵衛は刃を振り下ろす。若者が刀で受けることもできず、肩をすぼめて身を縮めた。斬り払わずにそのまま脇を抜ける。包囲から脱した。

はずだった。

行く手を遮る影に足を止める。

従兄弟の酷薄な顔が立ち塞がった。

罠《わな》……。

若者は囮《おとり》だったのだ。隙のない包囲に、一人だけ抜けた者を置くことで、狙いを絞る。

まんまと術中に嵌《は》まった。

若者の背後で待ち受けていた従兄弟の刀が無傷であった晋八の右足を狙う。

両足から力が抜けた。顔から地に転がる。同時に、背中を熱い物が幾本も駆け抜けた。恐らく、倒れたところを皆に斬られたのだ。痛みなどとっくに感じなくなっている。斬られたところが、ただただ熱い。

悲鳴じみた声を撒き散らしながら、晋兵衛は刀を振り回し地面を転がった。足を斬られまいと、敵が遠巻きにする。

従兄弟の腕は昔のままだった。

国許にいる間、一度として勝ったことがない。もちろん命のやりとりなどしたことはないが、殴り合いの喧嘩はうんざりするほどやっている。時には互いに刃物を抜いて斬り合いの真似事をしたこともあった。

いつもいつも、従兄弟は晋兵衛をさげすむような薄ら笑いを浮かべて見下ろす。己を見下ろす従兄弟の顔が、今も脳裏に鮮明に焼きついている。

両膝から下に力が入らなかった。背中が熱い。躰じゅうから命が抜け出してゆくのが解る。

それでも晋兵衛は抗う。

膝立ちのまま、両手で刀を構えた。己を囲む輪が明らかに狭まっている。男たちの顔に先刻のような引き攣りがない。勝利を確信している。

「腹を切れ稲神」

輪の外から上役の声が聞こえて来る。事ここに至ってもなお、綺麗事を振りかざす厚かましさは、もはや呆れを通り越して感嘆に価する。この男は心底から武士の面目を信じているのだ。面目を保つことこそが、人が命をかけて貫くべき矜持《きょうじ》であると思っている。

糞喰らえだ。

余人のことなど知ったことではない。人の繋がりほど煩わしい物はない。

商人も侍も同じだ。

清濁併せ呑んでこその商人ぞ。人の機微が解らんで商いなどできはせん。博徒なぞもっての外や。商いもできんような者に、博打で食うような真似ができるかい。

そう親父は言った。

知ったことか。

武士の面目を保つために腹を切れ。

そう間宮は言った。

なにを抜かす。

人を斬ることもできぬような者が、武士などと片腹痛い。戦えぬ者が武士の面目など語るな。

誰も彼も。

己が枠に嵌めたいがために立場を振りかざす。人の機微や面目などという都合の良い言葉を乱暴に使って、みずからの道理に晋兵衛を嵌めこもうとする。

「知るか」

笑う。

輪になって晋兵衛を見下ろす男たちの顔が、ふたたび強張る。

「来いよ」

笑いながらささやく。

血が抜け過ぎたのだろうか。正眼に構えた切っ先が定まらず、ゆるやかに揺れている。前に立つ男の姿がぼやけていた。

死んでたまるか。

心に念じる。

別にこの世に未練はない。いつ果てても良いと思っている。

だが。

間宮のような男の思惑通りになるのだけはまっぴらだ。

ここで死ねば、稲神晋兵衛は己が不明を恥じ、潔く腹を切ったということになる。

最期は武士らしく死んだ。晋兵衛の死はそういう枠に嵌められてしまう。

「来いと言っておるのだっ」

右手だけで柄を握り、横薙ぎに振った。男たちの輪が広くなる。誰一人斬れなかった。

「糞っ」

武士らしくない物言いだ。

ふいに老婆の顔が脳裏に過《よぎ》る。親父が金で買った武家の唯一の生き残りだ。新たな屋敷とともについて来た。晋兵衛は、この老婆から武士のたしなみと己が家が鎌倉の御代《みよ》より続く由緒ある家系であることを叩き込まれたのである。

あの女が聞けば、苦虫を噛み潰したような顔をするはずだ。

そのようなことを申されてはなりませぬぞ晋兵衛殿。

叱責の声が耳の奥で響く。

どいつもこいつも。

煩わしい。

「もはや、これまででござりましょう」

人垣のむこうから従兄弟の声が聞こえる。

「ひと思いに殺してやるのも、武士の情けかと存じまする」

いつもこうだ。

この男は抜け目がない。心をくすぐる言葉で、人を動かす。

「そうか。御主がそう申すのならば、致し方あるまい」

承服するように間宮がつぶやいた。

「やれ」

あれほどこだわっていた武士の面目はどこへやら、間宮が非情な声を手下に投げる。

耳にした男たちがいっせいにかかって来るかと思い、晋兵衛は身構えたのだが。

来ない。

人ひとりを殺すことを躊躇っている。

これで武士と言えるのか。手にしている白刃はなんのためにあるのか。

「こやつっ」

一瞬の隙を衝いた晋兵衛の動きを認めた男が叫ぶ。

後手。

すでに晋兵衛は、眼前の一人に狙いを絞っている。目は依然として霞んでいるし、足元もおぼつかない。殺らなければ死ぬという一念だけで、晋兵衛は立ち上がり、跳んだ。

己にむかって来る晋兵衛に慄いた敵が、よるなと言わんばかりに刀を左右に乱暴に振っている。みずからの躰の真ん中にある軸を下から上へとなぞるようにして、晋兵衛は一直線に刃を斬り上げた。

涼やかな斬撃が、気が籠っていない敵の刃を下から弾く。

跳びあがった勢いのまま、思うようにならない両足で地を踏みしめる。痺れは治まって来ているが、入れ替わるように激しい痛みが晋兵衛を襲う。

歯を食いしばり、振り上げた刃を虚空で回転させる。刀を弾かれたまま泣きそうになっている男の首筋から斜めに刃を入れて行く。右の首筋から入った刃は左の脇腹を割きながら姿を現した。地に腸をばら撒きながら、男が絶命する。途端に、猛烈な糞尿の臭いが辺りを包む。

斬ってみれば解る。所詮、人は糞袋なのだ。どれだけ綺麗な身形《みなり》をしていようと、どれだけ秀麗な顔貌であろうと同じ。皮と肉でできた袋のなかは、鼻が曲がるほど生臭い血と糞尿で満ちているのだ。

死に触れると安堵する。己も余人も同じ人なのだということを実感できるのだ。

「なにをしておるっ。早《はよ》う、早うっ」

手下が斬られ、間宮が焦る。その間に晋兵衛は二人始末している。一人は首の太い血の道を断ち、もう一人の首を落とした。

二太刀。

不必要に振るだけの余裕もなかった。従兄弟に斬られた両足と糞袋どもに斬られた背中が痛む。寒い。かなりの血が抜けている。

三人斬ったことで輪に隙間ができた。無言のまま隙間を抜ける。

左右から襲って来る敵の袈裟斬りを躰を反らして避けつつ、踏み込んでいる右足の膝を薙ぐ。膝の皿を断つ手応えをしっかりと掌に感じながら、膝から下を失い前のめりに倒れた男の背を踏み越え駆ける。

「ひひひひひひひひひひひひひひひひひひひひひひひひひひひひひひひ」

喉の奥から己の物とは思えぬ笑い声が漏れだしていた。

生きている。

いま稲神晋兵衛は生きていた。

己の死と敵の死が混じり合い、嵐となって迫って来る。一瞬でも立ち止れば、たちまち呑みこまれて骸となる。生きるためだけに刃を振るい、屠《ほふ》ってゆく。

血と糞尿の臭いに塗れ、晋兵衛は恍惚の天地に揺蕩《たゆた》う。

何人目か解らぬ敵の顔を二つにする。裂けた目玉が下瞼から零れ落ち、細い肉に繋がれてぶらりと垂れ下がった。

「邪魔」

顔を割られ、びくびくと震えながら立ち尽くしている骸を肩で押しながら、道を開いてゆく。

生きるためには、とにかく屋敷を出るしかない。

頭にあるのはそれだけ。

生に固執するあまり、晋兵衛は忘れていた。

奴のことを。

「あっ……」

従兄弟が行く手を塞ぐ。

「良い加減にせぬか晋八」
昔の名……。
止めろ。
その名で呼ぶな。
笑いに似た獣の咆哮を撒き散らしながら、晋兵衛は刀を振り上げた。
無銘。
己で選んだ刀だ。
父に貰った銘刀などすぐに売り飛ばした。
何者でもない己には、銘などいらぬ。
志があった訳でもない。
ただなんとなく。
そんなもんだ。
従兄弟の刀が無銘の刃を打つ。
折れた。
舞い上がる己の血を、晋兵衛は美しいと思い。
眺めた。

雨。

血に濡れた晋兵衛を雨が洗う。

*

「嫌だぁぁぁぁぁぁっ」

己の声で晋八は跳び起きた。

縞《しま》の着物が汗で透けている。肩で大きく息をしながら、辺りを眺めた。朱の壁に鏡台と、火鉢。甘ったるい匂いは女の残り香だ。

夢……。

晋八は目を閉じ、深く息を吸う。

昔、同じような目にあった。

死にかけた。

いや。

殺されかけた。

なぜあんな夢を見たのか。思い当たる節はない。昔の縁《えにし》を思い出させるようなことなど、なにもなかったはずだ。稲神晋兵衛という名で呼ばれていた頃のことなど、綺麗さっぱり忘れていると己でも思っていた。

晋八……。

父につけられた名だ。捨てたはずの昔の縁を思い知らされるようで、あまり好きではない。それでも使い続けているのは、いまさら変えるのも面倒だという程度の理由である。

「なんだってんだ畜生」

薄ら笑いのまま額の汗を拭う。

次郎長一家を放り出されてしまったが、晋八には行く当てなどなかった。だから、女郎屋に潜り込んだ。馴染みがいる訳ではなかった。他にもっと気持ちの良いことを知っているから、女にさほど興味はない。銭を使ってまで買うほどの衝動はなかったが、しばらく戻って来るなと言われたので、宿代わりにしただけのことである。宿では飯は出て来るが、他になにをするということもない。食って寝て、起きて暇を持て余すくらいなら、酒や女がある女郎屋のほうが良い。その程度のことである。

居所は大政と相撲常に知らせていた。女郎町のことは常が詳しい。居所を知らせたというよりは、常に女と部屋を用意させたのだ。

やけに丸い顔をした、そのくせ首から下は貧相なくらいにやせ細っている女を相方に、三日ほど籠っている。白粉《おしろい》の饐《す》えた臭いと酒の甘ったるさに互いの汗の生臭さ。それらが混じりあった部屋の真ん中に陣取っていることに、好い加減うんざりしはじめていた。

女は日に何度か半刻ほど部屋を空ける。その時も女はいなかった。敷きっぱなしの布団の上に半裸のまま寝転がりながら、煤けた天井を見つめている。

この数日の間、晋八は一人になるとひとつのことだけを考えていた。次郎長のことをどこかで見誤っているような気がして仕方がないのだ。

最初、石松にともなわれて次郎長に会った際は、なんと臆病な親分かと驚いたものである。卯吉の子分たちや奉行所に狙われて、びくびくしている姿はとても一家の主とは思えなかった。

それがどうだ。

今回の金平との喧嘩でも面倒臭がりはしたが、最初から最後まで喧嘩をしないという逃げ腰ではなかったように思う。小政からの報告を受ける際にすでに次郎長は、金平との喧嘩を覚悟していた。

小政が激昂し晋八の首に刃を突きつけた後、大政が躾をすると言った時の次郎長の態度も気になる。まるで晋八を見透かしたかのように、大政を止めた。なにをしても無駄だから放っておけと、一の子分に言ってそれ以上追及することもなかった。

晋八は本当の素性を明かしていない。大政は今もなお知りたがっているようだし、そこからの疑念が消えないから、今も一家の一員とどこかで認めていない。番頭がそうなのだから、他の者たちも自然と同じように晋八に疑念を抱いている。結果、いつまでたっても晋八は一家に馴染めない。

別に馴れ合おうとは思っていないからそれ自体は構わないのだが、気になるのはやはり次郎長の態度である。大政とは違い、あの男はもはや晋八が何者であるかということに対する関心を完全に失っているようなのだ。病のお蝶と一緒に旅をしていた時、一度だけ、いつか本当の素性を教えてくれというようなことを言ったが、以降はまったく晋八の身の上に疑いを抱いている気配がない。

心の奥底にもやもやした物が湧き上がる。

関心を持ってもらいたいのかあの男に。己の昔を聞いてもらいたいとでもいうのか。

「なんだそれ」

心の声が口から零れ出した。

格子窓のむこうから聞こえて来る雨音が、己の声を掻き消す。瓦屋根を叩く雨が、女が去った頃から激しくなっている。

肝心な時にはかならず雨が降る。

だから皐月雨と名乗った。

そう。

あの時も雨だった。

従兄弟に斬られてからのことを、晋八は良く思い出せない。己の血飛沫を見ていたら雨が降って来た。そこまでは覚えている。

晋八は一度死んだ。

雨の後、目が覚めたのは江戸の朱引きの外だった。どこをどう逃げたのか、晋八は屋敷を抜けて往来を駆け、江戸の外まで逃れたらしい。

稲神晋兵衛という名をその時捨てた。そして、これからは思うままに生きようと心に決めた。

いま、思うように生きているのか。晋八はそう己に問う。

答えは返って来ない。

襖のむこうからけたたましい足音が聞こえて来た。衣の前をはだけさせたまま、晋八はむくりと起き上がる。

「皐月雨っ」

襖が開かれたはずなのに、その先が見えなかった。肉が塞いでいる。相撲常の巨体だ。雨に濡れた四角い顔が、濡れてもなお脂汗で光っている。

「どうしやしたい」

膝を立て、その上に腕を置いて、晋八は笑いながら問うた。

「のんびりしてる暇はねぇっ。金平が船で乗り込んで来やがった」

「待ちわびやしたぜ」

半裸のまま常に微笑みかけて、晋八は立ち上がった。支度というほどのこともない。帯を締め、白鞘の短刀を懐に仕舞い、長脇差を腰に差す。女との別れを惜しむこともない。会いもせずに、帳場で待っている常の元にむかう。

「大政の兄貴たちも揃ってる」

言って立ち上がった常がわずかな時を惜しむように草履に指を通す。後に続き、二人して暖簾を潜って傘もささずに往来に出た。

駆ける。

冷たい雨が躰を打つ。びしょ濡れだが、寒くはなかった。これからのことを思うと、躰の芯が熱く昂ぶってゆく。

常は大きな道を避け、裏路地を選びながら進む。金平たちに見つからぬためである。晋八は黙って巨漢の兄貴分の後を追う。

次郎長の屋敷が目の前というところまで来た。常は大路を挟んだむかいの商家の裏口に入った。すでにこの家の主と話がついているらしく、びしょ濡れの博徒が駆けこんで、驚くような者は一人もいなかった。そもそも一階に人の気配がない。

「ここの家の者は外に出てる」

肩越しに晋八に言いながら、常は濡れたまま家に上がった。そのまま廊下を進み、二階へと続く階段を登る。点々と滴の痕跡を残しながら、晋八は常の後ろに続く。

二階は十字に走った廊下で仕切られていた。つまり部屋が四つある。しかしいまは、部屋を仕切っている襖がすべて外され、ひとつの部屋の片隅に集めて積まれている。開け放たれて広間となった二階に、次郎長一家が勢揃いしていた。

数日ぶりに見る同胞たちの顔は、どれも引き締まっている。

大路に面した壁のほうへと、常がまっすぐ進んでゆく。格子窓の障子をわずかに開き、大政が道のむこうに見える次郎長の屋敷を睨んでいた。かたわらには綱五郎が座している。部屋の角《すみ》で長脇差を抱えた小政が瞑目《めいもく》していた。

常は格子窓に躰を預ける大政の背後に座る。

「晋八を連れてきやした」

「これで揃ったな」

大政の問いに綱五郎がうなずく。晋八はおもむろに口を開いた。

「親分は」

「親父さんのところだ。瘧で寝込んでる」

あくまでそれで通すつもりらしい。つまり、今日の喧嘩に次郎長は姿を現さない。

「じゃあ大政の兄貴が仕切るってこってすかい」

「仕切るようなこたなんにもねぇ。金平たちが屋敷に乗り込んだのを見計らって、正面から押し込むだけよ」

「ってこたぁ」

「存分に斬れ晋八。誰も止めやしねぇ」

「解りやした」

答えた晋八の顔を見た綱五郎が眉根を寄せた。

「心底から嬉しそうな顔するな、お前ぇはよ」

「生憎手前ぇの顔は見れやせんから、自分がどんな顔してんのかあっしには解りやせん」

「気持ち悪《わり》ぃくらいに笑ってやがるぜ」

一家のなかで親分の次に年嵩の綱五郎にむかって、晋八はわざとらしく口の端を吊り上げてみせた。

「敵は」

常が大政に問う。格子窓に顔を寄せたまま、次郎長の一の子分が答えた。

「港からの報せじゃ金平を含めて十八人だそうだ」

「こっちは十一」

力士上がりの博徒がぐるりと二階を見てからつぶやいた。

「なんでぇ、十八人と聞いて、びびっちまったか」

綱五郎が笑う。常は口を尖らせ、四角い顔を左右に振った。

「と、とんでもねぇ。七人ばかりの差なんざ、どうってこたねぇ」

「おっ、頼もしいじゃねぇか」

「あっしの得物は」

「あそこにあるじゃねぇか」

言った綱五郎が階段脇の部屋に立てかけられている槍《やり》を指差す。

「ちゃんと屋敷から持ち出してらぁ」

「ありがとうございやす」

「静かにしろ」

大政が二人をたしなめる。子分たちの間に緊張が走った。

「来たか」

小声で問うた綱五郎に、大政がうなずきで応えた。

「行くか」

「まだ早ぇ」

綱五郎の問いに答える大政の声を聞き、晋八は腰の長脇差を撫でながら立ち上がる。

その気配を察した小政が、かっと目を開き腰を上げた。

「下手な真似すんじゃねぇ」

綱五郎が二人をたしなめる。

「大政の兄貴の合図ですぐに出て行けるように支度してるだけでやすよ」

晋八が答える。小政はすでに廊下に出ていた。大政は二人を見ずに声をかける。

「お前ぇたちが先陣だ」

「解りやした」

晋八は答えて小政を追う。二人して階段を降りていると、二階で皆が立ち上がる音が聞こえてきた。得物の支度をする音を頭上に聞きながら、小政とともに雨戸が閉められた表口へとむかう。

「あ」

「どうした」

声を吐いた晋八を小政が横目で睨む。

「草履を裏口に置いてきやした」

「早く取って来い」

言われて小走りで店の裏へと急ぐ。裏口のある台所へとむかう際、綱五郎を先頭に
して階段を降りて来る男たちと出くわした。

「常の兄貴、草履はこっちですぜ」

「そうだった」

槍を片手に常が頭をかく。晋八は台所で草履を取って、表に戻った。すでに大政た
ちが土間とつながる板間に陣取っている。

「すいやせん」

晋八は草履を履いて土間に立つ。小政はもう雨戸の前に控えて外の気配を探ってい
る。

「小政」

板間で腕を組む大政が、雨戸の前に立つ若者にうなずく。

小政が雨戸に手をかけた。晋八ももう一方の戸の縁を持つ。

二枚の雨戸が音もなく左右に開いてゆく。人が一人通れる隙間を作り、小政と晋八は目配せをした。

「小政、お前ぇが先に行け」

店の奥から大政が言った。

晋八は肩をすくめて小政から目を逸らす。腰の鞘を握りながら、小政が往来に躍り出た。

「晋八」

大政の声を聞いた晋八は、小政の後を追い往来に出た。

腰の長脇差はそのままに、懐の短刀を抜く。

次郎長の屋敷の表口は開かれていた。暖簾が掛かった表口の左右に金平の子分が一人ずつ立っている。激しい雨のせいで、晋八たちに気づいていない。

「俺は右」

敵に向かいながら小政がそれだけを言った。晋八は答えない。

小政は静かに長脇差を抜いて右に立つ男に忍び寄る。

「おっ、お前ぇっ」

左の男がそこまで言った時、晋八は口を塞ぎ短刀で腹を貫いた。刺しただけでは駄目。腹のなかで刃を半回転させ、その後鳩尾のほうへと斬り上げ、心の臓を確実に裂く。そうすることで確実に殺ることができる。晋八はすみやかに短刀を引き抜き、男を寝かせた。小政は長脇差を器用に使って、右に立っていた敵の喉笛を搔っ斬って始末している。

短刀を鞘に納めて、懐に仕舞った。晋八が背後に目をやると、雨戸が開かれ次郎長一家の面々が次々に往来に姿を見せる。

晋八と小政は暖簾を潜って屋敷の敷居をまたぐ。

勢い込んで下田から乗り込んだはずが、次郎長一家がもぬけの殻だったことで焦ったのだろう。金平たちが、怒号を上げながら屋敷じゅうを駆けまわっている。

晋八は土間の先にある板間を見た。背をむけて立っている男に狙いを定める。

背中の真ん中には太い骨がある。だからといって避けることはない。骨は血を含んでいるから柔らかいのだ。下手な者なら斬れずに止まるかもしれないが、柄を持つ掌と指に細心の注意を払い、手の内をしっかりと定めていれば、刃筋を通して簡単に断つことができる。背後から横薙ぎにする際、面倒なのは歯であった。首を刈ろうとして、少しでも刃が上方にずれれば、上下の歯の群れにかち合うことになる。歯は躰のなかで一番硬い。下手をすれば一番裡側の奥歯に当たり、顎の蝶番《ちょうつがい》を斬るだけで止まってしまうこともある。こうなると敵は死なない。

面倒なのはそれだけではない。歯という堅い物に阻まれた刀身が刃毀《はこぼ》れしてしまうのだ。物打ちで打ち込んでいた場合、それ以降斬れ味が格段に鈍る。

だから狙うのは脇腹の肋と腰骨の間であった。晋八はその辺りの狙いは外さない。

見張りなのであろう。棒立ちのまま背をむけていた。

草履履きのまま板間に跳び上がる。踏み出した右足が床板に触れる刹那、腰の長脇差の鞘を横にして、そのまま横薙ぎに振った。

とうぜん晋八はしっかりと間合いを見極め、敵の腕に物打ちを入れた。ぶちぶちと肉の糸を断つ感触が柄から伝わって来る。

こういう時は綺麗に斬れる。

手応えがまったくない時ほど斬れているものなのだが、会心の一閃は違う。時がゆっくりと流れ、己が斬っている物の感触の細かなひとつひとつが、柄を通して掌から脳天へと伝わって来る。その感覚を味わった時、晋八の顔にはえも言われぬ悦楽の笑みが浮かぶ。

真一文字に男の躰が両断された。悲鳴ひとつ上げることなく、敵は膝から崩れ落ち、左右の腕と上下の躰の四つに斬り分けられた。

恍惚のひと時から晋八が醒めた時、すでに大政たちは板間に駆け上がっていた。

「行けぇっ。一人残らず叩っ斬れぇっ」

みずからの存在を誇示するかのごとく、大政が叫んだ。小政を先頭に、綱五郎や常たちが散って行く。

「ぼやぼやしてんじゃねぇっ晋八っ」

気迫の籠った番頭の声に背中を打たれ、思わず舌打ちを鳴らす。そして、勝手知ったる屋敷の奥へと駆ける。

斬り合いはすでにはじまっていた。いきなりの襲撃に驚いた金平の子分たちが、方々で押されている。

晋八は中庭に面白い獲物を見つけた。

綱五郎が仲間を二人引き連れて、一人の敵と相対している。その敵の格好が、晋八を奮わせた。

「合戦かよ」

にんまりと笑い、晋八はつぶやく。縁廊下を跳んで中庭に降り立つ。男が振り回す槍が雨を斬る。どこから持ち出したのか、男は時代がかった大鎧《おおよろい》に身を包んでいた。面頬《めんぼお》まで着けている。

「綱五郎の兄貴っ」

長脇差を震えた両手で構え、なんとか穂先をかわした綱五郎が横目で晋八を見た。

「ここはあっしに任せちゃくれやせんか」

「いくらお前ぇでも」

「こんな奴に三人も縛られちまってちゃ、他が手薄んなっちまう」

「でもよ」

槍が生み出す銀色の暴風が、渋面の綱五郎を襲う。晋八は古株の兄貴分を突き飛ばして、槍から逃れさせると、見下ろしたまま叫んだ。

「さぁ早くっ。お前ぇたちもっ」

他の二人に目配せする。

一人がうなずき敵に背をむけた。

鎧武者はその隙を見逃さない。穂先が仲間の背中めがけて飛ぶ。晋八の腕が、頭で考えるより先に動いた。

「よっとっ」

右手で、槍の柄をぎりぎりのところでつかんだ。槍の切っ先が、逃げる仲間の衣をわずかに斬り裂いている。それを見て、綱五郎も立ち上がって走り出した。

「頼んだぞ晋八っ」

答える暇はなかった。

相手は両腕、こちらは右手一本である。柄を引き合ったところで勝てる訳がない。早々に観念し、槍を放して長脇差を両手で握った。

「やくざの喧嘩に、なんて格好してやがんだ。馬鹿じゃやねぇのか」

嘲り笑う晋八を、面頰の奥の目は冷淡に見つめている。

屋敷の方々で男たちの怒号が飛び交っていた。騒々しい屋内と隔絶されたように、中庭に静寂が流れる。晋八と鎧姿の男のみ。一対一で睨み合う。

槍の間合いは広い。迂闊《うかつ》に仕掛ければ、穂先が飛んで来る。長脇差が届くよりも先に、貫かれて終わりだ。突きというのは見えにくい。狙った場所を真っ直ぐに突いて来るから、軌道は限りなく点に近くなる。しかも振るよりも速い。少しでも気を抜いて隙を見せれば貫かれて動けなくなる。

普段通りに息をしようと心がけているが、どうしても早くなってしまう。息の乱れが疲れを生む。見合っているだけで、消耗してしまう。

それでも晋八は笑っている。甲冑など着込んで喧嘩に臨むなど大馬鹿だ。馬鹿だ馬鹿だ、鎧武者ならぬ鎧馬鹿だ。などと下らないことを頭のなかでつぶやきながら、へらへらと笑っている。

気持ちを呑みこまれてしまわぬためだ。真っ正直に相対すれば、敵の気と己の気が重なってしまう。互いに相手のことしか見えず、躰は小さく硬くなる。そうなってしまえば、得物の差が勝負を決める。相手の間合いが広いということに想いが完全に縛られてしまい、動きはますます鈍くなり、斬ろうと思った心の揺らぎだけでこちらの動きが見切られてしまう。結果、刃を振るおうとした機先を制され、広い間合いを利した突き一発で勝負ありである。

心は常に揺らぎのなかに置く。そのための笑みである。顔をほぐせば、躰もほぐれ、心もほぐれるものだ。鎧馬鹿だと小馬鹿にすれば、槍の間合いなど大した差に思えなくなる。

「ふふふ」

「なにがおかしい」

面頬の隙間からのぞく口が、意外に高い声を吐いた。

「お前ぇ女だろ。だから、そんな馬鹿みてぇな格好して、狙われねぇようにしてんだな」

「五月蝿ぇっ。俺ぁ、男だ」

晋八の鳩尾に切っ先を定めた槍を一度小さく振って、鎧馬鹿が言った。

「いやいや、その声でなに言ってんだ。女だろ女」

「問答無よ……」

斬るという下心を望外に捨て去って、晋八は無心のまま間合いを詰めた。鎧馬鹿が一瞬目の前の敵を見失う。

そのための会話だったのだ。

敵と気を合わせるのではなく、こちらの調子に引き摺り込むために、わざと拍子抜けするような言葉を浴びせたのである。敵は晋八と言葉を交わすうちに、会話に気を注いでしまった。だから、突然の晋八の動きを見失ったのだ。

穂先よりも深く間合いに入る。

槍は穂先より前方にある敵に対しては有利だが、内側に入られると極端に弱い。その辺りのことは鎧馬鹿も重々承知のようで、晋八が踏み込んだ分だけ退こうと、槍を構えたまま後ずさる。しかしそれを許す晋八ではない。鎧馬鹿が後ずさるよりも素早く、摺り足で間合いを削ってゆく。

鎧馬鹿が槍を振り上げた。そのまま頭上で回そうとする。

「あっ、後ろ危ねぇよ」

にこやかに言ってやる。

素直に聞く余裕など鎧武者にはなかった。大きく後ずさったことで、どれだけ中庭を移動したのか鎧馬鹿は解っていない。槍を回そうとした刹那、老松を叩く格好となり、槍が止まった。

「そいつぁ爺ぃなんだから、痛めつけねぇでくれよ」

古木を叩いた鎧馬鹿に優しく語りかけつつ、間合いを詰める。

「調子を合わせようとするから、周りが見えなくなっちまうんだぜ」

だから敵と気を重ねてはいけないのだ。気を重ねると敵しか見えなくなる。周囲の景色すら解らず己の立ち位置を見失い、振り回すことができない場所で槍を回そうとしてしまう。

「ばぁか」

隙だらけだからと言って、斬りかかるような愚かな真似はしない。相手は鎧を着込んでいる。下手に打ち込めばこちらの刃が欠けてしまう。

晋八は緋糸《ひいと》縅《おどし》の胴に左手を伸ばし腰帯をつかんで、左足を鎧馬鹿の右の踵の後ろに回し、そのまま引いた。踵を掬《すく》うと同時に、左手に持った腰帯をひねると、鎧馬鹿は簡単に転がった。

兜《かぶと》のまま強かに頭の後ろを庭石で打った鎧馬鹿が昏倒《こんとう》する。晋八は腰帯から放した左手で槍を捥ぎ取り、庭の中央に投げ捨てた。苔むした土盛《どもり》に、黒い槍が斜めに突き立つ。

いつの間にか屋敷から聞こえて来ていた声が少なくなっている。

「晋八っ」

縁廊下に姿を現した大政の声を聞きながら、晋八は胴に包まれた鳩尾のあたりに右膝を押しつけ、躰の重さを全てかけたまま、露わになっている鎧馬鹿の喉を左手で押さえた。

「敵は逃げた。後はそいつだけだ」

「金平は」

「見た奴がいねぇ。皆で探してる」

「ふぅん」

右手に持った長脇差の物打ちの辺りを喉を押さえる左手の上に置く。少し力を込めて刃を引けば、鎧馬鹿の喉笛が裂けて血柱が上がる。

鳩尾のあたりを押さえられた敵は、手足をじたばたさせながらもがくが、躰の芯をとらえられているせいで思うようにいかない。晋八は笑みを浮かべたまま、鎧馬鹿のやりたいようにやらせる。

「お前ぇが金平か」

「なんだと」

大政が裸足のまま中庭に降りて、晋八の隣に立った。

「こいつが金平なのか」

「解りやせん。が、やくざの喧嘩に鎧なんぞ着けて来るなんてな聞いたことがありやせんぜ。緋色の糸の大鎧。金平の異名ってなんでやしたか」

「赤鬼……」

「でやしょう」

鎧馬鹿を膝で押さえたまま、晋八は肩越しに大政を見上げた。

「違う」

女のような声が聞こえた。晋八は面頬に包まれた敵の顔に目を戻す。

「俺ぁ、親分じゃねぇ」

「お前ぇが金平だろうが違おうが、今から死ぬんだから、どっちでも良いんだけどよ」

言って晋八は柄を握る右手に力を込めた。

「待て晋八っ」

大政が止める。

「嫌でさ」

聞かずに刃を敵の喉に押しつけた。刃に押された皮が盛り上がる。

「そいつには聞きてぇことがある。殺すな晋八っ。こいつぁ親分の命だと思え」

敵を見下ろしたまま晋八は舌打ちをした。大政は次郎長の名代である。大政に逆らうということは、次郎長に逆らうということ。

いっそのこと、二人とも斬って清水を去ろうかという邪な一念が、晋八の脳裏を過る。

それが心の隙を生んだ。

胴を押さえている右膝に抗いようのない力を受けた。巨大な岩石が凄まじい勢いで下から盛り上がって来るようだった。

「馬鹿力が」

毒づきながら晋八は跳んだ。宙を舞いながら、大政の苦悶の声を聞く。どうやら鎧馬鹿にやられたらしい。

地に叩きつけられると同時に、転がって片膝立ちになる。

鎧馬鹿が縁廊下に立っていた。大政は庭に倒れている。斬られた訳ではないようだ。傷は見当たらなかった。殴られたのだろう。即座に縁廊下に目を戻す。鎧馬鹿が面頬に手をかけていた。そしてそのまま力任せに面頬を引きはがし、晋八に投げつける。

兜の下には髭面《ひげづら》の四十絡みの男の汚い顔があった。

「どうだ、俺ぁ男だろ、え。お前ぇの言う通り、俺ぁ赤鬼金平よっ」

むさくるしい男の顔とは不釣り合いの甲高い声で叫ぶと同時に、金平が縁廊下を蹴ってふたたび中庭に飛び降りた。着地の勢いを載せた拳で、起き上がろうとしていた大政の顔を殴る。声ひとつ上げぬまま、大政が気を失った。

「手前ぇっ」

晋八は長脇差を握りしめて立ち上がった。

「おらぁっ」

真っ直ぐに突き出された足の裏が、晋八の鳩尾を貫く。当たる刹那に両足で地を蹴って後ろに跳んだからなんとか気を失うことは免れたが、大政のようにまともに受けていたらひとたまりもなかっただろう。後方に跳んで地面を転がり、両の手足で跳ねるようにして立つ。

金平は廊下にいた。あまりに突然のことで、次郎長一家の者たちが一瞬固まった。その隙を金平は見逃さない。長脇差や短刀を握りしめている男たちの顎だけを的確に狙って左右の拳を繰り出す。一撃で一人、確実に顎を打ち抜いてゆく。槍を振り回していた時よりも強いのではないかと思うほど流麗な身のこなしで瞬く間に四人の男を気絶させ、退路を作る。

「あばよっ」

中庭の晋八にむかって言った金平が、背をむけて走り出す。その時、廊下の逆側から数人の加勢が現れた。だが時すでに遅し。金平が廊下を駆けて逃げてゆく。

直撃を免れたとはいえ、鳩尾を打たれた。躰の真ん中にある急所を貫かれ動けずにいる晋八の額に、脂汗が浮いている。

「糞ったれが」

見えなくなった鎧馬鹿に悪態を吐きつつ、晋八は泡を吹く大政に歩み寄る。

金平一家は清水から消えた。

# 十六

〝ある下女の述懐〟


ええ、ええ、よお覚えてます。まだそんなに耄碌《もうろく》してませんわ。

晋坊のことですやろ。

そう、あの屋敷に出入りしとった者はみんな、晋坊って呼んでましたわ。

せやなあ。晋坊が妾《わたし》を覚えてるかどうかは解らんのさ。でも、あの子は妾みたいな飯炊きの婆さんにまで優しかったからどうやろか。

せや、思い出したわ。一度、こんなことがありましたわ。

夕方やったのを覚えてます。晋坊が台所にひょっこりと顔を出したんですわ。まだ五つかそこらやったわ。御上さんも元気な頃やったから、七つにはなってへんかったはずさ。

え、晋坊のおっかさんにあたる人なんやけど、晋坊が六つになった頃に病で死んでしもたんです。妾よりもふたまわりも若かったんやけどねぇ。綺麗な人やったわ。

いややわ、お坊さんが色々と聞くもんやから、なに話してたか忘れてしもたわ。

せやせや、台所に来た晋坊にここはあなた様のような方が来るところと違いますよって、妾が言うたんです。晋坊はいつもの優しい笑い顔で妾を見たんです。そしたら、妾たちが一生懸命作ってくれるから、いつもご飯がおいしんやなぁって、言うてくれたんです。まだ裏があるような年と違います。心底からの言葉ですわ。妾たち飯炊きの奉公人たちは、ほんまに嬉しくてねぇ。なんて良い子なんやと口々に話したもんです。

だってあれでしょ。お坊さんも知っとるやろうけど、晋坊の父親って御人は、人の血と涙を銭に代えて旨い汁を吸ってるような人やからね。そんな人の子やっていうのに、なんて心の綺麗な子なんやろって。晋坊がおいしく食べてくれると思うだけで、毎日頑張れましたわ。

本当に良い子でしたわ。

妾にとっては働く甲斐みたいな御人だったんやけどねぇ。それもまぁ、五つ六つの頃までのことですわ。御上さんが床に伏すようになるとねぇ、晋坊も忙しくなってしもうたんで、妾たちのとこに遊びに来ることもなくなってしもうたんさ。

父親や。

そうそう妾の雇い主だった御人ですわ。どうやらこの人は、晋坊を自分みたいには育てとうなかったようです。

なんや色々なところに通わされとったみたいやけど、妾なんかに解らへんです。ただとにかく晋坊はいっつも忙しゅうしとったですわ。

お前は俺とは違う。なんて御主人様が言うてたんを、聞いたことがあります。はて。あれは、どこで言うとったんやろか。だって御主人様が台所に来る訳がないんやから、妾がそんなこと聞く訳ないんやし。

だったらなんで……。

あ、思い出したわ。

あれは晋坊が九つか十くらいの時やったわ。

もう御上さんは亡くなってたわ。御主人様と晋坊と、御主人様の甥っ子って人と、新しい御上さんがいはりました。この時分から御主人様は、甥っ子のほうに身上を譲ろうと考えとったんやろね。今となっては、そうやったんやろなと思うわ。

そうそう晋坊やね。

御主人様から厳しくしつけられ過ぎたんやろなぁ。あんまり毎日毎日、いろんなことと学ばされるから、さすがに嫌になったんやろ。

その日、ひょっこりと台所に顔を見せたかと思うと、強張った笑顔のまんま部屋の片隅にうずくまって動かへんようになっとって、心配になって妾たちが声をかけましたわ。でも、大丈夫だからここに居させてくれへんかとだけ答えると、膝を抱えて石のように固まったんです。

そのうち、屋敷じゅう大騒ぎですわ。晋坊がいなくなったって。で、妾たちの所為にされるんを怖がった仲間の一人が、御主人に報せたんですわ。台所にいるって。

そしたら御主人が顔を真っ赤にして、台所に来たんです。

その時ですわ。

膝の間に顔を埋《うず》めたままの晋坊にむかって、御主人が言うたんです。

お前は俺とは違うって。俺のような道を歩ませとうないから、お前にはしっかり学問を身につけさせてるんやと、御主人は晋坊の隣にしゃがんで懇々と語ってきかせとりました。怒っとりましたけど、殴り飛ばすようなことはせえへんかったです。あんだけ余所様《よそさま》にはあくどいことをしときながら、我が子にはさすがに甘いんやね。顔を埋めて震える晋坊の肩をさすりながら、御主人は優しく諭しとったんです。

あぁ……。

今日はお坊さんの所為で、いろんなことを思い出すわぁ。

せや、晋坊をやさしく諭す御主人の後ろで、甥っ子がねぇ……。

見とったんよ。

親子を。

殺すんやないかってくらいに恐ろしい目つきやったわ。あの子はたしか、晋坊よりひと回りくらい年嵩やったから、あん時はもう立派な大人やったわ。そりゃ、怖かったわ。蛇みたいな冷たい目やったしね。

え、それからどうなったかって。

結局、晋坊は御主人に連れられて戻って行ったんですわ。

あぁ。

今思えば、膝から顔を出した時の晋坊。

笑っとったわ。

いや、いつもの優しい顔やなかった。

硬かった。

えらく硬い笑い顔やったわ。

あの日からや。晋坊が笑わはらへんようになったんは。

笑っとんのよ。

いつも。

でも。

違うんさ。

硬い硬い顔なんさ。

どこに行ったんやろなぁ晋坊。

元気にしとったらえぇぇんやけど……。

*

結局、金平は取り逃がした。

清水に乗りつけた船をそのままにして、金平たちは散り散りになって下田に逃げ帰ったようである。執拗に後を追った者たちの話では、十人近くを仕留め損ねたらしい。

しかし、誰よりも愚かだったのは間違いなく己だと晋八は思っている。金平の喉に刃を押し当てるところまで行っておきながら、まんまと逃げられたのだ。

金平に殴られて気を失った大政は、次郎長にありのままを報せた。

「取り逃がしたもんは仕方ねぇ」と、それだけ言うと、次郎長はにこやかな笑顔で二人を許した。

喧嘩には勝った。しかし釈然としない。晋八は悶々とした日々を送っている。金平を取り逃がし、吉兵衛との決着はいまだついていない。この鬱屈した想いを発散する機はまだまだある。焦らないことだ。そう己に言い聞かせる。

ここ数日、次郎長の家にいても落ち着かないから、常や綱五郎の仕事を手伝ったりしている。博徒のくせに博打はあまり好きではない。賽子《さいころ》や札ごときに大の大人が一喜一憂しているのが、馬鹿らしく思えて仕方がないのだ。心のなかでそう思っているのならまだ良いのだが、晋八の場合はどうしてもそれが顔に出る。客にも場を仕切る博徒たちにも、満面に嘲笑を湛えたまま相対してしまう。そして喧嘩になる。その辺りのことは次郎長に伝えていた。次郎長は、騒動を起こすようなことはしてくれるなと言って、晋八を賭場に近づけなかった。結果、遊女町の悶着を捌く常の手伝いや、港の人足の差配を仕切る綱五郎の使い走りなどをやって暇を潰している。

その時も晋八は、綱五郎から命じられて港から次郎長の屋敷に戻っている最中だった。

往来にその男を見つけた時、晋八は背筋に寒い物を感じた。一歩一歩たしかめるようにして、ゆっくりと男に近づく。

長脇差の間合いから足ひとつ分だけ外に立ち、口を開く。

「こんなところでなにしてんだ手前ぇ」

男は眉ひとつ動かさず、晋八の言葉を受け止めると、尖った顎で後方を示した。男の背後にある小道の先に、朱色の鳥居が見える。

男は晋八に先に行けと目でうながす。晋八は男の前を歩き鳥居を潜った。

参道の真ん中を堂々と歩み、黒くくすんだ賽銭箱に座る。男は晋八の前に立ったまま、鼻から静かに息を吸った。縦縞の小袖に紺色の小紋の羽織を着こんだ姿は、どこその商家の若旦那のようだ。しかし晋八は、この男が何者であるかを知っている。博徒だ。清水の者ではない。

「久しぶりだな仙右衛門《せんえもん》」

男の名を呼んだ。増川《ますかわ》仙右衛門。普段は遊女屋の番頭であるが、裏の顔は違う。伊勢に勢力を張る博徒、丹波屋伝兵衛の甥にしてその懐《ふところがたな》刀と呼ばれる男である。酷薄な目つきで晋八を見下ろす仙右衛門は、薄い唇をわずかに開き、冷え冷えとした声を吐く。

「相変わらずだな晋兵衛」

「その名前はもう捨てた。お前のことだ、そんなことはとっくの昔に知ってんだろ」

「皐月雨の晋八」

「やっぱり知ってんじゃねぇか」

「その伝法《でんぼう》な話しぶり、似合わぬな」

「相変わらずって言ったばかりじゃねぇか」

「へらへらしたその顔が相も変わらぬと言ったのだ」

「博徒のくせに、その堅っ苦しい喋り方。お前ぇのほうこそ変わらねぇな」

晋八は欠伸をしながら空を見上げた。黒ずんだ群雲《むらくも》が西から東へ流れてゆく。西のほうは雲に覆われている。吹き抜ける風に湿った匂いを感じた。

「じきに降るぜ」

「お前と会う時はいつも雨だ」

「皐月雨って二つ名は伊達じゃねぇだろ」

「面白くないな」

「けっ」

言って晋八は空から仙右衛門へと目を移し、すぐに居たたまれなくなって視線を地に落ちつけた。階の脇に小さな砂溜まりがある。丸い円の真ん中が窪んでいた。蟻地獄である。なにも知らない黒蟻が一匹、六本の足を忙しなく動かしながら穴の脇を通り過ぎて行く。

「気をつけろよ」

思わず語りかけていた。不審の眼差しを仙右衛門がむけて来る。

「こっちの話だよ」

穴へとむかう新たな蟻を見守りながら、晋八は答えた。透ける羽を生やした背を目で追いながら、仙右衛門に言葉を投げる。

「なにしに来やがった」

「お前に会いに来た」

「わざわざ伊勢から出向いて来たってのかよ」

「お前が清水にいると聞いてな」

地に顔をむけたまま、晋八は目だけで仙右衛門を見た。

「わざとらしい嘘は止めろ仙右衛門」

「なぜ、お前に嘘を吐かねばならん」

「俺が今、誰の世話になっているのか、とっくに調べがついているんだろ」

「当たり前だ。でなければお前の居所など解りはせん」

右足で賽銭箱を踏み、立てた膝の上に右腕を載せた。そして真正面から仙右衛門を睨む。

「丹波屋伝兵衛も、ずいぶんあくどいことすんじゃねぇか」

「なんのことだ」

「とぼけんじゃねぇ」

言って賽銭箱から飛び降りた。間合いはしっかりと計っている。晋八が腰の物を抜いても届かない間合いを、しっかりと保っている。

仙右衛門のためではない。

己のためだ。

商家の若旦那然とした仙右衛門の腰に長脇差はない。得物は短刀のみ。懐の奥に仕舞ってある。

仙右衛門ほど身軽な者を、晋八はこれまで見たことがない。長脇差の間合いくらいなら、ひと足で入って来る。気づいた時には短刀で腹をずぶり。

いかなる時も気を張り、不用意に近づかない。それがこの男と相対する時の秘訣である。この社に来る際も、先を歩けと言われた晋八は、仙右衛門の気をたえず背中に感じながら前を歩いた。仙右衛門といる時は、絶対に気を抜いてはいけない。

「甲府の祐天、保下田の久六、大場の久八、都田村の吉兵衛、赤鬼金平。全部丹波屋が仕組んだんだろ」

「だからなんのことだ」

「俺ぁ、あの男が清水の次郎長って名前ぇを言ったのを聞いたことがある」

晋八を見つめる仙右衛門の目が細くなった。

「三年前ぇのことだ。江戸詰めんなる挨拶するために久方振りに、あの男の店に顔を出した時だ。伊勢湾の海運をどう広げてゆくかという話を奴はしてた。尾州寺津と駿州の清水。このふたつの港を押さえてぇとあいつは話していた。そん時、次郎長の名前ぇが出た」

仙右衛門の顔を指さす。

「相手はお前ぇだった」

「だったらなんだと言うんだ」

両腕を広げて伝兵衛の懐刀は冷たい笑みを浮かべる。

「次郎長を伝兵衛が狙っているからどうだと言うんだ晋兵衛」

「その名は捨てたと言っただろうが」

「世話になっている親分だから勘弁してくれとでも言うつもりか。俺が頼むから許してやってくれと」

細かった仙右衛門の目が大きく見開かれ、小さい瞳が白目の真ん中で生々しい光を放っている。

「答えぬのなら俺のほうから聞こう。お前はいったいなにを考えている晋兵衛。親分が次郎長を狙っていることを知りながら、その盃を受けて子分になり、親分が放つ刺客のことごとくを始末する。久六を殺したのはお前だそうじゃないか。大場の久八との折衝の時には、次郎長はお前を連れて大宮まで行ったんだろ。金平を清水から追った時も活躍したんだってな。ずいぶん信頼されてるじゃないか晋兵衛。なぁ、教えてくれ。いったいなにが望みだ」

両腕を広げたまま仙右衛門は語る。

隙だらけ。

晋八は動けない。

余裕なのである。

晋八がどれだけ素早く腰の長脇差を抜いても、短刀を抜いて先に仕掛けることができるのだ。それだけの自信が仙右衛門にはあるし、晋八自身、動けば十中八九、己が負けると思っている。だから動けずに、唯々諾々と仙右衛門の言葉を受け続けている。

「次郎長に加勢して、親分に勝つつもりか。まさか、殺せると思ってる訳じゃないよな」

「成り行きだ」

「なんだ」

聞こえなかったというように、仙右衛門が右の耳を晋八の顔のほうにむける。

「次郎長の盃を受けたのは成り行きだ」

事実である。

甲府で石松を助けたのは偶然だ。次郎長という名を石松から聞いて、清水に行こうと決意したのは間違いない。だがやはり、ここまでずるずると清水に留まっているのは成り行きという以外に言い様がなかった。

仙右衛門の細い右の眉が吊り上がる。

「お前は成り行きで保下田の久六を殺し、金平の子分を散々に斬り捨てたというのか」

「だったら」

「誤魔化すんじゃねぇぞ晋兵衛」

仙右衛門が伝法な口調で、晋八の言葉を止めた。

「お前は次郎長一家が誰に狙われているのか承知の上で清水に留まり、喧嘩に首を突っ込んだ。それはなぜだ晋兵衛」

「黙れ」

「親父さんに意趣返しするためだろ」

「違うっ」

吠えながら腰の長脇差を抜き放つ。仙右衛門は両腕を上げたまま笑っている。

「俺ぁ、手前ぇのどうしようもねぇ性分を存分に生かすために、ここにいる」

「あぁ、あの病か」

この男は晋八の奥底に深く根差している衝動のことを知っている。

「たしかに親分はしつけぇ。狙った獲物はなにがあっても喰らう。次郎長一家は間違いなく皆殺しだ。ここにいれば、血を見ることができる。お前の望みは叶う」

「だから」

「しかしそれは言い訳だ晋兵衛」

全てを見透かしたように仙右衛門が言う。

「俺を誰だと思ってる晋兵衛。お前が赤子の時から知ってんだ。お前は俺に嘘は吐けない。人を殺したいのなら、こんなところで回りくどい真似をすることはなかろう。

諸国を流れていれば、どれだけ手当たり次第に殺しても、捕まることはない。そうだろ晋兵衛。お前はそれが望みで、すべてをぶち壊して俺たちの前から姿を消したんじゃなかったのか」

「止めろ」

「お前の行く末を想い、すべてを用意してくれた父親に逆らってまで」

「ふざけんじゃねぇっ。俺のことを想ってた訳じゃねぇだろ。あの男は己の宿願のために俺を利用しようとしただけじゃねぇか」

「せっかく、助けてやったのに。なぜまた俺たちの前に現れた」

仙右衛門の姿が目の前から消えた。

右。

晋八は仙右衛門の流れる袖を視界の端になんとかとらえ、長脇差を構えながら躰を右方に回す。しかしそこに仙右衛門はいなかった。いないと思った刹那、急に肩が重くなった。重さに耐えきれず、膝から崩れ落ちるようにして座る。

右の肩に仙右衛門の掌が食い込んでいた。細い躰からは考えられないほど、仙右衛門は力がある。そのおかげで、この男は素早く、相手をねじ伏せる。伝兵衛がこの甥を頼りにしているのは冷徹な頭だけではなく、この頑強な躰にも理由があった。伝兵衛の側にいる時、仙右衛門は最強の盾となるのだ。

「俺に刀を折られて、躰じゅう傷だらけで、どうしてお前は生きている」

「お、お前ぇ」

晋八は右手一本で身動きを封じられていた。躰の芯を完全に押さえられているから、立ち上がろうにも思うようにいかない。横に逃れようと躰の芯をずらしてみても、すばやい身のこなしで的確に押さえられてしまう。結果、晋八は歯を食いしばりながら情けなく仙右衛門を睨むしかなかった。

「俺が助けたに決まってるだろ」

たしかになぜ、覚えていないのか不思議だった。どうして江戸の街の果てにいたのかも。この男のことを考えなかった訳ではない。

「二度と会うことはないと思い、棄てたんだがな。馬鹿な奴だ。次郎長の盃をもらいやがって」

「黙れ」

「お前は父親に復讐しようとしたんだろ。筋違いな恨みをはらすためにな」

「筋違いだと」

「そうじゃないか晋兵衛。お前の親父はなにもかも用意してくれたんだぞ。大人しく親父に従っていれば、今頃お前は藤堂家の末席に連なる侍であったのだ」

「そんなこと俺ぁ望んじゃいなかった」

「望んでいないから壊して良いとでも言うつもりか」

仙右衛門の手がますます肩に食い込む。

「甘えるなよ晋兵衛。お前の父親は誰だ。言ってみろ」

「俺に父親なんかいねぇ」

「いるじゃないか」

仙右衛門の唇が耳に触れる。

「丹波屋伝兵衛。それがお前ぇの父親の名前じゃねぇか」

「五月蠅ぇ」

耳に口を近づけたまま仙右衛門が語る。

「これ以上、親父を困らせると、今度は本当に殺さねばならなくなる。解ってるな晋兵衛、清水から消えろ。そして俺たちの目の前をうろちょろするのを止めろ」

ふっと肩の重さが和らいだ。

晋八は全力で立ち上がり、仙右衛門の姿を追った。すでに参道を伊勢の博徒は歩いている。歩を進めながら肩越しに振り返り、仙右衛門は怪しく笑った。

「いずれにせよ、お前の大事な手駒はもうなくなっちまったがな」

「お前っ、次郎長になにをしたっ」

「さぁな」

「待ちやがれっ」

抜き放ったままの長脇差をぶら下げ鳥居を越えて往来に出た。仙右衛門の姿はすでにどこにもない。長脇差を鞘に納め、次郎長の屋敷へと急いだ。仙右衛門が最後に言い放った不吉な言葉が、頭のなかで渦巻いていた。綱五郎から頼まれた仕事のことなど、とっくの昔に忘れている。

暖簾を潜った。

「親分っ」

土間に立ち、叫ぶ。誰も出て来ない。奥から呻き声のような物が聞こえて来る。草履を脱ぎ捨て板間に駆け登り、声が聞こえて来る広間のほうへと走った。

「親分っ」

開け放たれた縁廊下側の障子戸のむこうに、皆が倒れている。泡を吹きながら震えている者、白目を剝いている者、両手を畳について吐いている者、ただならぬことが起こったのは間違いなかった。

倒れている子分たちを跳び越え、上座にいる次郎長の元へと急ぐ。天井を見つめたまま微動だにしていない。その脇には大政がいる。大政は腹に手を当て苦しんでいた。顔じゅう脂汗でびっしょり濡れていた。

畳を滑るようにして晋八は次郎長の頭を自分の膝の上に乗せる。うっすらと目を開き、唇のわずかな隙間から、かすかな息が漏れていた。

「しっかりしてくだせぇ親分っ」

揺すりながら晋八は叫ぶ。

「し、しんぱ……」

次郎長が名を呼ぼうとしたが、途中で声が消えた。

「晋八」

かたわらから大政の声が聞こえてきた。次郎長を抱いたまま、大政に顔をむける。

「河豚《ふぐ》だ」

常や小政も倒れている。晋八は次郎長を抱いたまま、這いながら近づいて来る大政の言葉を待つ。

「親分の菩提寺の梅蔭寺《ばいいんじ》の住職が訪ねて来て、一杯やろうってことになった。その時ちょうど河豚売りの声が聞こえて来てな。住職が肴《さかな》にしようと言い出して、子分たちに買ってこさせて鍋にした」

広間をうかがう。部屋の中央に二つ、小さな火鉢の上に置かれた鍋があった。汁気はすっかりなくなって、しゅうしゅうと音を発てながら焦げ臭い煙を放っている。

「その毒に皆当たったたって訳ですかい」

仙右衛門が言っていたのはこのことなのか。河豚売りを仕込んだというのか。住職が来たのは偶然であろうし、肴にしようと言い出したのもたまたまであろう。いや、住職が河豚を買うように仕向けたとすればどうか。

「兄貴、その坊主は」

「そこだ」

大政の目がむいた先を晋八は見る。墨染の袈裟を着けた年老いた坊主が部屋の隅に座って震えていた。次郎長を寝かせ、坊主の元に駆け寄る。のたうち回る男たちを涙ぐみながら呆然と見つめている老僧の前にしゃがむ。

「おい」

肩を揺する。

「儂は、儂は……」

「しっかりしろ」

「止めろ晋八。ご住職は悪くない」

大政の声を無視して揺さ振る。

「あんた、ここに来る前に誰かになにか吹き込まれたんじゃねぇのか」

「儂は」

「河豚を買えと言われたんだろっ」

坊主は震えながら、儂は儂はと繰り返すのみだ。

「おい晋八。お前ぇはなにを言ってやがる」

訳を知らない大政が苦しみながら、疑いの言葉を晋八に投げる。

「河豚は誰が捌きやした」

坊主を睨んだまま大政に問う。

「河豚売りが台所で」

「仕込んでやがったか」

つぶやき、老僧の肩を握りしめる。

「あんたが河豚を喰おうなんて言わなかったら、こんなことにならなかったんだ。あんたは坊主だ。生臭物は喰わねぇ。なのに、なんで河豚を喰うなんて言った」

「儂は」

「心配すんな。清水は次郎長一家の縄張りだ。あんたの身は俺たちが守る。だから教えてくれ。あんた、誰かになにか言われたんだろ」

「て、寺に火をつけると。わ、儂や寺の者を皆殺しにすると」

「会ったことのある奴か」

翁が首を左右に振る。

「あんたを脅したのは四十がらみの商人じゃねぇか」

今度は一度だけ縦に振った。

「やっぱりな」

晋八は立ち上がった。

「なんだ、いってぇどうしたってんだ」

這いつくばったままの大政の問いに答えずに、振りむいた。

「とにかく医者を呼んで来やす」

こんなことで次郎長一家を終わらせてたまるか。その一心で、晋八は大政の横を抜け、縁廊下へと足をむける。

「ちょっと待て」

呼び止められて晋八は振り返った。

「な、なんで」

「お前ぇでも、そんな顔すんだな」

さっきまで気を失っていたはずの次郎長が座っていた。

「化け物見るような目で見るんじゃねぇ。俺ぁ無事だよ」

「お、親分」

大政は苦しんでいる。どうやら一家のなかで次郎長だけが河豚に当たっていないようだった。

「なんで」

「なんとなく喰いそびれちまった。喰おうと思った時にゃあ、この有様よ」

なんということだ。晋八は次郎長の悪運の強さに感心する。

次郎長が仲間たちを見回した。

「皆が倒れはじめてから、誰かに嵌められたんだと思った。だとしたら、そいつはかならず襲いに来る。河豚を喰ったふりをして待ってたんだが、現れたのはお前ぇだけだ。が、どうやら仕組んだのは、お前ぇじゃねぇみてぇだな」

「俺はこんなこたしねぇ」

「お前ぇ、住職を脅して河豚を買わせた奴のことを知ってんな」

取り繕う必要はない。晋八は素直にうなずいた。

「後でゆっくり話を聞こうじゃねぇか。とにかく今は、医者を呼んで来い」

「解りやした」

「頼んだぞ晋八」

「へぇ」

晋八は次郎長に頭を下げる。親分の頼みを、子分としてはじめて聞いた気がした。

## 十七

河豚のせいで二人死んだ。多くの子分たちがなおも苦しんでいる。次郎長が難を逃れ、大政や小政、相撲常などが軽症だったことが、不幸中の幸いであった。

しかし次郎長は、大政たちとともに今なお床に伏せっている風を装っていた。次郎長、河豚に倒れる。その噂が瞬く間に駿州に広がった。

「そうか、吉兵衛が動いたか。噂を聞きつけやがったな」

布団が並んだ部屋で、次郎長が子分の輪の中心で言った。

「子分九人とともに、都田村を出て清水にむかってやす」

己が見たありのままを、晋八は親分に告げた。

晋八は、この一件が丹波屋伝兵衛一家の増川仙右衛門の企みであることを、次郎長に話した。己と仙右衛門の関係をはぐらかすため、仙右衛門と面識があり、みなが河豚で倒れる直前に、その姿を清水で見かけたと誤魔化《ごまか》した。それを聞いた次郎長は、晋八を遠州に走らせ、吉兵衛を見張ることを命じたのであった。

「迎え撃ちやすか」

同じく港の仕事をしていて河豚を喰わずに済んだ綱五郎が、親分の背後から問う。

次郎長は太い眉をへの字にして、これみよがしに溜息を吐いた。

「また喧嘩か」

「こっちは死人まで出ているんですぜ親分」

うんざり顔で次郎長が言葉を重ねる。

「今度ばかりはやらねぇ訳にはいかねぇよなぁ」

「へい」

綱五郎が力強く答えた。

「やれるか大政」

命の危機は去ったとはいえ、まだ顔が青い大政が首を上下させる。

「小政、常」

　無言で小政がうなずく。

「もちろんじゃねぇですかい」

　力士上がりの博徒は、つやつやした頰を震わせながら答えた。

「晋八」

「へい」

「お前ぇはどうだ」

「斬りやすよ」

「やっぱりお前ぇは、その笑い顔が似合ってるぜ」

　己が笑っていることに、次郎長に言われてはじめて気づいた晋八は、指先でそっと口の端に触れた。

「奴等が清水に入ってからが勝負だ。それまでは皆、じっくり休め」

　子分たちに言うと、次郎長は布団に転がった。

　吉兵衛が清水に入ったという報せを次郎長が受けたのは、それから二日後のことである。

　かねてより次郎長と子分たちは、河豚に当たって寝込んでいるという噂をばらまいていた。次郎長は屋敷から子分が出ることを禁じ、身の回りの世話や飯などは、身上を譲った姉夫婦に頼んだ。

清水の町から次郎長一家の面々が消えた。しかし清水は、次郎長の根城である。子分以外にも多くの者が、彼を慕っていた。吉兵衛が町に入ったことは、町の者によってすぐに次郎長に知らされた。

「あの野郎、子分たちと駕籠屋《かごや》で騒いでいやがるらしい」

子分たちを前に、次郎長が語った。

駕籠屋は清水港の外れにある料理茶屋である。

次郎長の額には純白の鉢巻きが巻かれている。たすき掛けにした衣の尻を端折り、股引に脚絆を着けていた。親分の前に控える子分たちも、同じような装束である。布団はひとつ残らず片づけられた。命が助かった者たちは躰も癒え、一人残らず得物を手に鼻息を荒くしている。

「吉兵衛の野郎はもう勝った気でいやがるんでやしょうね」

綱五郎が言うと、大政が続いた。

「討ち入りやしょう」

「そうだな」

珍しく次郎長が己からうなずいた。

「駕籠屋に乗り込むとなりゃ、喧嘩すんのは店んなかだ。数は絞らねぇとな」

次郎長の目が大政にむく。

「お前ぇは外せねぇ。小政、常、清吉《せいきち》、秀五郎《ひでごろう》、信太郎《しんたろう》ってとこか」

小政と常以外で呼ばれたのは、一家のなかでも若く、河豚の毒があまり効かなかった者たちである。

次郎長の目が晋八をとらえた。

「お前ぇはどうする」

「行きやす」

「良いのか。これ以上深入りすると、後戻りできなくなるぜ」

「なんのこってすか」

思わせぶりな次郎長の問いに、晋八は堂々とした態度で問いを重ねた。

次郎長はなにかを知っている。不安が胸を過るが、今はそれどころではない。口許に笑みを湛えたまま、次郎長を見つめて答えを待つ。

「いや、お前ぇが良いってんなら、それで良いんだ。行くんだな晋八」

「元はといや、あっしがここにいるのも石松のお蔭。石松の仇討ち。親分に止められてもあっしは行きやすぜ」

「止めねぇよ」

吐き捨てると、次郎長は立ち上がった。

「あとの者は、ここを守れ。もしかしたら吉兵衛一家以外の奴等が襲って来るかもしれねぇから備えは怠《おこた》るな」

次郎長の頭のなかには伝兵衛のことがあるのだ。

「行くぞ」

親分の言葉と同時に、晋八は腰を上げた。

八人は駕籠屋へ急ぐ。親分が先頭を行く。その手には槍が握られていた。次郎長が槍を持つのを晋八ははじめて見る。元々、殺し合いを好まない男だ。殺すことを拒むというよりは、己が死ぬことを怖れている。だから、みずから率先して戦うようなことはない。そんな男が、槍を手にして我先に走っている。

その姿は往来でもひときわ目を引いた。

毒に倒れたはずの次郎長が、子分を引き連れ駆けている。誰もがただならぬ事態だと察して道を空けた。

駕籠屋では店の主が待っていた。ここは清水、次郎長の本拠である。多くの人が一度や二度は次郎長の世話になっている。支援をかって出る者は、いたるところに存在した。

「いまは離れで騒いでいます。かなり呑んでますよ」

そう言いながら店の主は、次郎長たちを奥へとうながす。母屋から離れへと続く廊下で、次郎長が立ち止って子分たちをうかがう。

「小政は俺について来い。晋八は俺たちの後ろに従って、後詰だ。他の者は離れを囲んで逃げ出す奴を片っ端から叩っ斬れ」

廊下の左右には庭が広がっている。次郎長は顎で庭をさした。驚いたのは番頭の大政である。眉根に皺を刻み、次郎長に問いを投げた。

「親分が行くんですかい」

「悪ぃか」

「いや」

「小政がついてる。大丈夫だ」

大政は口をつぐんで、常に目をやった。力士上がりの博徒も、戸惑っているのか口をへの字に曲げて、鼻の穴を広げている。

無理もない。

これまでみずから敵中に飛び込むような真似を一度もしたことがない次郎長が、みずから喧嘩の口火を切るというのだ。たとえ小政がいるとしても、槍などという慣れない得物を手にした次郎長は足手まとい以外の何物でもない。

しかし親分の言うことに逆らう訳にもいかない大政たちは、それ以上の抗弁をしなかった。晋八は口許に笑みを湛え、無遠慮に次郎長にむかって語る。

「そんな長ぇ得物、部屋んなかじゃ邪魔んなるだけですぜ」

「五月蠅ぇ。お前ぇは黙って後ろからついて来りゃいいんだよ」

「でも」

「行くぞ」

それ以上の問答を拒むように、次郎長は子分たちに背をむけて離れにむかって歩きだした。仕方なく大政たちは懐に仕舞っていた草履を取り出し庭に放ると、渡り廊下の手摺りをまたいで庭に出る。その頃には次郎長は離れの障子戸の前に立っていた。影が障子紙に透けないよう、壁に背をつけながら息を潜める。

晋八は渡り廊下の中程に立って、次郎長と小政を見守る。

「小政」

ささやくように次郎長が言って、目で障子戸の把手《とって》をさした。小政は逆らうような真似は決してしない。命じられたまま把手に指をかけた。

「俺が叩いたら、思いきり開け」

小政がうなずく。

しずかに槍鞘を外し、次郎長が柄を小脇に挟んだ。そのまま小政を回り込み、障子戸の前に立つ。

若い子分の背を叩いた。音を発てて障子戸が開く。

「吉兵衛っ」

日頃よりも何倍も甲高い声で次郎長が叫びながら、部屋のなかに飛び込んだ。親分を一人にさせられないと小政も後を追う。

晋八は長脇差を抜きながら渡り廊下を小走りで進み、部屋の前に立った。

すでに荒々しい声が室内から聞こえている。

「なんだありゃ」

信じられない姿を目の当たりにして、晋八は思わず笑い声を上げた。

障子戸から一直線に部屋を駆けた次郎長が、吉兵衛の腹に槍を突き立てたままなおも足を前に進めている。腰を上げる暇すらなかったのであろう。吉兵衛は尻で畳を擦りながら、手足をばたつかせている。

いきなりの敵の襲来に戸惑っている吉兵衛の子分を、小政が斬り捨ててゆく。反撃など考える余裕すら吉兵衛一家にはなかった。したたかに酔っている。得物を探して抜くような暇はない。敵を迎え撃つよりも先に頭に思い浮かぶのは、己の命を守ることであったろう。親分など二の次である。四方の障子を突き破って、酒気で紅く染まった顔が逃げ出してゆく。

晋八は次郎長を守ることより、彼等を追うことを選んだ。

長脇差は抜いている。

裸足のまま手摺りを跳び越え、庭に立った。

離れを囲んでいた大政たちも、逃げ惑う敵にむかって白刃を振るっている。

「そいつ等は全部俺の獲物だっ。誰も手を出すんじゃねぇっ」

考えるよりも先に想いが口からほとばしっていた。

晋八は叫びながら目の前にあった背中を斜めに斬り裂く。背の骨に繋がる肋を断つ感触を柄から感じながら恍惚の笑みを浮かべる。

離れからけたたましい音が鳴った。

障子を突き破って吉兵衛と次郎長が飛び出してきた。離れをぐるりと取り巻く縁廊下の手摺りすらも吉兵衛の背中で打ち割りながら、次郎長は槍を突き出したまま駆けるのを止めない。

猪《いのしし》である。

縁廊下を抜けた次郎長は、吉兵衛を貫いたまま庭に飛び降りた。

あまりに愚直な次郎長の姿に晋八は束の間唖然《あぜん》としたが、すぐに我に返って新たな敵を探す。こいつ等は丹波屋伝兵衛の手先だ。逃げ惑う敵が、増川仙右衛門に見える。

「待てぇっ。逃がさねぇぞっ」

悲鳴じみた咆哮を吐きながら、晋八は仙右衛門を斬り続ける。

一人、二人、三人。

手応えはない。

本当に敵を斬っているのかすら定かではない。頭の奥で響く耳鳴りと、揺れる視界のなかで仙右衛門の幻影に斬りかかる。

「待てっ。待てぇっ」

仙右衛門は逃げながら、晋八を嘲笑《あざわら》う。

お前に俺は殺せない。

耳鳴りを掻き分け、仙右衛門の声が頭の骨の内側で響く。

「馬鹿にしやがって。馬鹿にしやがって」

長脇差を振り回す。

突然、後ろから何者かに羽交《はが》い締《じ》めにされた。

「止めろっ」

叫ぶ。長脇差が振るえない。目の前に次郎長が立っている。顔を真っ赤に濡らしていた。

「終わったんだよ晋八」

次郎長が叫んでいる。

終わってない。

なにひとつ。

仙右衛門も。

丹波屋伝兵衛も。

「吉兵衛は殺した。石松の仇は討ったんだ」

「五月蝿ぇっ」

「目を醒ませ」

後ろから大政の声が聞こえる。

「放せっ。放しやがれっ」

「疲れてんだよお前ぇは」

眼前で次郎長が優しく告げる。穏やかな笑顔の前に巌《いわお》のごとき男が立ち塞がった。常だ。

腹を鋭い痛みが貫いた。晋八は闇に沈んだ。

## 十八

なにが起こっている。

男たちに囲まれ、晋八は先刻からずっと、それだけを心に唱え続けていた。

目の前に仙右衛門が立っている。岸壁が左右にせり出して、他から切り離された浜であった。町と浜を隔てる松林の前に男たちが横に並び、人の出入りを防いでいる。

次郎長一家の面々であった。

清水の浜である。次郎長に呼び出された。伝兵衛に会うために伊勢に行っていたことは知っている。その報告であろうとは思っていたが、まさか仙右衛門を連れているとは思ってもみなかった。

伊勢へと連れ帰るために、従兄弟は清水に来たと言う。

己が伝衛門の元に戻ることが、次郎長と金平の手打ちの条件になっているらしいと聞いた晋八は平静でいられなくなっている。

ただで済む訳がない。

侍になるのは父の悲願であった。叶わぬ夢を、息子である晋八に託したのである。

それをぶち壊してやった。

押しつけられる生などまっぴら御免だ。父の跡を継ぐ気すらなかった。

己は己だ。

物心ついた頃からそう思って晋八は生きている。

伊勢屋伝兵衛の跡取り息子。生まれながら晋八には役目が振られていた。己であることなど許されない。伝兵衛の跡を継ぐために、商売のこと、人と人の交わり、銭勘定に読み書き。多くのことを仕込まれた。

がんじがらめだった。

己が何者かということすら忘れてしまいそうだった。晋八という名の生き物ではない。丹波屋伝兵衛の跡取り息子という名の操り人形。それが己であると思っていた。

騙して騙して騙し続けて。

笑みが顔に張りついた。己は楽しい。伝兵衛の息子に生まれて幸せだ。笑えば自然とそう思えた。

笑っていなければ、耐えられなかった。

しかし、そんな生活は唐突に終わりを迎える。突然、父はお前はこれから侍だと言って、丹波屋伝兵衛の跡取り息子という立場を奪った。継ぐことになる家の生き残りだとかいう老婆から行儀作法や家の来歴や代々の務めなどを叩き込まれる退屈な日々がはじまる。

稲神晋兵衛。それが晋八の新たな名となった。

頼まれてもいないのに、己が生まれるずっと前から定められた上役に、会ったこともない義理の父や祖父と同じように頭を下げる。定められた量の飯を得るためだけに、毎日同じことをくり返す。

笑みは、面の皮の奥深くにこびりついて離れなくなった。

形式だけの務め。形式だけの繋がり。形式だけの縁。侍という世間のなかで、晋八はますます己というものを見失ってゆく。

誰もが抜かぬ刀……。

ふと腰に差した侍の証に興味が湧いた。務めから戻ると、自室に籠って刃に見惚れるようになった。

斬りたい。
夜な夜な屋敷を抜け出し獲物を探し、人を斬るようになった。
心地よかった。
傷口から溢れ出す血潮。顔を歪めたまま動かない骸を見ていると、己が生きている
ということを実感できる。他者の死が、己の躰に命がたしかに宿っていることを感じ
させてくれた。
斬ることに溺れた。
しかし。
それもすぐにばれ、輩《ともがら》に囲まれ偉そうに詰問された。
あの時も、仙右衛門がいた。この男の所為で、死にかけた。
いや、一度死んだ。
皐月雨の晋八と名乗りだしたのはその後だ。皐月雨の晋八こそが、真の己である。
人を殺すことでしか命を実感できない。それが皐月雨の晋八という男だ。
もう二度と。
誰かに与えられる名を名乗る気はない。
眼前に立つ仙右衛門が、引き締まった口許を緩めた。

「戻って来い晋兵衛」

「まっぴら御免だ」

笑みのまま言ってやった。

侍たちから晋八を逃がしたのは己だと、この仙右衛門は言った。晋八自身は覚えていない。だから、嘘だと決めつける。己で逃げたのだ。この男の力など借りてはいない。

仙右衛門の隣に次郎長と、見知らぬ男が立っている。仙右衛門が伊勢から連れてきた者だ。浜を塞いでいる次郎長の子分たちは、口を堅く閉じて成り行きをうかがっている。大政、綱五郎、常に小政。見慣れた顔が揃っていたが、そのなかに晋八をこの地に誘った者はいなかった。

石松……。

あの男が生きていたら、もう少し違っていたかもしれない。石松だけは晋八を仲間だと認めていた。

晋八が伊勢に行くと次郎長が言った時、大政たちは誰一人怒らなかった。不服の声を上げる者もいない。金平との喧嘩が落着するのなら結構だと言わんばかりに、笑っている者までいた。

「親分」

仙右衛門の横に立つ次郎長へ声をかける。

「あっしは伊勢にゃあ帰りたかねぇ」

「ありがとよ晋八」

しみじみと次郎長がつぶやく。

「お前ぇがそれほど次郎長一家を好いてくれているたぁ嬉しいぜ。だがな晋八。お前ぇにゃ立派な父ちゃんがいるじゃねぇか。丹波屋伝兵衛といや、並ぶ者のいねぇ大親分だ。そんな男が戻って来いと言ってんだ。どんなことがあったか知らねぇが、伊勢に戻れ。伝兵衛親分も許すと言ってたぜ」

嘘だ。あの男が親子の情に流される訳がない。晋八はあの男の顔に泥を塗った。藤堂家の江戸屋敷での一件が、その後どうなったのか知らないが、いまも伝兵衛が伊勢で勢力を誇っているということは、事件そのものを揉み消したに違いない。どれだけの金が動いたのか。

伝兵衛が晋八を許すはずがない。

「そいつぁ方便てやつだ。親分を信用させるためのね。丹波屋伝兵衛ってやつは、そんな玉じゃねぇ。あっしは伊勢に戻ったら殺されちまう」

「父親に殺されるような真似ってな、なんだよ晋八。お前ぇはいってぇ何をしたんだ」

「そいつぁ」

話せば長い。

「問答はもう良い」

口籠った晋八をよそに、仙右衛門が一歩踏み出す。

「帰るぞ晋兵衛」

「その名前ぇは捨てたと言っただろうが」

「晋八でも晋兵衛でもどちらでも良い。とにかく次郎長親分にこれ以上、迷惑をかけるんじゃねぇ」

眉尻を下げながら、次郎長がこれみよがしに戸惑っている。

わざとらしい。

すでに話はついているということか。

「ったく」

腰の鞘を左手でつかみ、鍔に親指で触れる。

「仕方ねぇなぁ」

右手の指先で髪をかきわけ、頭の皮を直接掻く。弓形に歪んだ目で、仙右衛門と次郎長を見、その背後に並ぶ大政たちを眺めた。

こいつ等の言いなりになるくらいなら死んだほうがましだ。博徒の面子など晋八にはない。己は己。皐月雨の晋八は、思うままに生き思うままに死ぬ。

頬に雨粒が当たる。

雨は嫌いだ。

柄糸のなかまで水が染みるから、後の手入れが大変だ。

嫌いなのに……。

大事な時にはかならず降る。

左の親指を押し上げ鯉口を切り、右手の親指と人差し指で柄を挟みながら他の三本はあそばせるようにして軽やかに抜き放つ。切っ先が肩を斬らぬよう、鞘は傾けている。

構えず、右手に持ってぶら下げた。

「抜けば後戻りはできぬぞ」

偉そうな従兄弟が毅然とした態度で言い放つ。

「お前ぇが来たってこた、そしてこの親分がこんな面倒臭ぇ舞台を設《しつら》えたってこたぁ、はなから俺を殺すつもりだってことだろ。そこに立ってる野郎は、見届け人なんだろ」

　切っ先で次郎長の隣に立っている伊勢から来たという男を指す。一丁前に博徒の形《なり》はしているが、大して使えそうにない。仙右衛門が真打であり、それ以上の役者は丹波屋の下にはいないのだ。

「止めろ晋八」

　雨粒を口から飛ばしながら、次郎長が叫ぶ。

「大人しく伊勢に戻るんだ」

「五月蠅ぇよ。あんたもぐるなんだろ」

「違う。俺ぁ本当にお前ぇのことを思って」

「もう黙ってろよ」

　無駄なことを言う必要はない。殺して道を開くと決めたのだ。

　あとは殺るのみ。

　仙右衛門がめずらしく長脇差をさしている。

　この男も本気なのだ。

　晋八は刃をぶら下げたまま間合いを詰める。

「動くなっ」

次郎長が背後の子分たちにむかって吠える。

「下がっていてもらおう」

仙右衛門が腰の鞘に手をかけながら、次郎長に告げる。供の男が清水の博徒の肩をつかみ、従兄弟から遠ざけた。

右手一本でぶら下げたままの長脇差を、逆袈裟の要領で、まだ柄に手をかけてすらいない仙右衛門の脇腹めがけて振り上げる。

硬い音とともに、刃が弾かれた。

いつの間にか従兄弟は長脇差を抜き、両手で構えている。

速い。

続けざまに二の太刀を浴びせるような隙はなかった。右足の爪先に力を込めて砂を蹴り、後ろに退く。硬い足場とは違い、砂は力を奪う。いつもと同じようには動けない。

しかし。

足が思うように動かぬことで動きを縛られるのは、晋八よりもむしろ身軽な仙右衛門のほうであろう。地の利は己にある。そう信じて晋八は、間合いを大きく広げて仙右衛門と相対した。

「どうしても伊勢には戻らぬと言うのか」

「今さら戻る気はねぇよ」

「その伝法な口調、似合わぬな」

「五月蠅ぇよ」

雨のなか、笑顔で語らい合う。

仙右衛門が笑ったのを晋八ははじめて見た。そして確信した。どちらが勝つにせよ、ここが二人の因縁の終焉《しゅうえん》の地なのである。この勝負は晋八か仙右衛門、一方の死によってしか終わらない。

胸が躍る。

互いの死が混じり合う戦いにこそ、晋八の求める物があった。死が間近に迫れば迫るほど、生きていると思える。そういう意味で、仙右衛門は格好の相手といえた。

待っていろ。

仙右衛門に打ち勝った後、次郎長一家は皆殺しだ。

「嬉しそうだな」

言葉を投げた仙右衛門の姿が消えた。

雨の飛沫が舞う。

全身全霊で動きを追った。飛沫がゆっくりと落ちてゆく。仙右衛門の躰に打たれて、雨粒は流れを変えた。飛沫が従兄弟の行く先を教えてくれている。

姿を追うことなく、晋八は左足を軸にして躰を回転させた。腹から頭の天辺までを一本の棒のようにして軸をぶれさせず回すことで、俊敏さが増す。

とらえた。

晋八の右方に回り込んでいた仙右衛門は、すでに寝かした長脇差で脇腹を薙ごうとしている。

わずかに退き、物打ちから間合いをずらしつつ、両手で持った長脇差を立てた。ただ掲げているだけでは斬撃は防げない。こちらもわずかに右足を踏みこんで、手の内だけで斬るのだ。防ぐのではない。斬る。その心地なくして敵の刃は止まらない。

長脇差を立てたまま、横薙ぎの一閃が刃に触れる刹那に斬る。手首にずしりと衝撃を感じながら、指と掌、そして肩から先の節のすべてを柔らかく使って、柄を回して刃を反転させた。

横薙ぎに長脇差を振るった仙右衛門の頭が、無防備なまま目の前にある。そこに回転させて振り上げる形になった長脇差を斜めに落とす。

手応えはない。

かわされた。

後ろに退いた訳ではない。

仙右衛門がふたたび消えた。

飛沫を追うようなことはもうしない。気配を読む。細かい挙動までは追えぬが、左に逃げた。後は勘だ。仙右衛門を脳裏に夢想しながら、下がりつつ躰を回す。その場に留まって回ると、相手の間合いに入ったままとなる。だから下がりながら躰を捌く。

居た。

やはり速い。

今度は突きだ。

喉に来る。

突きは振るより何倍も速い。

が……。

狙いが極端なまでに狭い。

右足の親指の先を仙右衛門にむけたまま、左足だけを回して躰を半回転させる。それだけで喉から刃は逸れる。

仙右衛門は躱されることなど承知の上だ。突き出した長脇差を素早く引いて、刃を寝かせて横薙ぎに振るう。従兄弟は晋八よりも素早い。刀を振るっての戦いではどうしても後手に回ってしまう。

ならば、仙右衛門の予測の埒外《らちがい》に出るしか勝つ術はない。晋八は己が首に迫る刃に構わずに、長脇差を捨てた。空いた両腕を伸ばし、腰を落とす。頭の上を仙右衛門の長脇差が走って行く。抱きついた。そのまま一気に持ち上げる。

「おぉぉぉっ」

雄叫びがほとばしる。らしくないと心の奥で自嘲しながら、晋八は従兄弟を抱き上げた。

硬い物が首の後ろを打つ。

柄頭だ。目がちかちかして、一瞬だけ足がふらついた。仙右衛門は執拗に柄頭を首の後ろに打ち込んで来る。背筋を思いっきり伸ばした。腹深くに息を溜め、躰の節々を刹那の間だけ硬くさせた。丹田に息とともに溜めた気を、手足の指先まで行き渡らせるように、叫びとともに吐き出す。同時に、背筋を伸ばして反らしていた躰を一気に曲げる。抱いていた仙右衛門の頭が、凄まじい勢いで浜にめり込んだ。腰に力を込め、もう一度持ち上げる。今度はすばやく落とす。

二度三度四度五度……。

仙右衛門の頭を砂に打ちつける。

従兄弟の手から長脇差が落ちた。手足の力もなくなっている。立ち上がる気力をなくした仙右衛門を浜に打ち棄て、腹の上に馬乗りになった。口から涎《よだれ》を垂らす従兄弟の顔を見据えたまま、手探りで得物を探す。

吊り上がった唇の隙間から黄色く染まった牙を覗かせながら、晋八は仙右衛門の長脇差を握りしめ、物打ちを喉に押しつける。躊躇している暇はない。少しでも躊躇えば、従兄弟が息を吹き返す。暴れられたら押さえていられないほど、晋八も疲弊している。

喉仏の下に押し当てた刃を、一気に引く。皮が裂け、肉を斬る。喉の筒を斬り裂く。笛のごとき音色が聞こえる。喉と一緒に斬れた血の管から湯のように熱い血潮がほとばしり、晋八の顔を濡らす。雨で冷やされた頰を、仙右衛門の血が温める。

二三度小刻みに揺れた従兄弟の躰はすぐに動かなくなった。晋八は悪辣な笑みを唇に張りつかせたまま、血塗れの従兄弟にむかって叫ぶ。

「どうだ。お前ぇなんかこんなもんだ。いつも偉そうに人を見下しやがって。え、なんとか言ってみろよ。おい、仙え……」

背中の骨のすぐ脇から臍の横の辺りまで、真っ赤に焼けた鉄の棒が貫いたような気がした。棒が腹のなかでぐるぐると回っている。

振り返った。

「小政」

笑っている。餓鬼が背中で笑っている。

「良くやってくれた」

晋八の肩に触れた次郎長が、しゃがみながら言った。

「でもなぁ、お前ぇが死なねぇと金平との手打ちは流れちまう」

海のほうに顔をむけながら、清水の博徒が言った。腹に力が入らない。小政に突っ込まれた鉄の棒が、精魂を吸い取っているようだった。目を剝き、己が親分を見据える。しかし次郎長は、目を合わせようとしない。隣に並んだまま訥々と語る。

「伊豆韮山《にらやま》の水飲み百姓の小倅が、身一つで韮山を飛び出し、流れ流れて古市に辿り着いた。そいつは女たちを束ねる忘八《ぼうはち》稼業で銭を溜め、押しも押されもしねぇ博徒の親分になった」

「なんで」

「こいつのことを覚えているか」

次郎長が顎で己がかたわらを示す。

「久しぶりだな」

僧形の男が立っていた。見覚えがある。名はたしか。

「法印大五郎だ。お前ぇがうちに来た時にいただろ」

そういえば、いつの間にか一家から消えていた。

「大政がよ。お前ぇのことをどうしても調べさせてくれって言ってな。俺とお蝶と一緒にお前ぇが清水を出てからすぐに、大五郎を江戸にむかわせたのよ」

「駒込からはじめたぜ」

大五郎が言って鼻をかく。次郎長が子分の言葉を継いだ。

「韮山の水飲み百姓の小倅ってのが、お前ぇの父親、丹波屋伝兵衛だ」

「小賢しい真似し……」

言葉がうまく出て来ない。鉄の棒を腹に呑んだまま、晋八は次郎長の声に耳を傾ける。

「親父は武士になりてぇという手前ぇの夢を、お前ぇにおっかぶせやがった。お前ぇの父ちゃん言ってたぜ。侍ぇにすることが、お前ぇにとっても一番だと思ってたんだってな。ったく、大きなお世話だよな」

腹から熱が逃げてゆく。眠くて仕方ない。言葉を舌に乗せることすら億劫《おっくう》になっている。

「お前ぇは親父の言いなりになりたくなかったんだろ。だから、あんな真似をしたんだ」

辻斬りのことか……。

「なにもかもぶち壊したかったんだよな。その気持ち、解るぜ」

解ってたまるか。

違う。

なにもかも。

「でもなぁ、どこでどう間違っちまったのか。お前ぇは殺しそのものを好きになっちまった。それじゃあ、この渡世は張っていけねぇ。殺すのはあくまで博徒の面子が立たなくなった時だけだ。俺ぁ、手前ぇの行いでお前ぇに見せてきたつもりだ。でも、お前ぇは解っちゃくれなかった。後戻りできなくなっちまうまでな」

この男は喧嘩となると、いつも腰が引けていた。たしかに相手を殺したのは、博徒としての面子が保てなくなった時だけだ。

博徒の面子、武士の面目、商人の建前……。

どこに行こうと、人という愚かな生き物は変わらない。理で他者を縛り、己をもがんじがらめにする。枠のなかにいなければ、小指ひとつ動かすこともできやしない。下らない。

そう、下らない。下らない博徒に、情けないこの男に、肩入れしてしまった自分を恥じる。束の間とはいえ、次郎長の子分であることを心底から認めてしまった。その時点で勝負はついていたのだ。

「博徒ってのは面倒臭ぇもんだ」

次郎長が海を見て寂しそうに続ける。

「人の上に立ってるとなぁ、誰にも手前ぇを晒《さら》せねぇ。子分だろうが信用ならねぇ。周りは全部敵だ」

遠くを見つめる次郎長の顔が、白くぼやけてきた。さっきまで熱かった鉄の棒が、おそろしいほど冷たい。晋八は震える顔を己が腹へとむける。

長脇差が刃を顔のほうにむけて、せり上がって来ていた。

そうそう。

そうやって抉らないと、人は死なねぇんだ。

血と糞の臭いが漂って来る。己も糞袋。これまで殺してきた者たちと一緒だ。

あぁ……。

ほっとする。

やはり己も人だったのだ。

「利用できる物は親兄弟でも利用すんのが、博徒だ。お前ぇさんは、そこんところも解っちゃいなかった。そりゃそうだよな。博徒のふりしちゃいるが、そりゃ全部、親父の猿真似だったんだから」

「う……」

五月蠅ぇよ。

言葉が出て来ない。

「お前ぇのおかげで、丹波屋とも話がついた。お前ぇが奴の息子で助かったぜ。ありがとよ晋八。が……」

次郎長が立ち上がる。

「もうお前ぇは用済みだ」

腹のなかの刃が鳩尾まで達した。

耳になにかが触れる。晋八にはそれがなにかを確認するだけの力がない。

「言っただろ」

小政の声が頭の芯に響く。

「お前ぇは俺が殺すって」

答えることができない。

仕方ないから晋八は、最期に。

笑ってやった。

【参考文献】

清水次郎長と幕末維新『東海遊俠伝』の世界（高橋敏／岩波書店）
清水次郎長 幕末維新と博徒の世界（高橋敏／岩波新書）
博徒の幕末維新（高橋敏／ちくま学芸文庫）
江戸のアウトロー 無宿と博徒（阿部昭／講談社選書メチエ）
流罪の日本史（渡邊大門／ちくま新書）
江戸の流刑（小石房子／平凡社新書）

この作品は2021年8月徳間書店より刊行されました。

徳間文庫

# さみだれ



2023年12月15日 初刷

著者 矢《や》野《の》 隆《たかし》

発行者 小宮英行

発行所 株式会社徳間書店

東京都品川区上大崎三-一-一 〒141-8202
目黒セントラルスクエア

電話 編集〇三(五四〇三)四三四九
販売〇四九(二九三)五五二一

振替 〇〇一四〇-〇-四四三九二

印刷
製本 大日本印刷株式会社

ISBN978-4-19-894910-5 (乱丁、落丁本はお取りかえいたします)